禁食의 神秘

금식의 신비

정원상 지음

해피&북스

120세를 바라보는 건강의 비결

금식의 신비

자연치유력 • 난치병치료
정원상 지음

해피 맘 북스

추천의 글

인류가 창조한 20세기의 눈부신 문명은 오히려 인간의 생명을 위협하는 요소를 가중시키고 있다. 현대 국가에 있어 국민의 보건 위생에 대한 예산은 전체 국가 예산에 막대한 비중을 차지하고 있고, 의사, 병원, 의약품의 개발과 의학 발전에 투입되는 재정은 이루 말할 수 없이 방대하며, 각 가정에서도 의료비의 지출은 가계에 큰 영향을 주고 있는 실정이다.

그러나 오늘날의 의학을 냉정히 비판하여 볼 때 완전하게 만족할 수만은 없다. 전염병의 예방이나 공중보건의학 발달로 전염병의 집단적인 발생을 미연에 방지하고, 외과적인 수술의 발달로 인간의 장기 이식까지 가능하게 된 데 대해서는 과소평가할 수 없지만, 한편으로는 하등동물까지 구비하고 있는 자연치유력의 힘이 인간에게 있어서는 점차 소실되고 있고, 의학에 대한 지나친 과신이 환자에게 보다 큰 절망을 안겨 주는 비극을 낳고 있다는 점을 간과할 수는 없다. 구미 선진국이나 이웃 일본에서는 금식요법이 의학적인 체계를 갖추고 있다.

세계적으로 금식요법에 대한 관심도가 높은 이 시기에 18년 전부터 친분이 있는 정원상 교수의 금식에 대한 자신의 경험과 그동안 계속적인 연구로 생명 철학을 기본으로 한 난치병 치료와 심신일여

(心身一如)의 건강법을 책자로 발간하게 된 것은 참으로 의미 있는 일이라 여겨진다. 그의 책이 일반인에 대한 계몽은 물론 우리 민족 개개인의 행복과 건강에 공헌할 것을 확신하며, 이 양서가 건강을 희구하는 많은 사람에게 유효하게 응용되길 진심으로 바라는 바이다.

임 준 규

(차병원장, 박사)

추천의 글

건강을 회복하고 건강을 지키려면 먹지 말라!

이것은 누가 들어보아도 역설적인 건강법이다. 현대문명의 흐름이 '잘 먹고 잘 살기' 위해 모든 방법을 다 동원하고 있는 이 때, 금식하라는 말은 우리의 생각을 혼동시킨다. 잘 먹고 잘 살기 위해 사는 것이 행복이 아니던가? 그러기에 금식 건강법은 삶의 의미를 다시 생각하게 하는 삶의 절단법이다. 30~40년 전만 해도 못 먹어서 병이 났었다. 그러나 지금은 너무 많이 먹어 병이 나고 있지 않은가. 금식기간은 삶 속에 일어나는 하나님을 향한 많은 질문들에 대해 자연스럽게 대답을 알게 해주는 인생의 해답 기간이기 때문이다. 여기 먹기 위해 살고자 하는 현대인들에게 일정한 기간 금식으로 진정한 건강과 행복을 가질 수 있는 방법을 보여주는 한 사람의 애기가 있다.

한국 음악계에서 잘 알려진 정원상 교수가 바로 그 분이다. 그는 자신의 몸을 담보로 수많은 병의 원인을 발견했다. 병의 원인을 발견하면서 인생의 의미도 발견했다. 그의 인생에 의미를 주었던 분, 예수 그리스도를 통해 병은 고통이 아니라 축복의 통로가 된 것이다. 생명을 지키는 일은 얕은 인간의 지혜로는 가능한 일이 아니었다. 그가 말하고 있듯이 생명은 그것을 주신 하나님께서 지켜주시는 것이다. 그는 금식에 대한 역사적, 의학적 증거에 대한 신빙성을 더하기 위해 많은 자료를 자신의 저서에서 보여주기도 한다. 그러나 그것뿐 아니라 그가 오랜 세월동안 직접 보여주었던 금식 요법은 믿음의 세계를 보여준다. 믿으면 있고 믿지 않으면 없는 세계로 나아가 진정한 생명을 맛볼 수 있도록 도와준다.

  그는 오늘날 병자가 많아지는 이유에 대해 이렇게 설명하고 있다.
"우리의 생활습관이 성경이 우리에게 가르쳐 주는 식생활과 정신적
안정 등을 완전히 무시하고 자기 마음대로 자유의 길을 택하였기 때
문이다. 하나님의 말씀대로 산다면 모든 병을 예방할 수 있다." 그의
금식법은 마음을 쉬게 한다. 몸을 쉬게 한다. 사람을 쉬게 한다. 그리
고 하나님이 일하시도록 그 몸을 드리게 한다.

최 홍 준

(호산나교회 담임목사)

추천의 글

인간 행복의 제일 조건은 건강이요, 누구나 원하는 것 또한 건강이며, 병을 앓는 일처럼 괴로운 것은 없다. 이 질병을 물리치는 데는 약을 먹든가, 주사를 맞든가, 수술을 받지 않으면 안 될 것으로 생각하고 있는 것이 일반 현대인의 사고방식이다.

동양 속담에 "약을 파는 자는 우안(雨眼), 약을 쓰는 자는 일안(一眼), 약을 먹는 자는 무안(無眼)이다."라는 말이 있는데, 이것은 약이란 함부로 먹어서는 안 된다는 뜻일 것이다.

서양에서도 "약은 독이다."하여 부득이한 경우 외에는 쓰지 말라고 경고하고 있다. 무릇, 인간의 몸 안에 잠재해 있는 내적인 힘을 개발함으로써 인간의 질병을 고칠 수 있는 것이 있는 바, 이 힘을 자연치유력이라 한다.

그런데 이 자연치유력을 기르는 제일 첩경이 금식이다. 금식요법은 음식물의 공급을 일시적으로 중단함으로써 마음과 몸속에 퇴적된 독소를 깨끗이 없애 주는 과학적인 요법이다.

"병은 자연이 고쳐 주고 돈은 의사가 받는다."는 서양 속담을 명심하고 자연치유력을 높이는 데 힘쓰는 것이 건강생활의 비결이라고 생각한다.

금번 정원상 교수의 『금식의 신비』의 증보재판 발간을 축하하며, 그의 책이 병약자나 건강을 희구하는 많은 사람의 좋은 길잡이가 될 것을 믿으며 추천의 글을 쓰는 것을 기쁘게 생각하는 바이다.

배 은 성

(한국자연건강회 고문)

머리말

나는 20대부터 불치의 만성병으로 고통을 당해 백방으로 치료를 해 보았으나 병세는 악화일로라 건강 회복에 절망을 느끼고 실의에 빠져 있었습니다. 그때 나는 불신자였습니다.

그즈음 내가 존경하는 분의 권유로 금식과 식이요법 등으로 만성병을 회복시키고 젊음을 되찾을 수 있었습니다. 이 기적으로 인해 나는 불치와 난치병에 시달리는 사람들에게 자연의 오묘한 비법을 권하고 싶었습니다. 음악가로서의 음악활동도 좋지만 꺼져가는 생명을 구하는 것이 먼저라고 생각되었습니다.

1976년 10월 『과학적인 금식요법』을 출판하고 난 뒤에 동양TV 의 '오늘의 화제'에 출연, 온 세상에 화제를 낳기도 했습니다.

그 후 많은 사람들이 찾아와 자연건강법에 대한 문의를 요청해 나는 사명감을 느껴 성실히 지도를 했는데 그 결과 백약이 무효라고 하던 만성병들이 완치되는 많은 사례들을 보게 되었습니다. 이때의 나는 이름 없는 만인의 의사이기도 했습니다.

우리의 체내에 위대한 자연치유력이 있다는 것에 경탄을 금할 수 없습니다. 진정한 건강의 유지는 자신의 잘못된 성격을 시정하는 것이요, 잘못 살아온 생활습관을 과감하게 바꾸는 것이라고 생각합니다. 즉, '바른생활 습관만이 건강을 유지시켜 줄 것이다.'라고 생각합니다.

이 세계에는 두 가지 형체가 있습니다. 즉 자연계와 초자연계입니다. 자연계는 과학의 대상이나(원자, 분자) 초자연계는 믿음의 대상입니다(사탄, 천사, 성령). 우리의 육체는 보이는 것과 보이지 않는 것을 갖고 있습니다. 볼 수 있는 육체를 통해서 보이지 않는 정신을 포착해야 합니다.

또한 인간의 존엄성은 육체 안에 숨어 있습니다. 믿으면 있고 믿지 않으면 없는 것같이 보입니다. 나는 보이는 육체만의 치료에 전력을 다했었습니다. 내가 볼 수 있는 인간의 육체는 그 때는 타인의 육체이지 나의 육체는 아니었습니다. 사람이 체험한 질병과 고통은 외부에서는 알 수가 없는 것으로 마음의 치료는 송두리째 등한시하였습니다.

내가 아는 죄된 성격, 행동, 습과, 양심을 통해(롬 2:15) 회개를 하는 것이 내 마음의 근원적 치료가 된다는 것을 크게 깨달았습니다. 나에게 체험을 통해 크게 눈뜨게 하신 하나님께 감사합니다. 하나님께서는 육체는 마음의 그림자이며, 마음 작용은 물질화로 마음먹기에 따라 양약(良藥)이 되기도 하고 독약(毒藥)이 되기도 한다는 것을 알게 하셨습니다.

"마음의 즐거움은 양약이라도 심령의 근심이 뼈로 마르게 하느니라"(잠 17:22)

"마음의 고통은 자기가 알고 보이지 않는 마음의 즐거움도 타인이 참여하지 못하느니라"(잠 14:10)

이 책 속에 담긴 고난과 죽음을 통해서 얻은 지식과 체험, 나의 간증, 금식, 건강한 식생활과 마음을 다스리는 건강법 등을 터득하고, 21세기를 살아가는 건강의 비결을 나누고자 합니다. 그리고 더불어 이

책이 문서 선교가 되기를 원합니다. 지난 40년 동안 국내외의 많은 교회와 교육기관, 집회 등지에서 나의 간증과 체험을 꼭 책으로 내서 많은 분들이 바른 생활을 할 수 있도록 했으면 좋겠다는 권고를 받아 이를 몇 년 전부터 준비했습니다.

질병으로 고생하시는 모든 사람들이 이 책을 읽고 하나님의 섭리에 대한 새로운 깨달음을 얻어 하나님께는 영광이 되고 사람들에게는 은혜가 되기를 바랍니다.

이 책을 내는데 많은 훌륭한 분들의 추천이 있었습니다. 그 분들께 감사의 마음을 전하며, 더불어 물심양면으로 도와주신 동아화학 안경선 사장님과 해운대 여자중학교 이현철 이사장님께 감사를 드리며 출판을 맡아주신 엘맨출판사 채주희 사장님과 임직원들께도 진심으로 감사드립니다.

2007년 12월

정 원 상

이 책의 차례 _____

14

제 1 장
나의 간증

제1장 나의 간증

1. 꿈의 동산, 함양 상림 숲

해발 1,915m, 지리산 영봉을 70리 밖에서 바라보는 함양이 나의 고향이다. 함양에는 천여 년 전 고운 최치원이 함양 태수로 있으면서 조성한 우리나라 최고의 활엽수 숲인 상림 숲이 있다. 나는 그 상림 숲을 무척 사랑한다. 천연기념물 제154호인 유서 깊은 상림 숲은 내 인생의 활력소요, 사색의 보금자리이다.

나의 정신적 비전의 배경은 언제나 고향인 함양이었다. 푸르고 푸른 고향의 숲인 상림은 전체 면적이 2만7천여㎡에 달하고, 숲에는 천년의 대를 이어 온 활엽수 2만여 그루가 원시림에 버금가는 '울창한 숲'으로 우거져 있다.

어린 시절 나는 이 숲에서 꿈을 키웠다. 이 숲 속은 나의 음악 교실이요, 창작의 보금자리요, 예술성의 잔뼈가 자란 곳이다. 숲 속의 새소리, 흘러가는 물소리, 나뭇가지를 스쳐가는 바람소리, 고목나무를 기어오르는 다람쥐의 평화스런 모습 등 수많은 추억들이 바로 나의 영원한 마음의 고향이요, 꿈의 동산인 상림숲에 스며 있는 것이다.

함양은 등록된 문화재가 45개나 된다.

2. 불신가정에서의 성장

이곳 함양은 예부터 유교사상이 배어 있는 곳으로 안동의 소주서원에 이어 전국에서 두 번째로 세워진 남계서원이 있다. 그래서 그런지 이 지방 사람들은 유난히 양반 사상에 젖어 있었다. 우리 집안도 예외는 아니었다.

주자학과 성리학에 통달한 조선조 오현의 한 사람인 문헌공 정여창(호 일두)은 16대 할아버지로서 우리 가문의 지주였다. 그 결과 나는 한학을 가르치는 가문의 칠 남매의 장남으로 태어나 성장하였다. 나의 어린 시절은 부모님의 노력에도 불구하고 항상 생활고로 힘들었다. 조부모님께서 워낙 술을 좋아하셔서 산과 논, 밭을 술로 탕진하셨기 때문에 끼니조차 잇기 힘들었다. 그러나 나는 우리 가족으로부터 사랑이 무엇인지를 배웠다. 남에게 지지 않는 자존심과 욕심, 고집 등이 나도 모르는 사이에 나의 성품으로 싹트게 되었다.

또한 철두철미한 유교사상 교육을 받았다. 부모님에 대한 효도와 형제간의 우애, 전통적으로 내려온 가문의 명예와 미덕을 지키며 사는 것이 나의 도리였다. 그래서 사회적으로 출세하여 남의 입에 오르내리는 칭찬 받는 청년이 되는 것이 유일한 목적이었고 희망이었다.

3. 음악과의 만남

나는 어릴 적부터 음악을 참 좋아했다. 오르간 소리가 너무 좋아 초등학교 3학년 때(일제시대) 책상 위에 오르간 건반을 새기고, 고사리

같은 작은 손으로 "미미레도 솔솔솔" 하고 오른손으로 연주하며 노래를 하다가 선생님께 들켜 벌을 받기도 했다.

전통적인 유교 양반 집안에서는 음악하는 사람을 '쟁이'라 하여 극구 반대하였으나 나는 음악을 포기할 수는 없었다. 한번은 내가 가지고 있는 바이올린을 아버지께서 보시고는 마당에 던지신 일도 있었다.

일제시대 고향에서 초등학교 교사로 근무하다가 해방을 맞이하여 음악공부를 위해서 부산으로 내려와 머무는 동안에 6·25 동란을 맞았다. 그때 내 나이 23세였다. 그러나 육군 심포니에서 피아노와 작곡을 전공, 음악예술에 대한 새로운 비전을 갖게 되었다. 그 때의 동료로 국내에서 정상으로 활약한 김규환(작곡), 김순세(미주), 이재헌(바이올린), 양재표(첼로), 박지수(피아노), 안용구(바이올린), 김신환(성악) 등이 있다.

나는 분수에 넘치는 꿈과 탐욕을 가진 사나이가 되어 있었다. 나에게는 휴식을 찾을 수 없었다. 긴장의 연속이었다. 중등교사 자격 국가고시에 합격되었고(경여중고에 근무), 1958년 8월 오리콘 주에 있는 전순이 여사로부터 미국 유학을 가능케 한 재정 보증서를 받아냈다. 그때 당시 이 보증서를 갖는 것은 하늘의 별을 따는 것만큼이나 어려운 일이었다. 나로서는 장래가 보장되고 큰 꿈과 음악가로서의 비전을 가질 수 있는 기회였다. 이 때 금수현, 윤이상 선생님과의 만남이 오늘의 나를 있게 하였다.

휴대용 타이프로 해변의 달밤에서도 연습을 하곤 했다. 대학에서는 영문과를 졸업하였다. 그러나 원대한 유학의 꿈인 피아노, 작곡 공부

를 위해 매일 10시간이 넘는 맹훈련을 했던 탓에 과로가 겹쳐 결국에
는 질병으로 강철 같던 굳은 의지와 나의 몸은 형편없이 쓰러지고 말
았다.

4. 절망 상태의 나

우리나라 최고의 피아니스트의 꿈은 물론 미국유학과 음악가의 꿈
도 무너졌다. 진단 결과 나의 병명은 위장염, 늑관신경통, 좌골신경통,
간염, 불면증 등이었다. 왼팔에 천여 대의 정맥주사를 맞았을 뿐 아니
라 한약과 침술, 조약, 개소주(32마리) 등 좋다는 유명약과 영양을 모
두 섭취했다. 그러나 병은 잘 낫지 않았다. 현대 의학으로서는 나는
버림을 받은 것이다. 그때 나는 셋방을 13번이나 옮기면서 살았다. 절
망에 빠진 나로서는 인생이 무엇인지, 왜 나에게 이런 불행한 일이 닥
치는지 정말이지 수긍할 수 없었다. 날이 갈수록 불행의 연속이었다.

지금 와서 생각하니 절망은 나로 하여금 높고 깊은 신앙의 세계로
비약할 수 있는 발판이 되어 준 것 같다. 이때의 절망은 죽음에 이르
는 질병이 아니라 오히려 새 생명에 이르는 빛이 되었다. 즉, 절망은
삶의 긍정적인 계기가 되었다. 그때 누군가로부터 금식을 하라는 권
유를 받았다. 잘하면 살고 잘못하면 죽는다는 말이었다.

굶어서 치료가 된다는 것, 그것에 대한 불신과 의문이 며칠간 계속
되었다. 그리고 마침내 이왕 죽을 바에는 굶어 보자라는 결심에 이르
게 되었다. 그때 내 나이 새파란 32세였다. 내 몸은 45kg. 지금 생각해
도 형편없는 상태였다. 엉덩이에 살이 없어 방석을 세 장이나 깔아야
했다. 아주 오래 된 얘기인데도 생각만 해도 가슴이 멘다. 이런 상태에

서 7일간의 금식을 해야 한다니…. 금식은 생사의 갈림길에서의 비상한 결심이었다. 금식을 결행했다. 무엇보다 금식 중 입에서 나는 썩은 냄새와 육체적인 고통은 질병보다도 더 견디기 힘들었다. 그러나 굶어야 산다는 생각밖에 없었다.

일주일 동안의 금식을 마치고 나니 뱃가죽이 등에 붙은 듯 배가 고파 오직 밥 한 그릇 먹고 싶은 생각뿐이었다. 사람이란 먹기 위해 사는 인생인 듯 그토록 원했던 명예와 출세는 어디로 갔는지 생각조차 할 수 없었다. 그 때 밥 한 숟갈이라도 훔쳐 먹었다면 나는 생의 마지막을 고해야 했다.

24일간의 엄격한 규정식(회복식)을 잘 마쳤다. 그때가 33세로 결혼한 지 2년 되던 해였다. 목사님의 주례로 결혼을 하였으나 마음에서 교회는 멀었다.

아내는 신앙심이 독실한 부유한 가정에서 성장했다. 결혼의 단꿈이 있을 리 만무했다. 그러나 내 인생의 새로운 출발은 이제부터 시작이라 생각하며 다시 육체적, 정신적, 영적인 금식을 계속 이어갔다.

"나의 기뻐하는 금식은 흉악의 결박을 풀어 주며 멍에의 줄을 끌러 주며 압제당하는 자를 자유케 하며 모든 멍에를 꺾는 것이 아니겠느냐"(사 58:6)

5. 내가 만든 불면증

당시는 무엇이 가치 있는 생활이며 이상인지 나를 지배하고 나의 행동을 결정하는 확고한 신념과 가치관이 없었다. 날이 갈수록 미국

유학에 대한 갈등은 심해졌고, 생의 집념으로 점점 약(藥)에 집착하게 되었다.(부산상고에 재직)

수면제 한 알이라도 먹어야 잠을 잘 수 있었다. 온갖 약 광고 속의 가득 찬 행복을 맛보며 지냈다. 오직 값 비싸고 외제의 좋은 약만이 나의 신경을 튼튼히 할 수 있다고 믿었다. 운동과 정신집중 훈련으로도 불면증을 치료하지 못했다. 물론 일시적으로는 가능했으나 곧 재발하고 말았다.

낮에는 출근, 밤이면 동네 들판, 좁은 오솔길 등을 찾아다니며 가능한 한 문명과 등지며 공해를 피했다. 언젠가 가을, 무르익은 벼 사이로 불어오는 풀냄새를 맡으며 N선생과 나는 끝없이 걷고 또 걸었다. 걷다가 지치면 잠자는 메뚜기를 깨워 가면서 둑에 앉곤 했었다. 그때 문득, 인생은 무(無)요, 잠시 지나가는 나그네라는 깨달음이 들었다. 잡념에서 벗어나니 잠이 쏟아져왔다. 그제야 수면제에 의지하던 어리석음의 근본이 나이며, 나는 곧 마음이라는 것을 깨달았다. 내가 내 마음에 감옥을 만들었음을 늦게나마 깨달을 수가 있었다. 나는 하나님께서 환난을 통하여 나를 막다른 골목으로 집어넣으시고 육신의 사람, 곧 내 못난 자아를 깨게 만드셨다는 것을 후에 알게 되었다.

"욕심이 잉태한즉 죄를 낳고 죄가 장성한즉 사망을 낳느니라"(야고보서 1: 15)

6. 세상이 놀란 신비의 금식

금식의 효과는 차차 나타나 10년 묵은 고질병은 안개처럼 사라졌다. 지난날의 건강한 모습이 돌아왔다. 한 달 만에 나의 모습을 본 경남여고 교무실은 떠나 갈 정도로 환영의 함성이 터져 나왔고, 나는 교무실에서 헹가래를 높이 받기도 하였다.

지금까지 나는 질병을 유명약에만 의지하고 병원만 찾았었다. 모든 질병이 영양실조에서 온다고만 믿었던 것이다. 오늘날 병원의 환자들이 영양실조에서 온다고만 믿었던 것이다. 오늘날 병원의 환자들이 모두 영양이 부족해서 왔을까? 아니다. 자연치유력을 잊은 것이다.

나는 그 사실을 아예 알지도 못했었다. 인간은 육체와 정신의 합성체란 것을 알 수 없었던 것이다.

나의 육체적인 건강은 그 후 완전 회복되었다(금식을 통한 건강법 참조). 나는 육체의 건강을 되찾은 후 금식의 신비를 모든 사람들에게도 알리고 싶어 1976년 『과학적인 금식요법』이란 책을 출판했다. 그 후 과학적인 금식요법은 신문지상에 '굶어야 산다'란 기사를 통해 널리 알려지면서 주목을 받게 되었다.

그 해 12월 6일 TBC TV에 출연하여 온 세상에 충격을 주었다. 개와 고양이는 병이 나면 마루 밑에서 금식을 한다는 이야기에서 시작하여, 40만 종의 생물이 질병 상태에서는 금식을 한다는 이야기 등을 얘기했는데, 출연 후 일 주일 간 우리 집에 찾아온 사람이 700여 명이 넘었다. 나에게는 이런 일들이 충격이었다.

그 후로 1년에 한 번씩 4년간 TBC의 TV에 출연하였다. 이 일로 나는 나도 모르게 우리나라 금식요법의 권위자가 되었고, 그 후 미국 텍사스 브라운 건강학교에서 자연건강법을 같이 연구하자는 초청을 받기도 하였다.

브라운 건강학교는 367에이커(40만 평)나 되는 큰 규모의 학교였다. 나의 권위와 욕심이 또 일어났다. 나는 전공 연구에 열중하게 되었고 대학원 작곡과를 마치고 다시 외국유학을 꿈꾸게 되었다.

매일 영어공부에 빠지고 그 꿈에 사로잡혔다. 내 몸은 희망과 소망으로 가득 찼다. 내 마음 속에 야망의 꿈이 다시 되살아난 것이다.

7. 성공과 행복은 다르다

심신의 과로로 나의 건강은 다시 나빠지게 되었다. 병원의 진찰결과 간경화증이라는 불치병의 진단이 나왔다. 사형 선고였다. 나는 다시 긴 절망에 빠졌다. 현대의학으로는 모든 것이 불가능하다는 진단이었다.

내가 어린 시절부터 꿈꾸던 음악가의 꿈과 외국유학의 꿈이 또다시 깨어지고 말았다. 영양을 취할수록 상태는 더 나빠졌다. 나의 간장은 돌처럼 굳어져가고, 30일 정도밖에 살 수 없다는 진단은 나를 다시 끝 모를 불행의 나락으로 떨어뜨렸다. 명예와 지식이 무슨 소용이 있단 말인가? 교수가 되었어도 불치병에 걸린 사람은 불행한 사람이 아닌가? 성공과 행복은 엄연히 다르다는 것을 나는 어리석게도 그때서야 크게 깨달았다. 그 동안 나는 오직 성공만을 위해 참 행복이 무언지 모른 채 37세의 나이까지 숨차고 바쁘게 달려오기만 했던 것이다.

"사람이 만일 온 천하를 얻고도 제 목숨을 잃으면 무엇이 유익하리요"(마 16:26)

8. 오, 주여 용서하소서!

"부모님보다 먼저 갈 수는 없다. 꼭 나의 뜻을 이루자." 나는 나에게 한 번만 더 생을 주시면 세계 인류의 건강을 위해 공헌하겠다고 하나님께 약속하기도 했다.

"하나님! 어쩌다가 저는 주님의 미움을 사게 되었습니까? 나는 알수가 없습니다. 얼마나 열심히 살아왔습니까? 저에게 그 많은 병을 주시다니 도대체 내가 무엇을 잘못했습니까? 이유가 무엇입니까? 나는 이제 이렇게 속수무책으로 죽는 날만 기다려야 합니까?

이 세상과 사랑하는 모든 사람들을 영원히 볼 수 없다고 생각하니 가슴이 너무 아팠다. 너무나 가까이 있기 때문에 가장 소중한 것을 잊어버리고 있었던 것이다. 나는 그 설움과 체념 속에서도 한 가닥 신비와 기적을 찾고 있었다. 꿈을 품는 사람만이 내일을 가슴에 잉태한다고 나는 한 줄기 기적까지 놓칠 수 없었다.

절망 상태에서 나는 온갖 자연요법과 금식요법으로 3년간 질병과 싸워 다시 건강을 회복하게 되었다. 그런 와중에서도 7남매 중 장남이라는 책임감에 항상 근심, 걱정으로 마음 편한 날이 없었다. 그동안 아내(오연자 권사)는 내 여동생 넷과 남동생 하나(정길상 목사, 부흥교회)를 결혼시키고, 내 병간호에 온 정성을 다했다.

9. 세상적인 정욕에 빠져

이후 나는 경성대, 부산대, 동아대 등의 대학원에서 강의도 하고 동의대학교에서는 음악과 과장으로 재임하기도 하였다. 국립극장에서 21회의 작품발표회도 열었으며, 한국작곡가회 고문, 한국음악학회 이사, 한국음악평론가회 부회장, 미국 신시내티 대학의 초빙교수를 지냈으며, 그 외에도 비엔나 국립대학교에서 수학을 하는 등 화려한 활동을 하기도 하였다. 이와 같은 활발한 활동으로 부산시 문화상과 한국예술가곡상을 받기도 했다. 또한 창작에도 힘을 써 저서와 역서, 가곡집 등 10권의 책을 출판하기도 했다. 1986년에는 『예술가곡음반』을 출판(성음사)하기도 하였다. 그렇게 나는 있는 정력을 다 쏟았다.

가정으로는 2남 1녀의 아이들이 모두 좋은 대학에 진학하여 장학생이 되니 자랑스럽고 기쁘기만 하였다. 큰아들에게는 일요일에 교회 가는 것보다 영어단어 하나 더 외우라고 책망하곤 했다. 그때 내 나이는 49세가 넘어가고 있었다.

그러는 사이 집념이 강한 나는 세상에서 성공하고, 복을 받아 하나님 없이도 살만하다고 생각했었던 것이다. 나는 하나님을 의지하기보다는 철두철미한 나의 능력과 수단·방법, 나의 힘을 의지한 사람이 되어 있었다.

10. 다시 찾아온 고난

그러나 죽음의 고비를 넘긴 감사의 생활은 7년이 지나자 큰 시련으로 다시 찾아왔다. 장남이 서울대 대학원 경영과를 졸업함과 동시에 문제가 생겼다. 취직이 불가능하게 된 것이었다. 그 일은 나에게는 청천벽력 같은 날벼락이었다. 또 다시 나에게는 불행이 찾아왔다.

"오 하나님! 왜 하필이면 또 저에게 이런 고통을 주십니까?" 하고 울부짖고 원망과 슬픔에 잠겼다. "하나님, 나를 한 번만 도와주소서!"

평소에 나는 유교와 불교 철학에 심취하였고 노자와 장자에도 관심이 깊었다. 병을 고치기 위해 많은 동서양의 서적을 닥치는 대로 읽었다. 정신건강, 철학, 동양사상과 서양철학, 세계 각국의 금식법, 심령과학, 자연의학 등의 다양한 수천 권의 책을 읽으며 희망 하나 품으며 그렇게 살았다. 그러나 예수님을 마음에 두기는 싫어했다. 그래서 나는 오히려 불교 쪽이 좋다고 생각하여 많은 사람들에게 불교를 권유하기도 했다.

그때까지 나 자신을 책망할 만한 이유를 알지 못했다. 나는 방탕한 삶을 산 적이 없었으며, 윤리 도덕에 비추어 흠이 없는 삶을 살고 있다고만 생각했다.

그러나 그 때 홍난희 원장님의 기도는 나의 영분별 의식을 처음 열어주었고, 내 자신의 과거를 처음으로 되돌아보게 하였다. 나는 나의 죄악 중에 잉태되고 출생되었다는 것을 깨달았다. 내 일생에 가장 커다란 실수 중의 하나가 자녀들을 하나님 중심으로 키우지 못했다는 사실이다. 이것이 나의 일생의 아픔이 되고 있다. 자기중심적이며 스스로를 의지하던 나, 공부와 학문이 전부인 줄 알던 나, 나는 내 자신의 이익을 위하여 살던 내가 죽어가고 있다는 것을 깨닫게 되었다. 내가 안다는 것은 모르는 것이다(베르그송). 아인슈타인의 말이 떠올랐다. 이 우주에는 의식할 수 없는 초의식, 지적인 그 무엇이 존재한다고 믿게 되었다.

11. 나는 변하고도 변했다.

수영로교회에 다니는 오연해 권사의 권유로 성경을 읽게 되었는데, 1984년 1월 4일 주님을 영접하고 새벽기도부터 나가게 되었다. 내게는 주로 잠언과 시편이 마음에 와 닿았다.

하나님께서 나를 사랑하셨기 때문에 질병과 고난을 통해 나의 죄를 깨닫게 하시고 회개케 하시며 결국 하나님께 돌아오게 하셨다는 것을 나는 깊이 깨달았다. 알고 보니 예수님은 나를 위해 죽으셨고, 성경 66권은 나를 위한 훈계와 사랑의 편지였다.

할렐루야!

그 후 모든 것이 허무한 것으로부터 가치 있는 것으로, 상대적인 것으로부터 절대적인 것으로 변했다. 천한 것으로부터 귀중한 것으로, 거짓으로부터 참됨으로 변했다. 시간적인 것으로부터 영원한 것으로 변했고, 죽음으로부터 생명의 빛으로 나는 변했다. 지금까지 배운 것은 배설물로 여겼고 윤리와 도덕으로 죄를 해결할 수 없다는 것을 알게 되었다.

만물보다 거짓되고 심히 부패한 것은 사람의 마음이었다. 인간의 마음은 죄의 공장이었고, 나의 마음은 개 밥통이었다. 나는 그동안 죄를 덮어놓고 태연한 채 살려고 했다. 죄 이야기를 하면 누구나 얼굴이 붉어짐을 안다. 감추어진 나의 죄를 끄집어내고, 부패한 나의 마음을 발견하게 해 주신 예수님께 감사드린다.

나는 일찍이 편견과 집념으로 인해 눈이 멀어 있었다. 나의 행동은 나의 양심에 충실하게 따랐다고만 생각했다. 그러나 나의 양심은 성경의 표준을 올바로 따르지 않고 있었던 것이다. 양심은 성경의 표준에 따를 때에만 올바른 기능을 할 수 있음을 알게 되었다. 또 양심은 사람으로 하여금 옳은 것을 하게 하거나 그른 것을 그만 두게 할 힘도 없음을 알게 되었다.

철저한 회개로 나의 성격은 변하기 시작했다. 나는 고정관념에서 벗어나기 시작했다. 그토록 좋아하던 연구와 노력으로 이루어 온 많은 학문과 음악과 교수라는 직위로 나를 높이고 세속적으로 유명하게 되었으나, 그런 것들은 나를 변화시키고 나의 영혼을 구원하지 못한다는 것을 나는 깨닫게 된 것이다. 나는 성령의 도움으로 생명의 빛을 발견할 수 있었으며 그로 인해 변할 수 있었다.

나는 고난을 통해 인내력이 길러졌으나, 한 번도 그 고난으로 인해 내가 좋아하는 음악공부를 부정적으로 생각하거나 나의 목적과 꿈을 포기한 적이 없었다.

질병과 고난을 피하려고 그리도 원했건만, 시련과 역경에 처한 나와 동행하시며 나를 역경을 이기는 승리자로 만들어 주신 하나님께 감사할 따름이다. 인생의 성공과 실패는 지식의 유무에 있지 않고 지혜의 유무에 있다는 것을 알게 되었다.

12. 고난을 통한 구원의 확신

나의 신앙생활은 깊어만 갔다. 그 후 5년이 지난 어느 날, 내 마음에는 무서운 변화가 또 오기 시작했다. 하나님과의 첫사랑은 어디 갔는지 나의 마음에는 불신이 일기 시작했다.

광야 40년의 고통, 살아계시는지 보이지 않는 하나님. 나는 예수님을 열심히 믿었다. 그러나 하나님의 응답을 받을 수 없었다. 지금 와서 생각해 보면 그때의 나는 말씀의 뿌리가 없었음을 깨닫게 된다. 나는 아직도 진실히 믿고 하나님의 뜻대로 살려는 결심을 하지 않고 입술만의 고백과 순종 없는 믿음생활을 계속한 것이다. 그 결과 나의 성격, 나의 자아, 나의 자존심을 버리지 않고 붙들고 있었던 것이다.

사탄의 미혹으로 불신이 찾아왔다. 또 세속적인 정욕에 빠졌다. 눈에 보이는 하나님을 찾고 하나님이 살아계시는지 체험을 하려고 양산 감림산 기도원과 전국의 유명 기도원을 찾게 되었다. 그 중 H와 T기도원을 방학이 되면 찾곤 하였다. 그 때 수천 명의 성도들이 부르는 찬양은 감동적이었다. 그 순간 주님의 음성이 들려왔다. "내가 네게 준 달란트가 무엇이냐?" 그때서야 처음으로 주님의 음성에, 이제야 성가를 작곡 해야겠다는 다짐이 마음속에 솟아올랐다. 과거에는 내 명예를 높이기 위해 음악가가 되었지만 이제는 오로지 주님만을 높이기 위해 주신 달란트로 작곡을 하리라고 결심하였다. 그 때가 1985년 8월 8일이었다.

"마음의 경영은 사람에게 있어도 말의 응답은 여호와께로서 나느니라"(잠 16:1).

그리고 벽에 붙어 있는 표어들이 나에게는 큰 충격이 되었다.

13. 교만은 독이다(기도원 벽보)

(1) 교만은 독이다 (2) 용서하라 (3) 회개하라 (4) 하하 웃어라

나는 하루 종일 회개하고 찬양하는데 시간을 보냈다. 나는 회개하고 십자가의 고통을 느끼며 날마다 회개, 또 회개를 하며 눈물로 기도원 생활을 보냈다. 나는 돌같이 굳은 간장을 18세 소년의 간장으로 치료해 달라고 기도하였다. 그동안 나는 볼 수 있는 육체를 통해 보이지 않는 정신을 포착하지 못하고, 광야 40년 세월과 같은 나의 고통을 오직 육체적 영양과 약물 치료로만 해결하려고 했다. 내 마음의 치료는 등한시한 것이다. 하나님을 믿노라 하면서 마음으로는 하나님의 법을, 육신으로는 죄의 법을 따르고 살았다. 육신이 있는 한 죄에서 떠나지 못함을 알지 못한 채 자존심과 체면, 위선으로 나를 죽이고 있었다. 아무리 생각하여도 자기가 죄인이라고 생각되지 않으면 교만한 자요, 자기의 부족한 점을 깨달아 하나님 앞에 무릎을 꿇을 수 있을 때 겸손한 자임을 깨달았다.

그저 결과만 보고 달려온 나로서는 고난의 과정을 헤아릴 수 없었다. 지금까지 무엇을 위해서 살아왔는지 고난의 체험을 통해서야 비로소 알게 되었다. 과거의 내 모습은 완전히 깨뜨려지고 쓸모없는 광야의 가시 떨기 같은 나만 남아 있다는 생각이 들었다. 하나님의 진노를 알지 못한 인생이 바로 내 인생이었던 것이다.

"하나님이 교만한 자를 물리치시고 겸손한 자에게 은혜를 주시나니"(잠언 4:6).

그러나 하나님께서는 그렇게도 교만한 나를 끝내 버리지 않으셨다.

14. 무의식 속에 숨어 있는 독소 발견(T기도원)

기도하는 중 내가 그렇게도 생명을 걸고 노력하여 얻은 귀하고 소중한 지식과 명예, 권위와 직위들로 말미암아 나의 강한 집념과 욕심 같은 것들이 내 마음의 독소로 내 몸과 마음, 성격에까지 깊이 자리 잡은 것을 깨닫게 되었다.

원장님은 기도로 말씀해 주셨다. 나는 아는 것이 많아 안 된다는 것이었다. 그 순간 나는 고민에 빠졌고 회개가 일어났다. 부르는 영음가의 가사에서 오직 나의 양심의 소리를 찾기도 했다. 또 마음으로 지은 죄를 그대로 두니 싹이 점점 크게 돋아나는 것을 깨닫게 되었다. 음악을 하나님보다 더 사랑했었다. 음악이라는 예술의 높은 경지를 추구하는 유명병에 걸렸고, 명성에 취해 가난한 봉급생활자임에도 불구하고 정신적으로는 항상 귀족생활이었다.

그러나 나는 항상 체면과 욕구불만으로 편안한 마음을 가질 수 없었다. 사람 앞에서 완벽하려고 하니 고집과 과로가 따르게 되었다. 그렇게 외식하게 되다 보니 나의 욕심과 명예심은 하나님을 섬길 수 없었다. 오히려 무관심하고 부인할 때가 많았다. 타다 남은 잿더미 속에서라도 재생한다는 굳은 의지만이 나의 유일한 자본이요, 성공의 길이라고 믿어왔었다. 그런 나의 고집이 내 영혼의 독소임을 알게 되었다.

"마음의 즐거움은 양약이라도 심령의 근심은 뼈로 마르게 하느니

라"(잠 17:22)

이 때 나의 생활은 사물의 겉만 보느라 나를 잊었다. 탁한 물을 너무 많이 본 탓인지 맑은 물을 잊어버렸다. 장자는 죽는 날까지 가난했으나 그래도 그는 마냥 행복했다. 높은 감투 때문에 자유를 잃고 산송장처럼 사는 것보다는 흙탕물 속에서나마 자유롭게 마음대로 사는 것이 그에겐 더 중요하고 소중했던 것이리라.

15. 성령 수술 받던 잊을 수 없는 그 밤(H기도원)

2주일간 기도원 생활을 하던 어느 날, 가족 중 불신자인 어머니(83세)가 예수를 믿어야 한다는 원장님의 말씀에 순종한지 7일이 지난 1984년 8월 14일 밤 9시 30분이었다. 성령 수술을 받는 기적이 일어났다. 나는 누워 있었다. 할렐루야! 수천 명의 성도들은 찬양과 박수를 하나님께 보냈다. 내 오른쪽 가슴 간장 부위에 안수로 마취가 되고 원장님의 손가락이 들어가고 나오고 했다. 통증은 전혀 없었다. 잃어가던 나의 생명을 되찾은 것이다. 그 때 피투성이가 된 나의 러닝셔츠는 평생토록 은혜의 증거로 아직도 보관하고 있다.

그 신비로웠던 밤을 나는 잊을 수가 없다. 그 날 그 놀라운 밤 주님의 그 거룩한 손길이 내 아픈 가슴에 직접 와 닿았다. 나는 순간 회개의 눈물을 비를 뿌리듯 한없이 쏟았다. 하나님이 살아 계시다는 확신을 얻은 것이다. 나는 새로운 세상을 맞이했다.

성령 받은 그 감격을 나는 잊을 수 없다. "나에게 영원한 생명을 주신 아버지 하나님 감사합니다. 저에게 생명을 연장시켜 주셔서 이 세상을 다시 한 번 살 수 있게 해 주시니 하나님 정말 감사합니다."

그렇게 성령 수술 받은 후, 밤거리에서 전등만 보면 전등을 중심으로 오색찬란한 형언할 수 없는 둥근 무지개를 환상으로 볼 수 있었다. 우리는 성령 수술의 신비주의에서 말씀의 믿음으로 빨리 돌아와야 한다. 성령 수술을 받지 않고도 깊은 신앙심에 젖는 경우를 나는 많이 보고 듣고 책으로도 읽었다. 그러나 내 경우는 내가 하도 의심이 많은 사람이고, 보이지 않는 것은 믿지 않는 성격이라 하나님께서 그것을 깨우치기 위해 이적의 표시로 오른쪽 가슴에 도장을 찍은 것이라고 생각한다.

"내가 고통 중에서 여호와께 부르짖었더니 여호와께서 응답하시고"(시편 118:5)

16. 모든 것을 가능케 하는 믿음

신앙심이 독실한 사촌누님이 있었다. 누님은 가끔 내게 오셔서 신앙 부흥회에서 일어난 이적과 기적의 이야기를 들려주시기도 했다. 그 때마다 나는 누님에게 그런 이야기는 목사와 성도들이 서로 짜고 한 것이니 믿지도 속지도 말라고 말했었다(누님의 아들이 부산 호산나교회 최홍준 목사님이다). 그러나 성령 수술을 받은 후 지금까지 의문과 불신으로 내 믿음을 혼돈케 하였던 성령잉태와 부활승천, 물이 포도주로 변한 일, 오병이어의 기적, 예수는 혈통으로 난 것이 아니요 성령으로 잉태 되고, 공자 석가와는 다르다는 것, 예수가 물 위로 걸어가고, 눈먼 자가 눈을 떴다는 등의 일들이 그대로 믿어졌다.

"믿음대로 될지어다!"

그리고 해운대 백사장의 모래를 곡식으로 만들 수도 있는 주님의 권능을 믿게 되었다. 영안이 뜨이지 않은 상태에서는 성경말씀을 이해한다고 해도 하나의 지식에 불과하고, 생활에 깊은 의미를 가질 수 없다. 내 생활 속에 말씀을 끌어들이는 것이 중요함을 깨닫게 되었다. "눈에 보이지 않고 귀에 들리지 않으며 손에 잡히지도 않는데 무엇이 이루어질 것 같습니까? 되지 않습니다."라고 말하는 마귀의 속삭임에 간혹 나는 넘어갔었다.

그러나 성경에 "내가 너희에게 이른 말이 영이요, 생명이라"(요 6:63)라고 기록되어 있다. 예수님의 말씀은 영이시기 때문에 육의 사람은 말씀을 알 수 없다. 영의 사람은 믿음으로 말씀을 받아들이고, 눈에 보이기 전에 믿음으로 하나님의 창조적인 에너지를 받아들이기에 약속을 통해 축복이 다가온다는 것을 깨달을 수 있다.

"누구든지 생명과 양심이 있다는 사실을 자신만은 잘 알고 있다. 우리는 배우지 않아도 양심이란 것이 있다."는 칸트의 말이 믿음에 도움이 되었다. 보이지 않는 생명과 양심은 그 누구에게도 내어 보일 수는 없는 것이다. 마찬가지로 하나님은 영이시니 살아계신 하나님을 알려면 예수 그리스도를 구주로 영접해야 한다.

· 우주 만물은 창조주가 있다. 즉 원인과 결과로 나누면 원인은 하나님이다.

· 역사적 존재론(토인비)은 항상 존재한다고 믿어왔다. 정부와 국가가 없어도 신은 있어 왔다고 하였다.

· 못 믿기 때문에 예수가 오셨다. 부활의 증거는 40일간이나 500명에게 나타남으로 밝힐 수 있다. 11명의 제자가 문을 드나들었다.

『벤허』의 작가는 하나님을 부인하기 위해서 성경을 읽어보다가 하나님이 살아계심을 깨닫고 대작을 만들게 되었다고 한다.

"믿음은 바라는 것들의 실상이요, 보지 못한 것들의 증거니라"(히 11:1)

17. 길고 긴 방황 끝에 만난 예수님

지금까지 하나님을 두렵게만 생각하던 나는 회개하면 죄는 죽고 나는 산다는 확신을 갖게 되었다.

사랑의 하나님은 "사람이 마음으로 자기의 길을 계획할지라도 그 걸음을 인도하는 자"(잠 16:9)이시다.

고작 병밖에 자랑할 것이 없던 나에게, 그 질병의 고난을 통해 영원한 영광을 보게 하시니 나에게 있어서 내 고난 그 자체가 은총이요, 변형된 축복이었다. 하나님은 바로 사랑 그 자체임을 깨달을 수 있었다. 할렐루야!

많은 독서를 하고 학문의 객관적 진리의 방대한 체계를 알았다고 해서 내 자신이 변하고 내 생활이 달라지는 것이 아니었다. 입에서는 아무리 오묘한 진리가 쏟아져 나오고, 아무리 깊은 사랑이 흘러나온다 하더라도 본인의 마음을 떠난 글에서, 생명의 힘을 얻을 수 없다면 이것은 하나의 허구에 지나지 않는 것이다. 오직 그리스도의 진리 그 속에 내가 살고 있는 것이 아니면 아무 소용이 없음을 알았고, 내가 진리 안에 있고 진리가 내 안에 있을 때 비로소 그 진리가 가치가 있다는 것을 깨닫게 되었다. 하나님은 살아계시고, 내가 완전히 깨어지기를 기다렸던 것이다.

그 후 병원에서 검사 결과 돌같이 굳었던 간이 18세 소년의 간처럼 회복되었다는 놀라운 진단을 받을 수 있었다. 하나님께서는 내 기도에 대한 응답으로 나의 간을 되돌려 주신 것이다. 할렐루야! 그래도 내 마음속에는 여전히 미운 생각, 괘씸한 생각들이 가득했다. 이것은 참용서가 아니었다.

용서가 없이는 회개가 되지 않고, 용서가 없는 회개는 하나님이 받지를 않으신다는 것, 나를 괴롭히는 사람이 있을수록 나는 오히려 복을 받게 되고 하나님을 사랑한다는 증거를 하나님께 드리게 된다는 것을 알게 되었다.

상대방이 나에게 나쁘고 무례하게 행하는 것이 오히려 나를 발전케 하고 회개하게 하며 나의 삶의 방향을 바꾸게 하는 것이다. 나는 "원수를 사랑하라"는 참뜻을 알게 되었다.

내가 좋으면 나쁜 사람이 없고 내가 나쁘면 좋은 사람이 없었다. 악한 소리가 들려오는 것은 내가 악하기 때문이요, 좋은 소리가 들려오는 것은 좋은 마음을 가진 덕분이라는 것을 깨달았으며, 악은 악을 부른다는 것을 알게 되었다.

"범사에 헤아려 좋은 것을 취하고 악은 모든 모양이라도 버리라" (살전 5:21-22)

하나님은 살아계신다. 죄는 모두 마귀의 양식이며, 마귀는 인간 속의 마음의 죄를 먹고 산다고 한다. 누구에게 안수를 받는가가 문제가 아니고, 내가 먼저 변하고 안수를 받는 나의 태도가 더 중요함을 깊이 깨달았고, 죄가 무서운 것이 아니라 회개하지 않는 것이 무서운 것임을 깨달았다.

내가 회개하고 돌아올 때까지 기다려 주신 하나님이 참으로 감사했다.

"회개야말로 가장 성스러운 것!"

"다시는 되풀이하지 않는 것이 가장 진정한 회개이다"(루터)

"회개는 영원히 궁전을 여는 황금 열쇠다"(존 밀턴)

"육신대로 살면 반드시 죽을 것이로되 영으로써 몸의 행실을 죽이면 살리니"(롬 8:13)

나는 이런 소중한 말들을 항상 기억할 것을 다짐하며 살고 있다.

18. 꿈을 가지고 살다

나는 너무나 많은 질병과 고난을 극복했는데도 음악가의 꿈은 한번도 그것을 부정하거나 절망하고 포기한 적이 없었다.

나에게는 전화위복이 되는 도전의 기회가 될 수도 있었다. 어떤 사건으로 인한 결과를 부정적으로 보느냐, 긍정적으로 보느냐가 중요함을 알게 되었다.

긍정적으로 보면 좋은 기회가 된다는 것을, 위대한 사람은 따로 있는 것이 아니고 보통 사람들 가운데서 위대한 사람이 나온다는 것을, 하나님이 내 편에 서 계시는가를 묻지 말고, 내가 하나님의 편에 서 있는지 확인했어야 했다.

인생길에 조금 앞서고 뒤서는 것을 생각지 말고, 내 안에 있는 무한한 잠재력을 생각했다. 그리고 마음의 여유를 가졌다. 점차 나의 위기를 해결해 나가는 자신의 능력을 인식하고 삶의 새로운 의미와 목적을 발견하게 되었다.

"현재의 고난은 장차 우리에게 나타날 영광과 족히 비교할 수 없도다"(롬 8:18).

19. 새로운 삶

거듭난 후 사물을 보는 나의 눈이 달라졌다. 세상 모든 것이 아름답고 더 소중하게 여겨졌고, 세상이 나에게 행복을 줄 것이라고 생각하고 바랐다. 이 세상은 다 지나가는 것이며, 영원한 것이 될 수 없음을 나는 분명히 알았다.

나는 나의 욕심과 고집으로 아픔과 상처를 주었던 내 아내, 자녀들, 부모님, 친척과 형제, 친구와 동료들 등 모두에게 용서를 빌고 나를 낮추고 나의 모든 죄와 잘못을 고백하고 용서를 빌었다. 나는 체면과 남을 의식한 탓으로 한평생 나를 속이고 남을 의식하며 살아왔었다.

1996년 9월 9일, 사람을 믿지 말라는 하나님의 사랑의 계시가 있었다. 이것은 나의 내면의 고백이기도 했다. 영원한 사랑은 하나님의 사랑뿐이다.

사랑받을 권리는 회개하는 자에게 있으며, 죄가 없다고 생각한다면 회개할 권리를 포기하는 것과 같은 것이다. 그래서 죄 많은 곳에 은혜가 풍성하다고 했다.

나는 나날이 죽어야 했다. 회개를 많이 할수록 하나님의 은혜를 많이 받는다는 비밀을 알게 되었기 때문이다.

습관처럼 해왔던 정든 일들이 죄라고 깨달아질 때는 아픔이 있더라도 수술하여 잘라 버리기도 했다. 쉬운 일은 아니었다. 심히 아프고 고통스러웠던 나의 모든 죄를 십자가 밑에서 깨끗하게 청산하는 고통의 울음이 있어야 했다. 지금까지의 나의 성질을 모두 버리고 예수님의 온화하고 겸손한 성품으로 바꾸어지기를 밤낮으로 기도했다.

그동안 나는 숨 가쁘게 달려오기만 했다. 그러나 이제 돌아보니 강철 같은 집념에서 벗어나 긴장을 풀고 휴식의 시간을 그리워하던 나 자신을 발견하게 되었다. 알고 보니 내 것이란 하나도 없어 오직 순종만이 내 것이었다.

그 후 나의 생활은 매일 기쁨과 감사로 가득 찼다. 내 마음대로 세상을 바꾸어 놓을 수는 없듯 다른 사람도 나를 바꾸어 놓을 수 없으며, 직장도 가정도 바꾸어 놓을 수 없었다.

그러나 지금은 성령님의 도움으로 내 자신의 생각만은 내 마음대로 바꿀 수 있다는 것을 알게 되었다. 세상 그 자체는 달라진 것이 없더라도 내 마음만 바뀌면 세상은 달라진다.

밀턴의 『실낙원』에 이런 구절이 있다.

"마음은 지옥 속에서 천당을 만들 수도 있고, 또 천당 속에서 지옥을 만들 수 도 있다."

이처럼 마음이 변치 않고 그대로 있다면 어디에 가 있거나 어떤 상황에 처해 있어도 문제될 것이 없다. 내가 생각하는 잣대로 남을 평가

하는 데서 모든 스트레스가 오는 것이다(제 2장 마음을 다스리는 건
강법 참조).

"너의 본토, 친척 아비 집을 떠나 내가 네게 지시할 땅으로 가라"
(창 12:1)

20. 보이는 것과 보이지 않는 것

이 세계는 보이는 것과 보이지 않는 것 두 가지 형태가 있다. 즉 자
연계와 초자연계다. 자연계는 과학의 대상(원자, 분자)이며 초자연계
는 믿음의 대상이다(사탄, 귀신, 성령, 천사). 믿으면 있고 믿지 않으
면 없는 것같이 보인다.

"창세로부터 그의 보이지 아니하는 것을 곧 그의 영원하신 능력과
신성이 그 만드신 만물에 분명히 보여 알게 되나니 그러므로 저희가
핑계치 못 할지니라"(롬 1:20)

우리의 육체는 보이는 것과 보이지 않는 것을 갖고 있다. 볼 수 있
는 육체를 통해서 보이지 않는 정신을 포착해야 한다. 그러나 나는 보
이는 육체만의 치료에 전력을 다했었다. 그때 내가 볼 수 있는 인간의
육체는 타인의 육체이지 나의 육체는 아니었다. 내 자신이 체험한 질
병과 고통은 외부에서는 볼 수가 없다(병과 고통은 객관적인 것인데,
질병자는 주관적인 병이었다). 어두우면 더러움이 보이지 않고 밝아
야 더러움이 보이는 것같이 악하면 악이 보이지 않고 선해야 악이 보
이는 것이다.

내 마음의 치료는 등한시하고 아예 들여다볼 생각조차 하지 않았었

다. 체험을 통해 크게 눈을 뜨게 하신 하나님께 감사한다. 자녀가 자기보다 부자라고, 딸이 자기보다 예쁘다고 시기하는 부모는 없다. 아들이 자기보다 머리가 좋다고 질투하는 아버지도 없다. 사랑은 결코 시기하지 않는다.

* 심신은 하나이다. 모든 세포에 마음이 와 있다.

* 육체는 마음의 그림자이다.

* 마음 작용은 물질화로 - 화학반응의 과학적 증거

* 상상하는 곳에 마음이 간다.

* 질병은 그 마음과 원인을 알아야 한다.

* 질병과 죽음은 어느 누구도 대신할 수 없다. 인간의 존엄성은 보이지 않는 것에 숨어 있다.

* 질병이란 쾌. 불쾌보다는 일상생활에서 잃었던 허전한 무엇인가에 대한 대화를 원하는 기회이다.

* 마음 관리 여하에 따라 양약도 되고 독약도 된다.

* 건강의 유지는 하나님을 믿고 바른 습관으로 바꾸는 것이 먼저다.

"마음의 고통은 자기가 알고 마음의 즐거움도 타인이 참여하지 못하느니라."(잠 14:10)

지식과 신앙은 서로 분리될 수 없음에도 지식만을 추구하였던 나. 하나님께서는 인생의 실패자인 나를 용서하시고 선교의 일을 하게 하셨다.

21. 세계선교회에 보내심

그 후, 세계선교회 자문위원으로 동참하였다. 회장에 유기상 목사 (서광교회), 해외선교원장에 박은수 목사(부산성지교회)가 함께 하였는데, 선교 5년 만에 90만 명의 결신자라는 성과가 있었다. 모든 영광을 하나님께 돌린다.

"오직 성령이 너희에게 임하시면 너희가 권능을 받고 예루살렘과 온 유대와 사마리아와 땅 끝까지 이르러 내 증인이 되리라 하시니라"(행 1:8)는 말씀에 따라 세계선교회의 자문위원으로 1996년 5월 20일과 그 해 7월 7일에는 중국 심양 선교에 이어 1996년 8월 26일과 1997년 1월 7일 필리핀 선교(엔젤에스), 1997년 4월 28일 일본 지바 벤엘교회와 동경 안디옥교회 등을 돌았다. 이때 유능한 목사님과 동참함으로써 현지에서 하나님의 사랑과 예수님의 사랑이 나타나심을 체험하고, 사도행전의 기록이 지금도 계속되고 있음을 체험하며 확신하게 되었다.

여기에서 우리가 알 수 있는 것은 선교는 예수님의 명령이고 우리가 반드시 해야 할 필수과목이라는 것이다. 또한 선교는 우리가 이웃에게 할 수 있는 최고의 선물이며, 선교는 모든 민족을 향해 반드시 행해야 한다는 것이다. 선교를 위해 우리가 나아갈 때 하나님께서 우리와 함께 하신다는 약속을 해 주셨다.

우리가 가기 어려운 곳에 갈 때에는 하나님께서 함께 하시고, 우리가 다른 곳에서는 들을 수 없는 기도를 드리게 하신다는 것을 알 수 있었다. 인간의 생애에 최고의 날은 언제나 자신의 인생을 바칠 큰 목표와 사명을 발견하는 날이라고 생각하게 되었다.

22. 성경은 책 중의 책

성경은 영원한 생명이 숨 쉬는 하나님의 말씀이다. 인류가 갖고 있는 것들 중에서 가장 값진 보배이다. 세계를 여행해 봐도 기독교가 들어가는 나라는 과학과 예술과 경제가 꽃피었고, 성경을 읽는 사람은 영혼이 새로워지고 생활이 풍요로워짐을 볼 수 있었다.

나는 하나님께로부터 힘을 얻고 있다. 나를 불러 주시고 죄 사하여 주시고 참 생명을 주셨다. 이 얼마나 절대적인 축복인가? 나 홀로 예수 믿는 것으로만 그칠 것이 아니라 복음을 직접 전하는 사람이 되어야만 했다. 이 땅에 하나님의 은혜가 넘치고 감사의 찬양이 넘치게 되기를 바라는 바이다.

간증을 통해 나의 불신앙에서 온 잘못과 실패의 아픔과 투쟁의 역사를 쓴다는 것은 지난날의 아프고 쓰라린 고통의 기억을 다시 떠올리는 것이다. 그 때의 아픔과 고통이 다시 눈물로 나타나 많은 괴로움을 견디어야 했다. 하지만 나는 인생에 대한 헤아릴 수 없는 질문에 더 이상 집착하지 않고 오직 주님에 대한 기쁨과 찬양으로 살기로 했다.

모든 영광을 하나님께!

- 항상 같이 하는 말씀 -

말씀은 하나님이다. 말씀은 거짓이 없다.

말씀만이 나를 위로한다.

주 안에서 자녀교육을 시키지 못한 것을 회개한다.

믿음, 말씀

행함이 없는 믿음은 죽은 믿음이다.

주님 뜻대로 되는 것이 성공이다.

죽어야 산다. 나의 고집을 꺾고,

낮고 더러운 진흙 뻘에서 연꽃은 핀다.

현대인의 건강 비밀을 주신 것 감사합니다.

마음의 즐거움은 양약이라도

심은 대로 거둔다. 말과 행위대로.

내 것은 하나도 없다. 순종만이 내 것.

십자가만 바라본다

십자가의 사랑은

눈물의 사랑, 희생의 사랑, 승리의 사랑,

가슴이 찢어지는 사랑이다.

하나님은 찬양을 듣는 것이 아니고 찬양하는 사람을 찾는다.

사랑의 하나님인 동시에 진노의 하나님

죄의 삯은 사망이다.

기도는 하나님과의 대화이다.

음식, 마음, 금식, 운동의 건강 4대원칙을 점검!

그리스도 재림의 소망을 가진다.

감사합니다.

아멘.

  그동안 20여 년간 연제 제1교회(조중기 목사)에서 많은 은혜와 가르침을 받았다. 회명동에 있는 성지교회(박은수 목사)에서 집사로 섬기고 있다가 지금은 수영로교회로 옮겼다.(15교구 소속)

제 2 장
마음을 다스리는 건강법

제 2 장 마음을 다스리는 건강법

I. 마음을 다스리는 건강법

1) 심신일체(心身一體)

정신(마음)과 육체가 서로 밀접하게 관련돼 있다는 사실을 모르는 사람은 없을 것이다. 그러나 그동안 건강이나 질병에 대해 생각할 때 대게 두 가지를 따로 떼어 별개로 생각해 왔다. 요즈음 정신과 육체의 관련성에 대해 많은 연구가 이뤄짐으로써 정신과 육체는 우리가 생각했던 것보다 훨씬 더 밀접하게 연관되어 있다는 사실들이 밝혀지고 있다.

우리 몸 또는 세포에서 일어나는 모든 변화는 즉시 신경-호르몬 체계를 통해 뇌로 전달되며 우리의 몸은 뇌의 지시를 받아 변화에 대응한다. 예를 들어 눈을 통해 위험을 본다든지 손에 뜨거움을 느끼는 경우, 위험과 느낌은 곧바로 뇌에 전달되며 뇌는 급히 위험을 피하거나 뜨거운 것에서 손을 치우도록 명령한다. 세균의 침입 사실은 곧 뇌에 전달되며 뇌는 세균과 싸우기 위해 열을 내게 하고 면역체계에 총동원령을 내린다.

마찬가지로 모든 종류의 정신적인 사건이나 활동도 뇌를 통하여 우리 몸의 모든 세포에 곧바로 전달된다. 우리가 무슨 생각을 하면 그 생각은 신경-호르몬계를 위시한 여러 통로로 즉시 모든 세포에 전달

된다. 화를 내는 것은 순수한 정신적인 활동이지만 화를 내면 모든 세포는 지금 화를 내고 있다는 사실을 연락받고 즉시 거기에 상응하는 생화학적인 반응을 일으켜 협조한다. 그 결과 심장박동이나 맥박, 호흡 등이 빨라지고 혈압이 올라가고 모든 근육이 경직되며 동공이 커지고 얼굴도 검붉게 된다.

화를 내는 것뿐만 아니라 우리가 어떤 생각을 하는가에 따라 우리 몸은 뇌의 지시를 받아 거기에 상응하는 생화학적인 반응을 일으켜 대응한다. 기쁘면 기쁘게, 슬프면 슬프게, 행복하면 행복하게, 우울하면 우울하게 세포들도 거기에 맞추어 반응한다. 이로써 스트레스가 왜, 어떻게 건강에 해로운가 하는 것도 설명할 수 있다.

그렇다면 정신과 육체가 어떻게 서로 연결되어 있는가.

그동안 진행된 많은 연구 결과 정신과 육체의 연결고리에 물려있던 수수께끼의 상당부분이 풀렸다. 우선 신경-호르몬계가 중요한 역할을 한다는 것이 밝혀졌고, 뇌 자체에서 정신활동에 상응하는 미량이지만 강력한 기능을 갖는 뇌 호르몬을 분비하여 면역세포를 비롯한 모든 세포에 영향을 끼친다는 것도 알게 되었다. 우리가 잘 알고 있는 '엔돌핀'도 뇌 호르몬의 일종이다. 또한 도파민과 같은 뇌신경전달물질도 정신과 육체의 연결고리에 모종의 역할을 수행하는 것으로 여겨지고 있다.

정신과 육체의 관계를 건강 증진과 질병의 진료에 적용하는 학문분야를 정신신체의학 또는 심신의학이라고 한다. 이 분야를 연구하는 과학자들은 정신적인 활동이 우리 몸에 크게 두 가지 방법으로 영향을 준다고 생각하고 있다. 하나는 면역체계와 면역체에 영향을 끼치는 것이고, 또 하나는 세포 속에서 일어나는 생화학적인 변화에 영향을 끼치는 것이다. 이는 우리가 어떤 생각을 하느냐에 따라, 또는 스트레스를 얼마나 받느냐에 따라 면역수준이 올라갈 수도 있고 내려갈 수도 있다는 뜻이다.

면역 수준이 내려가면 감염병 뿐만 아니라 암 세포와의 싸움에서 져 암 세포가 계속 성장 발육하게 된다. 반면 면역 수준이 올라가면 비록 발암물질에 의하여 일부 세포들이 암세포로 변하더라도 이를 잡아 처리하는 면역 능력을 갖게 돼 건강을 잃지 않게 된다.

대게 기분 나쁜 생각, 즉 갈등이나 분노, 증오, 좌절, 경쟁심 등은 면역 수준을 낮추고 세포 내에서의 생화학적인 변화도 해로운 쪽으로 나타난다. 반대로 기분 좋은 생각, 즉 사랑, 화해, 친절, 도움, 양보심, 기쁨, 즐거움 등과 같은 생각은 면역수준을 높이고 세포 내에서의 생화학적인 반응을 이로운 쪽으로 일어나게 한다. 따라서 즐거운 마음과 마음의 평화와 조화를 이루는 것은 건강 유지에서 대단히 중요하다.

최근 화목한 가정이나 금슬이 좋은 부부는 그렇지 못한 가정이나 부부에 비해 훨씬 건강하고 장수한다는 보고들이 많이 나오고 있다. 부부간의 금슬이 아주 나쁜 경우엔 감기 같은 감염병은 물론 각종 성인병과 원인 불명의 악성 질병에 걸리는 비율이 훨씬 높다는 보고들도 많다.

2) 남을 보고 나를 알자

존재의 실상은 감각만으로는 볼 수가 없는 상태에 있다. 미(美)는 우리의 내부에 깃들어 있는 미가 그 대상인 미와 서로 비추어져 합쳐졌을 때 비로소 아름다움을 발견할 수 있게 된다. 그림에 관한 조예가 없으면 그림의 미(美)를 알 수가 없는 것과 같다. 명화(名畵) 그 자체가 미를 갖추고 있어도 보는 사람의 마음에 그림과 같은 미가 계발되어 있지 않으면 거기에 미가 있다는 것을 모르는 것이다.

선도 또한 마찬가지이다. 어떤 사람의 선행을 보는 것도 우리의 내부에 있는 도덕성 때문에 알게 되는 것이다. 성자는 남의 악을 보지 않는다고 하지만, 그것은 성자가 악을 보지 않는 것이 아니라 성자는 자신 속에 악이 없으므로 남의 악이 보이지 않는 것이다.

다른 사람을 비판적으로 보는 사람이나 상상을 그럴싸하게 하는 사람은 그 사람 자신의 마음에 악이 있으므로 상대방에게도 악이 있다는 것을 알게 된다. 남의 마음속의 악이 눈에 보이는 사람은 반드시 자신의 심정에 악이 있다는 증거이니 결코 남의 악을 비난 할 자격이 없다. 그러므로 남이 나쁘다는 생각이 들 때는 자신의 마음속에 악이 있다는 증거이니 반성해야 하겠다.

예수 그리스도는 "너희들 중 죄 없는 자가 여자를 치라"고 하였다. 회개하기 전까지 나는 하나님이 하시는 것을 믿기는 했지만 하나님은 노여움도 타고 벌을 내리는 분으로 생각했기 때문에 하나님의 노여움, 곧 신벌(神罰)이라는 것이 임하리라 여겨 항상 두려움이 마음속에 있었다.

그러나 회개를 함으로써 나의 죄는 다 씻어 주셨으므로 하나님은 누구보다도 친근하고 위대하고 가까우며, 나는 하나님의 아들이요, 내 안에 거하는 성령님으로써 내 몸은 성전임을 깊이 깨달았다.

3) 마음의 건강을 찾아

여러분은 위장이라는 물질에 소화력이 있다고 생각하지 말아야 한다. 또한 머리의 뇌수라는 물질에 마음이 있다고 생각하지 말아야 한다. 마음이 복잡하니까 그로 인해 뇌수의 조직이 복잡해지는 것이지, 뇌수가 복잡해진 후에 마음이 복잡해지는 것은 아니다. 맛이 있다고 생각하면 위장에 소화액이 분비되어 곧 소화가 잘되는 것이다. 맛이 없다고 생각하거나 감정이 흥분되어 있어서 식욕이 정말 일어나지 않을 때는 무엇을 먹어도 좀처럼 소화액이 분비되지 않는다. 예수님은 생활을 위하여 무엇을 먹을까, 무엇을 마실까, 무엇을 입을까 염려하지 말라 하시며 건강을 위해 마음 쓰는 일에 반대하고 있다. 생명을 지키는 일은 인간의 얕은 지혜로 가능한 것이 아니라 생명 그 자체가 치료 능력이라는 것을 예수님은 알고 계셨던 것이다.

사람들은 인간의 정신력을 뇌수(腦髓)의 분량으로 측정하거나 인간의 생명력을 체중으로 측정하려고 하여 생명이란 물질의 화학적 작용의 한가지라는 가정 아래 모든 보양법과 치료법을 강구하고 있기에 물질이 생명에 미치는 힘을 매우 두려워하고 있다. 그래서 원래가 자발적, 능동적, 창조적이었던 물질을 지배해야 할 생명의 본성을 잃고 무력하고도 수동적인 물질 법칙의 노예가 되어 있는 것이다.

그러므로 의학이 발달하고 여러 가지 건강법이 수없이 나오고 그것으로 해서 정복된 것처럼 보이는 질병이 여러 가지 있는데도 불구하고 환자의 수가 자꾸 늘어나는 것은 인간의 자각을 빼앗아 물질 앞에 인간을 무력하게 만들고 있기 때문이다.

4) 물질이란 무엇인가?

석탄이나 모래, 물, 공기를 무기물(無機物)이라고 부른다. 만약 무기물이 생활기능을 갖지 못하는 것의 총칭이라면, 진정한 의미의 무기물은 세상에 없다고 보는 것이 옳다. 맑은 물과 공기는 우리를 얼마나 생기 있게 만들어 주는가? 이런 것을 생각하면 물과 공기에 생명이 없다고 생각하는 것이 이상한 일 아닌가? 우리가 건강하게 살 수 있는 것은 바위나 모래, 물, 공기 등의 무기물과도 에너지를 교환하기 때문이다.

죽은 것처럼 보이는 움직이지 않는 물체라 해서 그것을 무기물이라 부르는 것은 큰 잘못이다. 모든 물질에는 셀 수 없을 만큼 많은 에너지가 들어 있다. 에너지의 집합체가 물질이다. 우리는 지구를 더 이상 오염시키지 말아야 한다. 더 사랑하면서 기쁘게 살아야 한다.

전자 현미경으로 물질의 최소단위까지 추적해 보니 결국 물질은 소멸하고 그 극소의 세계에 남아 있는 것은 얼룩 같은 에너지였다. 우리가 물질이라고 생각하는 모든 것은 궁극적으로는 '에너지'이다. 이것은 잡으려고 하면 사라지는 일종의 의식(意識)인 것이다.

극대화하면 만져 볼 수 있는 물질이지만 세분화하면 존재하지 않는 것이 물질이다. 이것을 반대로 말하자면 물질이 없다고 해서 아무것도 없는 것이 아니다. 최소 단위의 에너지가 있을 것이고, 에너지만 있으면 물질은 존재한다. 이 에너지가 목적의식을 가지면 물질은 생명이 된다. 물질이 존재하면 거기에는 의식이 존재하고 의식은 물질을 주관한다. 아인슈타인은 에너지 저편에는 의식할 수 없는 '초의식'

또는 지적인 그 무엇이 존재한다고 믿고 있었다.

5) 육체는 마음의 그림자

육체가 괴롭다든가 위가 아프면 당신은 괴롭다고 생각하게 된다. 그러나 이 생각에는 모순이 있다. 먼저 당신은 물질이며 그 물질에 구멍이 뚫렸다고 생각하고 있지만, 육체가 물질이라면 그것이 단순히 물질이라는 이유만으로도 육체는 고통을 느낄 리가 없지 않은가? 물질은 고통을 느낄 성질이 아니다. 그런데도 육체가 괴롭다고 느끼고 있다. 이것이야말로 육체가 물질이 아니라 '마음의 그림자'라는 증거이다. 괴로운 것은 마음이지 물질은 아니다. 이렇게 육체가 마음의 그림자(관념적 존재)라는 사실을 알게 되면 그림자에 느낌이 없는 것은 당연한 일이다. 그러므로 육체는 어디에 위가 있는가, 심장이 있는가, 폐가 있는가를 느끼지 않을 때가 가장 건강할 때다.

"마음의 화평은 육신의 생명이나 시기는 뼈의 썩음이니라"(잠 14:30).

세계 최고의 고령이었던 프랑스의 칼망 할머니를 두고 장수 노인 문제 전문가들은 "그녀가 오래 사는 이유는 매일 몇 시간씩을 행복했던 순간들을 기억하는 데 쓰고 있기 때문"이라고 말했다. 마음이란 어떤 일의 활성화 에너지이다. 사랑과 마음의 평화 등이 내 자신 이외의 것과 외부에서 얻어진다는 그릇된 생각을 하지 말아야 한다. 칼망 할머니는 "위장을 무겁게 하면 안 된다"며 저녁을 굶은 채 잠자리에 들었다고 한다.

6) 보약보다 수면을

약을 천일 먹고 보신을 하는 것이 하룻밤의 단잠만 못하다. 인간은 있지도 않은 것을 있다고 생각하여 괴로워하거나 있는 것을 생각하여 괴로워하거나 있는 것을 없다고 생각하여 허덕이기도 하여 나와 내 마음으로 괴로움의 세계를 영화처럼 비추고 몸부림치고 있다.

여기에 공기라는 것이 있다. 그러나 이 공기라는 자체는 우리의 오관으로는 존재를 알 수가 없는 것이다. 그래서 우리는 어린아이들에게 공기라는 것이 있다는 것을 가르치는 데 매우 곤란함을 느끼는 것이다. 그러나 공기 그 자체는 모르지만 바람에 대해서는 느끼고 있다. 바람, 곧 공기가 파동이 되어 나뭇잎을 움직이면 바람을 보는 것과 다름없는 것이다.

일반 의사는 맥박이나 호흡, 혈압이나 혓바닥을 조사하여 육체의 상태를 가늠하려고 한다. 그러나 육체는 '마음의 그림자'이므로 아무리 조사해도 육체에는 결과가 있을 뿐 원인은 없다. 또한 환자의 육체 상태는 환자의 마음에 무엇이 있는가를 보여 주고 있을 뿐이다.

7) 양약(良藥)은 어디에

성경은 벌써 수천 년 전에 건강과 행복한 삶의 참된 비결은 우리들의 올바른 마음가짐에 있다는 것을 밝히 보여 주고 있다.

"마음의 즐거움은 양약이라도 심령의 근심은 뼈를 마르게 하느니라"(잠 17:22)

"마음의 즐거움은 얼굴을 빛나게 하여도 마음의 근심은 심령을 상

하게 하느니라"(잠 15:13)

"사람의 심령은 그 병을 능히 이기려니와 심령이 상하면 그것을 누가 일으키겠느냐"(잠 18:14)

현대 물리학과 의학은 모든 현상을 객관적인 이성을 통하여 고찰하는 훈련을 시켜왔다. 그 결과로 인간을 관찰할 때 오직 합리적인 면에서만 관찰하였다. 그러나 인간은 심령이 육체를 옷 입고 사는 존재로, 그 둘 사이에는 밀접한 관계를 맺고 있는 것이다.

8) 약 사용법의 철칙

약은 병을 물리치고 건강과 생명을 확보하는 데 사용되는 귀중하고도 고마운 물질이다. 그렇다고 약은 먹을수록 좋다는 논리는 성립되지 않는다. 생체 본연의 자연치유력이 병을 물리치는 주체이고 약은 어디까지나 보조 수단에 불과함에도 불구하고 약이 병 치료의 전부라고 생각하는 데서 약의 오용과 남용이 시작된다.

약의 본질은 독이다. 독작용과 약리작용을 저울질하여 독작용을 각오하고 약리작용을 위하여 사용하는 것이 약이다.

병 치료를 오로지 약에만 맡기면 병을 스스로 이겨내는 일체의 저항력이 없어져서 약 없이는 생명을 유지할 수 없는 약의 노예가 되어버린다. 그 대신에 병원균은 약에 의한 내성이 생겨서 점점 악성화 되어가게 된다.

홍문화 박사(서울대 명예교수)는 약을 올바르게 사용하는 데 있어서 한 가지 철칙이라면, 약은 필요 최소량을 필요 최단 기간 사용한다는 것이다. 써봤더니 잘 들었다고 하여 단골 약으로 삼고 있는 약은 없는가, 대번에 효과를 보게 한다고 하여 약을 몇 배로 사용하는 일은 없는가, 남이 좋다고 하여 곧 약을 쓰는 일은 없는가 하는 점을 각자가 돌아보아야 한다.

이런 의식구조를 타파하지 못하는 한 약의 오·남용은 우리 주변에서 사라지지 않을 것이라고 홍 박사는 경고한다.

2. 자족하는 마음

"마음의 즐거움은 얼굴을 빛나게 하여도 마음의 근심은 심령을 상하게 하느니라"(잠 15:13).

마음의 상처는 약이나 운동으로 치료가 되지 않는다. 인삼, 녹용을 아무리 많이 먹어도 근심과 불안은 독으로 만든다. 하고자 하는 일과 뜻에 맞는 사람과의 대담은 시간가는 줄 모르고 피로도 느끼지 않는다. 그리고 운동경기 같은 하고 싶어 하는 일은 아무리 힘든 일이라도 스트레스가 쌓이지 않는다. 현재 내과 질환의 약 80%는 스트레스 때문에 생기는 것으로 알려져 있다.

사람은 지나친 욕심을 가지게 마련인 것 같다. 이런 욕심 때문에 죄를 짓는 것은 참으로 어리석은 짓이다. 생명이라는 초는 욕심과 분노와 공포와 비통, 질투와 초조, 불안 등으로 강한 불꽃을 내면서 타들어가 빨리 소모해 간다고 한다. 그러므로 자신의 생명의 불꽃을 유지시키고 건강하게 살려면 우선 욕심을 버려야만 한다.

하나님이 주신 자연치유력을 시시각각으로 좀먹는 것이 바로 이 욕심이라는 것이다. 존 신들러 박사의 한 피부병 환자가 좀체 증세의 호전이 없자 상담 끝에 그 여인이 재혼을 했으며 성격도 대단히 콧대가 높고 고집이 셀뿐만 아니라 몹시 화를 잘 내는 신경질적이라는 것을 알아냈다. 그래서 이 의사는 환자와 남편을 불러서 분노와 피부병과의 관계를 쉽게 설명을 해 준 다음 짜증내고, 노하고, 화내지 말라고 신신당부를 하였다. 그 다음부터 이 여자의 피부병이 호전되었다고 한다.

분노와 나쁜 감정으로 인해 피부병까지 생긴다는 것을 보면 참으로 우리가 생활하는데 있어서 화내고, 짜증내는 등의 악감정이 얼마나 무서운가를 알 수 있다.

1) 고난은 유익이다

참으로 고난은 스승이다.

고난과 연단은 이론만으로는 설명되지 않는다.

직접 체험해야 고난 속에서 깨달음이 온다.

암은 선물이다(눈을 크게 뜨라).

하나님은 사랑이시다. 그 사랑의 하나님이 암을 지으셨다면 그 암은 인간에게 있어 반드시 나쁜 것이라고만 말할 수는 없다. 우리가 질병과 고난을 잘못 받아들이고 있는 것은 아닐까 하고 생각할 수 있다. 하나님이 주시는 것 중에 나쁜 것이라고는 하나도 없다. 암은 하나님이 주신 '선물'이다.

여태까지 모든 질병을 고난이라고 생각하고 그렇게만 받아들여 왔던 그 큰 짐 덩어리가 눈을 크게 뜨고 보니 암이 선물로 바뀌어져갔다. 하루의 수고는 그날 하루로 족하다. 걱정을 사서 하는 것. 그것이 얼마나 어리석은 일인지 나는 좀처럼 깨닫지 못했다. 미리 사서 하는 걱정은 집중 호우와 비슷하다. 하루 백 밀리의 강우량도 만일 백일로 나누면 하루 1밀리에 불과하다. 1밀리의 비라면 별것 아니다. 그것이 한꺼번에 쏟아져 내리기 때문에 곧 범람하고 만다. 미리 사서 수고 하는 사람의 걱정과 불안은 집중호우를 매일 맞는 것과 같다. 하루의 수고는 그날 하루로 족해야 한다. 인간의 마음이 만드는 질병이나 걱정은 인간 최대의 적 중의 하나다.

"오직 각 사람이 시험을 받는 것은 자기 욕심에 끌려 미혹됨이니 욕심이 잉태한즉 .죄를 낳고 죄가 장성한즉 사망을 낳느니라"(약 1:14-15)

2) 고난 속에서 찾은 세계적인 비전

위대한 슈바이처는 독일의 철학자, 신학자, 음악가, 저술가, 아프리카의 선교자이며, 의사였던 자애로운 사상가로서 신앙의 실천을 말없이 수행한 사람이다. 나는 그를 한때 나의 삶의 모델로 삼았다. 그의 삶이 내게는 한 줄기 위안이 되기도 하였다. 그는 내 비전과 꿈이었다. 슈바이처가 남을 위해 몸 바쳐 일할 계획을 품은 것은 어렸을 때부터였다. 그는 주위의 많은 사람들이 고통과 걱정에 시달리고 있는데 자기만 행복한 나날을 보내고 있다는 것이 납득이 가지 않았다. 초등학교 시절 학우들의 비참한 가정형편과 목사관에서 별로 아쉬울 것 없이 사는 자신의 생활을 비교해 보고 세상이 고르지 못하다는 것을 마땅찮게 느끼기도 했다.

또한 슈바이처는 포로로 갇혀 있는 동안에 '생명에 대한 경외감' 즉, 생명의 존중이야말로 모든 인간의 행동과 문명으로 구원이 되어야 한다는 것을 깊이 깨달아 그 평생을 아프리카의 오지 속에 던진다. 이 위대한 인류의 봉사자는 음악(바하 연구의 세계적인 연구자)과 철학의 명성을 버리고 세속인의 행복도 잊고 오직 아프리카 토인들의 구원을 위해 자신의 평생을 바쳤다.

그는 1898년 오순절 성령강림절 때 문득 이런 생각을 하다 30세까지는 학문과 예술을 위해 살고 그 후부터는 인류를 위해 직접 봉사하기로 결심을 하였다. 부자와 나사로를 비교하여 강한 동정심으로 가난한 자의 입장이 되어보고자 하였다. 그들의 마음의 소리에 귀를 기울이고, 그들의 고통을 덜어주는 것이 그의 책임이요 성서적이라고 생각하였다.

그는 "누구든지 제 목숨을 구원코자 하면 잃을 것이요 누구든지 나와 복음을 위해 제 목숨을 잃으면 구원하리라"는 예수님의 말씀을 실천에 옮기고자 했다.

내가 오랫동안의 질병과 고통으로 음악공부에 지장이 있고, 미국유학도 포기한 상태에 이르게 되었을 때, 슈바이처 박사는 나의 비전과 꿈, 나의 삶의 모델로 다가와 내게 한 줄기 위안이 되기도 하였다.

3) 이제 욕심을 버리자

나의 건강을 위해서 마음에 평온함을 가지고, 욕구불만 때문에 내 몸에 병이 생겨 불구자가 되기 전에 욕심을 버리자. 참으로 어리석고 우매한 것이 사람인 것 같다.

호화로운 집과 그 넓은 토지가 자기 것이라고 자기 이름으로 등기를 해놓고 안심하지만, 가엾게도 죽어 파묻힌 그 여섯 자 남짓한 묘지만이 자기의 영원한 집이 될 것을 새삼 생각해 보는 것이 좋을 것이다. 그것이 인생이다.

나는 한때 재물이 많고 영광의 지위에 있는 사람들을 참으로 부러워했다. 어떻게 하나님께로부터 저렇게 많은 복을 받았는지 퍽 부러워했다. 나도 그렇게 되어 보려고 노력도 해보고 애도 써 보았음을 고백한다. 많은 계획을 세워보고 꿈도 꾸어 보았고, 피나는 노력도 해봤다. 세상의 모든 사람들처럼.

그러나 하님께서 내 계획에 응답해 주시지 않으므로 일이 성사가 되지 않았다. 부귀가 하나님으로부터 오는 것인데 나 스스로 욕심을 부리고 애를 썼다. 얼마나 어리석고 미련한 짓이었겠는가?

욕심을 버리지 않으면 병들어 죽든지 아니면 죄를 짓게 되는 것이다.

"욕심이 잉태한즉 죄를 낳고 죄가 장성한즉 사망을 낳느니라"(약 1:15)고 경고하신 말씀은 참으로 무서운 말씀이요, 진리의 말씀이다. 아무리 욕심을 내고 허덕여도 하나님이 주시지 않으면 내 모든 계획이 헛되다는 것을 이제 겨우 깨닫고 이제는 평안한 마음으로 육체적, 정신적으로 건강을 누릴 수 있음을 하나님께 감사드릴 뿐이다. 모든 일을 하나님께서 허락지 않으시면 할 수 없으므로 당황하고 초조한 마음으로 괴로워하면서 건강을 해칠 필요는 없을 것 같다. 욕심을 버리는 것이 건강을 위한 것이다.

"온 천하를 얻고도 내 목숨이 없으면 무엇이 유익이리요"(막 8:36)

내 생명이 천하보다 귀한 것인데 보잘것없는 세상일에 매달려 온갖 고난을 다 겪은 것이다.

4) 치유력은 마음에서

세계의 저명한 의사, 과학자들이 말하는 마음과 신체와의 관계를 연구한 기록을 소개한다.

마음이란 무엇인가? 물질은 아니다.

물질이란 무엇인가? 마음은 아니다(도마스, 홋드, 키).

모든 세포에는 마음이 있다(간디스, 파트 박사).

• 우리가 어떤 집회에서 대표 연설 중 기억이 흐려져 불안을 느낄 때 맥박이 약간 상하로 흔들림을 느낀다.

(1) 마음과 물질은 하나의 동일한 실재를 형성한다.

(2) 물질과 정신으로 된 이 우주의 조물주는 초월자이다.

(3) 이 우주의 실재 그 자체는 알 수 없는 것이다(쟝기똥, 현존하는 프랑스 최고의 기독교 사상가).

• 눈을 감고 편안한 자세로 가 본 적이 있는 아름답고 고요한 장소를 떠올려 보라. 예를 들면 수십 년 전에 갔었던 지리산의 상봉, 멀리 바라보이던 수평선, 구름과 하늘, 웅장한 광경 등을 상상하게 되면 평소보다 안정되고, 언젠가 다시 한 번 그곳에 가 보고 싶다고 생각하게 된다. 지금 상상하는 그곳에 마음이 가고 있다는 말이다. 이것은 우리의 느낌과 생각이 실제 우리의 몸의 반응에 영향이 있음을 증명한다.

• 그동안 철학과 과학자는 몇 백 년 동안 마음과 몸을 별개 문제로 취급해 왔었다. 이 때문에 의학은 대단한 진보를 이루어왔고, 과학자들은 기관, 조직, 세포를 마음과 분리하여 분석하고 병원균과 유전자라는 관점에서 질병을 해명하여 마음의 원인을 설명할 필요가 없었다. 그러나 최근에는 몸과 마음의 관계가 일치한다는 견해가 과학자들 사이에서도 널리 퍼지고 있으니 의학혁명의 계기가 온 것이 아닌가 생각한다.

• 뇌에서 방출하는 엔돌핀과 같은 화학물질이 뇌에만 있는 것이 아니라 면역계와 내분비계, 그리고 우리의 몸 어느 곳에서도 발견되었다는 것은 이들의 분자가 마음과 몸으로 커뮤니케이션 되어 있다는 증거다.

• 마음은 정보의 영역에 속한 어떤 종류의 활성화의 에너지이고, 뇌와 몸 전체를 통하여 세포와 세포끼리 대화를 하고 이 생체 전체에 커뮤니케이션을 가능케 한다고 간디스 바드 박사는 말한다. 감정이 우리들 건강을 좌우한다는 것, 최대 최고의 약은 자신의 뇌 속에 있음을 우리는 잊고 있었다.

심장병 관동맥은 생활습관을 바꾸어서 좋아지는 것이다. 약과 수술보다 만족, 평화, 행복감 등이 콜레스테롤과 혈압 강하제를 먹는 것보다 낫다. 특히 식생활과 바른 생활이 먼저 선행되어야 한다. 모든 질병에는 원인이 있다. 원인을 그대로 두고 통증만을 처리하는 셈이다. 원인은 과로였다(미국 딘 오닛시 박사).

• 왜 지나친 과로를 하는가? 동기는 이렇다.

만약 어느 정도 돈을 모으면, 만약 승진을 한다면 성공이다. 나도 만족하고 주위 사람들에게 칭찬도 받고 존경도 받으며 소외감도 사라지고 말 것이다. 이와 같은 동기로 과로를 하였다면 이는 필연코 스트레스의 축적으로 심장병과 기타 모든 병의 원인이 된다.

같은 일을 해도 그 동기와 이유는 다르기 마련이며, 만성적 스트레스와 심장병을 초래하는 것은 내가 무엇을 하고 있는가가 아니고, 동기의 원인이 무엇인가 하는 것이다. 즉, 건강, 평화, 사랑 등이 내 자신 이외의 것에서 즉, 외부에서 얻어진다는 그릇된 생각이 그 원인이라는 것이다. 우리는 식생활과 생활 패턴을 먼저 바꾸어야 한다.

명상의 효과, 스트레스를 줄이고(존 가바드 질 박사).

• 질병의 대부분은 스트레스와 관계가 있다. 성인병은 100%가 그렇다고 해도 과언이 아니다(히포크라테스 - 치료는 인간 모든 생활과 관련을 가지고 있다).

• 평소 인간대사를 순간순간 잊어버리고 있다. 어떤 장소에서 지금 이 시간을 거기에 묻어버리고 있다는 것이다. 인생은 순간이 누적된 것이다. 그것을 잊어버린다는 것은 유년기, 청년기, 아름다운 시절, 자기 자신의 아름다운 능력의 부분을 상실하고 있는 것과 같다.

오늘이 중요하다. 나날이 은혜와 구원을 받는 것이 좋다.

명상은 어디를 가보고 싶다든가, 이렇게 되었으면 하는 것 혹은 그렇게 되면 안 된다든가 하는 것들에 나를 잊어버리지 않고 깊숙한 곳에 있는 자신을 찾는 것이다. 마음을 평화롭게 하고 정신을 집중시키는 훈련으로 아주 좋은 방법이 명상이다.

• 자기의 감정을 30초 컨트롤하는 것보다 보잉 747의 착륙을 컨트

롤하는 것이 쉽다고 루이스, 토마스는 말한다.

● 아무것도 하지 않는다는 것과 현재가 있다는 것은 다르다. 40분 간의 명상 훈련은?

우리는 성장하고, 변화하며, 무엇을 느끼고, 무엇을 배우고 있다는 것, 이것들은 언제하고 있는가? 이런 것은 현재라는 순간에 이루어진다는 것을 모르고 허비한다.

● 마음이 큰 사람이 큰일을 한다. 작은 그릇, 큰 그릇의 문제가 아니고 그릇의 내용이 문제다.

● 매사에 긍정적 희망과 인내가 있어야 성공한다.

● 고난을 딛고 이기는 것이 능력이다.

● 나타난 훌륭한 사람보다 감추어진 훌륭한 사람이 더 많다. 반대로 말하면 나타난 악한 사람보다 감추어진 악한 사람이 더 많다고 할 수 있다. 우리는 감추어진 훌륭한 사람이 되자.

● 누구나 약점이 있는데 자랑을 못하는 것은 고생을 벗어나지 못했다는 것이다. 약점은 하나님의 은혜를 담는 그릇이다. 바울사도는 약점을 자랑했다. 나의 약점을 자랑할 때는 약점을 벗어났다는 것이다.

● "독사의 자식들아 너희는 악하니 어떻게 선한 말을 할 수 있느냐 이는 마음에 가득한 것을 입으로 말함이라 선한 사람은 그 쌓은 선에서 선한 것을 내고 악한 사람은 그 쌓은 악에서 악한 것을 내느니라"(마 12:34-35)

작은 것이라도 악한 마음은 마음 전체가 악이 되고, 작은 것이라도 감사하는 마음은 마음 전체가 감사로 가득 차게 된다. 악은 작은 것이라도 버려야 한다.

5) 생각은 물질화로

기쁨과 슬픔 두 가지의 감정 상태에서 면역계에 같은 결과, 즉 혈액 속에 내추럴 킬러 세포의 수가 증가한다는 것은 대단히 흥미 있는 일이다. 다만 단기간의 감정 상황이 면역계에는 정확히 영향을 주지만 30분 후면 정상으로 돌아온다. 그러나 우울상태와 같은 장기적인 감정의 변화는 위험이 있다는 보고이다.

● 불행하고 비참한 심리상태에서 뇌와 면역계는 상호 교류하고 대화를 한다는 것이 확인되었다.

● 정보(감정)는 항상 뇌와 면역계를 교류한다. 그리고 호르몬은 끊임없이 생성 분비된다. 신경전달물질은 온 전신의 목표세포에서 혈액 중의 호르몬에 변화가 생긴다. 긍정적으로 살려고 하는 희망적인 의지가 그대로 반응한다. - 페루톤 박사

● 고독은 면역반응을 저하시킨다.

내가 고독하다고 느끼면 자신의 면역체계가 약화되어 질병에 대응하지 못하게 된다. 따라서 마음은 면역체계가 상승할 수 있도록 긍정적인 명령을 하는 것이 중요하다.

● 감정은 몸의 말초 부분에 대해 강력한 자극이 된다. 이러한 것은 공포증이 있을 때 적나라하게 느끼게 된다. 과거의 경험에 의한 반응

또한 개개인에 따라 다르게 나타난다. 같은 일이라도 인자가 될 수도 있고 아닐 수도 있는 것이다.

• 마음과 몸의 연결은 출생 후 곧 감각적 자극을 지각하는 동시에 시작한다. 어머니가 품에 안아 줄 때, 머리를 만져 줄 때 어머니가 주는 정보에 따라 벌써 반응이 시작된다.

어린이가 느끼는 촉감은 아주 강력한 영향을 받아 아주 작은 신경 세포가 생기기 시작한다. 뉴론이 급증하여 뇌 내에 보내지는 것이다.

• 불안은 무서운 스트레스 호르몬을 만들어 낼 수 있다. 강한 반응이 있을 때 뇌세포가 죽는다. 스트레스 호르몬이 장기간 존재하는 경우 뇌세포 일부가 죽는 경우가 있다. 뇌의 혈류 감소는 스트레스 호르몬의 영향으로 세포에 영향을 미친다. 불안한 정서가 가장 심한 영향을 미친다고 한다.

• 뇌가 간세포나 지방세포와 같은 대사 세포를 컨트롤한다는 것은 지금까지 상상조차 못하였다고 한다. 현대의 물리학과 천문학이 있기 전에는 무지개, 천둥, 별의 세계인 자연계를 몰랐듯이 인간의 마음작용이 복잡한 것은 아직도 미지의 세계라고 한다.

6) 결과만 보지 말고 원인을 찾아라

질병상태에서 치료를 하려고 하지 말고 원인을 찾으면 자연히 낫게 된다(도교의 격언).

• 인생의 궁극은 얼마나 장수하느냐가 아니고 어떻게 사느냐란 인식이 중요하다.

• 건강을 이해하기 위해서는 자기의 연구 범위를 신체뿐 아니라 환경, 마음과 정신분야까지도 넓혀야 한다.

• 치료라는 것은 어떤 기계적 문제가 아니라 질병의 체험으로 생명의 본질적인 것을 이해하려는 정신적 반응이요, 의미이며, 여기서 치료된 자는 환자가 아니고 인간이란 점이다.

생명의 신비를 지키자.

질병이란 병과 같이 사는 생활체험을 말하는 것이다.

• 나의 마음의 상처가 있음으로 너의 마음의 상처를 고쳐 주려는 마음이 일어난다.

상처받은 마음의 치료와 지식은 자기 체험에서 얻어 진다(융구).

상처받은 자 끼리 서로 치료가 되는 이유는 슬픔은 서로 나누어 가지며, 오직 두 사람 사이에 서로를 이해하는 마음이 생기기 때문이다. 우리 사회에서 가장 상처 입은 사람들은 가족 안에 있다. 가족들이 희생자를 만들고 있다.

• 관심을 가지는 것과 산다는 생각은 일종의 신비적인 개념이다. 난치병의 경우 자연치유의 사례가 많다. 불치의 병에 걸리고 나면 산다는 것과 인생에 대하여 무엇이 중요한가를 생각하게 된다. 가치관의 새로운 설정이 요구된다. 즉 사랑과 깨달음의 소식이다.

• 산다는 의미! 삶의 목적은 남을 더욱 사랑하는 데 있다. 이 깨달음은 마음보다 영적인 경지가 아닌가? 사람의 마음 깊은 곳에 잃어버림, 고통, 더러워짐, 썩는 것 등에 굴복하지 않는 불사신 외에 무엇인가 있다. 이것이 생명의 전체성(全體性)을 얻을 기회다.

이상으로 현대의학과 과학이 어디만큼 왔는가 하는 것과 방향과 치료의 초점이 사랑과 생명의 전체성에 있다는 점을 알아보았다.

7) 긍정적 사고! 인체 건강에 필수다

싫다는 생각은 노르아드레날린을 분비시킨다. 노르아드레날린은 활성산소를 만들어 유전자를 상하게 하여 질병과 노화의 원인이 된다. 이에 반해 좋은 생각, 긍정적인 생각은 뇌내 몰핀의 일종인 'B엔돌핀'을 만들어 낸다. 하루야마 박사는 B엔돌핀이 면역력과 기억력을 증가시키고 세포를 젊게 한다고 말하고 있으며, 인간의 모든 생각은 물질화된다고 하였다.

'육체와 마음은 늘 대화를 나누고 있으며', '마음으로 생각하는 것'은 추상적 관념에 그치지 않고 반드시 구체적인 물질로 변화되고 '육체에 작용 한다'는 사실이 의학적으로 입증되어 있다. 예를 들어 남에게 어떤 말을 듣고 '기분 나쁘다'고 생각하면 체내에는 노화를 촉진시키고 암을 유발하는 물질이 생성된다. 반대로 그 말에 '고맙다'고 생각하면 젊음을 유지하고 몸을 건강하게 만드는 물질이 만들어진다. 따라서 무슨 일에 있어서든지 플러스 발상을 하는 습관을 가진 사람은 면역성이 강해 좀처럼 병에 걸리지 않는다. 그러나 마이너스 발상만 하는 사람은 한심스러울 정도로 쉽게 병에 걸리고 만다.

(1) 마음과 노래는 하나다(그 노래는 그 마음에서).

(2) 아름다운 마음에서 고운 노래가 나와

(3) 그 흙에서 그 식물(植物)이

(4) 좋은 나무에 나쁜 열매가 열리지 않는다.

(5) 믿음은 그 열매를 보고 안다.

(6) 마음의 치료는 육체(질병)의 치료가 된다.

인간에게는 재물욕, 색욕, 식욕, 명예욕, 수면욕 등의 오욕이 있다고 한다. 옛날이나 지금이나 모두 이 욕심에 끌려 살아가고 있는 것 같다. 이런 욕심이 채워지지 않을 때 사람들은 욕구불만이라는 상태에 빠지게 된다. 물론 욕심은 어느 정도 있어야 하지만 과욕을 가져서는 안 된다는 것이다. 우리가 살아가는 동안 가장 욕망으로 시험 받기 쉬운 것이 먹는 것, 넓게는 재물에 대한 욕망이며, 다음은 명예를 얻으려는 욕망일 것이다. 우리들은 흔히 이것을 부귀영화라고 한다. 예수님께서 제일 먼저 받은 시험이 물질욕과 명예욕이라고 기록되어 있다.

"시험하는 자가 예수께 나아와서 가로되 네가 만일 하나님의 아들이어든 명하여 이 돌들이 떡덩이가 되게 하라"(마 4:3)

"마귀가 또 그를 데리고 지극히 높은 산으로 가서 천하만국과 그 영광을 보여 가로되 만일 내게 엎드려 경배하면 이 모든 것을 네게 주리라"(마 4:8-9)

이 두 가지 욕망이 세상 살아가는 데 기본이 되는 욕망인 것 같다. 미국의 어떤 의사가 다음과 같은 실험을 하여 욕구 불만이 얼마나 몸에 무서운 변화를 가져오는가를 밝혀낸 일이 있다.

철망으로 두 방을 가로막고 한 쪽에는 개를 넣고 다른 쪽에는 토끼를 넣어 두고 개에게는 항상 먹이를 부족하게 하였다. 그러자 배가 고픈 개는 철망 너머 토끼를 향해서 항상 짖어댔고, 토끼는 그것이 무서워 쪼그리고 공포에 떨었다. 이렇게 몇 달을 실험한 결과 토끼는 현저히 식욕을 잃어 버렸고, 개는 자기 앞에 토끼가 있는데도 잡아먹지 못하므로 역시 욕구 불만으로 맥이 빠지게 되었다. 몇 달이 지나 이 토끼와 개를 죽이고 해부를 해보니 개도 토끼도 모두 똑같이 심장과 신장, 위장, 간까지 그 조직에 심한 병적 변화가 생긴 것을 발견했다. 개는 욕구 불만으로, 토끼는 공포심 때문에 고칠 수 없는 병적 변화를 가져온 것이다.

3. 분노하는 마음

1) 분노와 건강(Ⅰ)

사람이 화를 내고 분노하게 되면 외형적으로는 얼굴이 붉어지고, 눈이 충혈 되며, 입술이 굳어지고, 턱을 당기고, 주먹을 쥐며, 팔을 떨며, 때로는 목소리까지 떨게 된다. 이 외형적인 변화보다 내부적이 표현, 즉 체내에서 일어나는 변화가 더욱 심하고 현저한데, 이 때문에 사람의 건강이 침해당하는 주된 원인이 되는 것이다. 하버드 대학의 카논 박사는 분노하면 보통 때보다 피가 빨리 응고하게 된다고 주장했다. 또 미국 코오넬 대학의 H. G. 올프 교수는 1953년 저서 『스트레스와 병』이라는 책에서 분노하면 위의 입구의 근육이 대단히 강하게 수축되면서 경련을 일으킨다고 보고했다. 우리가 화가 났을 때 위를 들여다보면 위 점막이 충혈 되고 염산 분비가 많은 것을 발견하게 된다. 이런 상태가 며칠 동안 계속 될 때 드디어 궤양이 생기는 것을 발견했다고 했다.

사람이 분노하여 안색이 변하게 되면 그것과 동시에 자신의 위 점막이 충혈 된다는 것을 잊지 말아야 한다. 올프 교수의 말과 같이 자주 화를 내고 분노를 하게 되면 궤양을 위시하여 갖가지 몸의 부작용이 생기게 되므로 화가 나는 일이 있더라도 화를 오래 갖지 말아야 한다. 신약성경 에베소서에는 이와 같은 아주 건강에 좋은 말씀이 있다.

"분을 내어도 죄를 짓지 말며 해가 지도록 분을 품지 말고"(엡 4:24)

참으로 고마운 말씀이다.

2) 분노와 건강(Ⅱ)

사람이 화를 내면 심한 복통이 일어나고, 맥박이 빨라지며, 혈압이 상승하고 때로는 졸도하게 된다. 혈압이 높은 사람이 노하게 되면 혈압이 상승하여 뇌일혈로 갑자기 졸도하여 사망하게 되는 경우도 많다.

자주 화를 내면 몸이 산성화되어 성인병에 걸릴 바탕을 만든다고 하니 무서운 일이 아닐 수 없다. 우리나라 사람들에게만 있는 독특한 병인 화병은 사람을 고통스럽게 할 뿐만 아니라 죽음에까지 이르게도 한다. 이것만 보더라도 사람이 화를 내거나 분노하는 것은 죽음을 부르는 것이다. 화를 냈을 때 우리 몸속의 혈액 중에 세포는 1㎖에 대해 약 50만 개 가량 증가한다고 한다. 또한 화를 내면 부신에서 혈압을 올리는 물질이 분비되어 뇌의 동맥을 파괴시킬 수 있다고 한다. 이 때 심장에 영향을 주는 관상동맥의 경화를 협심증이라고 지적한 사람이 바로 종두를 발명한 저 유명한 제너(Jenner)였다.

최근의 연구에 의하면 몸속의 지방은 신경을 자극하면 갑자기 없어
지면서 혈관 중의 콜레스테롤로 변한다고 한다. 즉, 우리가 화를 내면
동맥경화를 일으키기 쉽다는 것이다. 그러므로 우리는 분(忿)을 그치
고 노(怒)를 버릴 수 있도록 노력해야 한다. 만일 잘못해서 뇌일혈이
되면 갑자기 죽게 되지만, 다행히 살아나더라도 반신불수라는 불구자
가 되어 더 참혹한 고생을 하게 된다.

"분을 그치고 노를 버리라 불평하여 행악에 치우칠 뿐이라"(시
37:8)

미국의 엠마 게이츠 박사의 실험 결과는 노하고 불평을 가지는 것
이 얼마나 무서운 가를 보여 주고 있다. 이 실험에서 게이츠 박사는
한 시간 이상 계속 분노하고 화를 내면 80명까지 사람을 해칠 수 있는
독이 생긴다는 결론을 얻었다.

"미련한 자는 분노를 당장에 나타내거니와 슬기로운 자는 수욕을
참느니라"(잠 12:16)

3) 용서는 하나님의 본성

자기가 소중히 여기는 벽걸이시계를 남이 떨어뜨려 깨뜨렸을 때 우
리들은 그 잘못을 탓하고 화를 낸다. 아무리 그가 자기의 사랑하는 자
식이었다 할지라도 왜 그리 조심성이 없느냐 라고 말하지 않고는 견
딜 수 없다. 그러나 자기 자신이 그와 똑같은 일을 저질렀을 때는 남
처럼 자신을 꾸짖지도 않고 탓하여 몰아붙이지도 않는다. 아! 아까운
것을 깨뜨렸구나 하고 속으로 생각하지만 자기가 범한 과실이나 죄는

아주 작은 것에 불과하다. 자기가 한 일과 남이 한 일이 같을지라도 거기엔 경중이 생기고 대소가 생긴다. 두 개의 잣대를 갖고 상대에 따라 적당히 적용하게 된다.

"너희가 사람의 과실을 용서하면 너희 천부께서도 너의 과실을 용서하시려니와"(마 6:14)

〈용서하는 삶의 체험〉

용서는 자신의 마음 문을 여는 것입니다(눅 15:18).

용서는 하나님의 본성입니다(시 86:5).

예수 그리스도는 용서와 사랑의 증거이십니다(롬 5:8).

원수를 용서하는 것은 사랑의 힘입니다(눅 6:27).

아버지의 마음을 가질 때 용서와 사랑이 됩니다(눅 15:20).

용서는 넉넉함에서 온다.

내가 부족하다고 느낄 때는 용서하기가 어렵다.

이웃을 용서 못하는 것은 자신을 용서 못하는 것입니다(고후 2:10).

상대는 어찌하든 나는 풀어 버리자. 붙들지 말라.

"주께서 내 원수의 목전에서 내게 상을 베푸시고 기름으로 내 머리에 바르셨으니 내 잔이 넘치나이다"(시 23:5)

원수를 사랑하면 내가 더 잘 됩니다.

4) 시기하고 질투하지 말자

하버드대학의 생리학 교수 캬논 박사는 이런 실험을 하였다. 사방이 막힌 방에 수십 마리의 쥐를 길렀는데, 한쪽 벽만 트고 거기에 그물을 쳐 두었다. 그리고 이 방 밖에 고양이를 끈으로 잡아매고 방 바깥을 왔다 갔다 하도록 하면서 쥐를 길렀다. 쥐에게는 가장 좋은 영양물을 주면서 잘 길렀다. 쥐는 모든 것을 잘 먹지만 하루 종일 그 앞에서 왔다 갔다 하는 고양이를 그물을 통해 볼 수 있었는데, 말하자면 고양이 앞에서 쥐를 기른 셈이었다. 즉, 쥐에게 무서움과 공포라는 스트레스를 주는 실험을 했던 것이다. 얼마 후 쥐를 모두 해부해 본 결과 쥐의 반 수 이상이 위, 십이지장궤양에 걸린 것을 발견했다. 의학적으로는 부신피질호르몬이 많이 분비되면서 일어난 결과라고 한다.

"너희 염려를 다 주께 맡겨 버리라 이는 저가 너희를 권고 하심이니라"(벧전 5:7)

스트레스는 자기가 만드는 것이다. 나는 젊은 시절 11년간을 불면증과 싸워야 했다. 저 건너편 떡 방앗간의 방아 찧는 소리에도 잠을 못 이루곤 했다. 밤 12시 통행금지 시간이 지나면 더욱 크게 들려오는 쇠방아 소리에 잠을 잘 수가 없었다. 그래서 방앗간 주인은 도대체 어디서 잠을 자는지 알아보았더니, 방앗간 주인은 쿵더덕 소리가 나는 바로 그 옆에서 잠을 잔다고 했다. 그 주인은 쿵덕 소리가 많이 날수록 수입이 많아진다는 것에 그 잠음도 즐겁게 받아들였다는 것이다. 남을 시기하고 질투하는 것은 언제든지 자기 주관에서 나오는 감정,

즉 자기를 기준으로 삼아 남을 비교하기 때문이라는 것을 나는 그때
서야 알게 된 것이다.

5) 스트레스와 건강

정신적 스트레스가 대뇌피질, 간뇌, 뇌하수체, 부신피질계를 통하여
혈액 중의 코르티코이드의 수준을 높인다고 한다. 또 임파구 감소증
이 일어나므로 암 바이러스의 활성화와 세포의 암화가 쉽게 되어 발
암율이 높아진다고 한다.

한편 노벨상을 받은 와르부르그는 암 발생을 이렇게 설명하고 있
다. 우리가 강한 정신적 충격을 받으면 우리들의 호흡은 얕아지면서
생체조직 중에 탄산가스가 많아지는 현상이 생기고, 산소 공급이 적
어지므로 산소 부족으로 암세포가 발생한다고 증언하고 있다. 요즈음
불치의 폐경화증 환자가 증가하는 이유도 여기에 기인한다고 생각한
다.

C. S의 윗첼 박사는 그의 저서 『당신 마음이 만드는 당신의 병과
건강』 이라는 책에서 오늘날 우리들이 볼 수 있는 거의 모든 병이 스
트레스와 관계가 있음을 강조했다. 또 스트레스가 혈액 중의 코르티
코이드의 수준을 높여 주는데, 이것이 심근에서의 칼륨/나트륨의 정
상적인 균형을 파괴시켜 심장 발작의 원인이 된다고 말했다.

스트레스의 창시자인 한스 세리에 박사는 스트레스 중에서도 좋은
스트레스를 유스트레스라고 했다. 가령 직장에서 진급을 하고, 학교를
졸업하고, 결혼을 하고, 새 집을 사고, 새 자동차를 사는 등의 좋은 자
극을 유스트레스라고 하는 것이다. 우리가 스트레스를 받으면 콜레스

테롤 수치가 상승하여 혈압이 올라가지만, 유스트레스는 거꾸로 혈압을 내려 준다고 한다. 그러므로 우리가 생각을 바꾸어 기쁨과 희망으로 산다면 항상 유스트레스를 받으므로 호르몬의 조화가 생겨 건강을 유지할 수 있게 되는 것이다. 마음과 생각을 좋은 쪽으로 가지는 것이 건강을 유지하는 방법이 되는 것이다.

즐거운 생각, 희망적인 태도, 기쁘고 좋은 공상 등으로 바꾸면 확실히 건강이 좋아진다.

"마음의 즐거움은 얼굴을 빛나게 하여도 마음의 근심은 심령을 상하게 하느니라"(잠 15:13)

4. 기뻐하는 마음

1) 웃음과 건강(Ⅰ)

우리의 인생에서 건강을 유지하고 행복하게 살아가려면 화내지 않고 노하지 않는 것만으로는 부족하다. 여기서 한 걸음 더 나아가서 적극적으로 웃어야 한다. 통계적으로 보아도 성격이 명랑하여 항상 웃는 사람에게는 우울증 같은 정신질환이나 불면증, 위장병, 신경성 질환, 고혈압, 심근경색증, 간 질환 등의 성인병 환자가 거의 없다는 것이 밝혀졌다.

"주 안에서 항상 기뻐하라 내가 다시 말하노니 기뻐하라"(빌 4:4)

항상 기뻐하고 웃고 지내면 이 유쾌한 마음이 자율신경을 통하여 호르몬의 균형을 바로 잡아주고, 그 결과 장내 미생물의 상태가 좋아지며 건강에 좋은 영향을 줄 수 있다는 것이다. 자율신경의 균형을 바로 잡아주며 부교감신경의 활동으로 몸이 알칼리화가 이루어지며, 따라서 정신활동의 균형이 노폐물을 배설하도록 도와주므로 건강을 유지할 수 있다고 한다.

의학적으로도 사람이 웃으면 뇌하수체 호르몬의 분비가 왕성해진다고 한다. 뇌하수체 호르몬은 사람들의 신진대사를 왕성하게 하여 몸의 산성화를 막아주기도 한다. 웃지 않는다는 것은 뇌하수체가 제기능을 발휘하지 못하게 하는 것이며 따라서 건강도 좋지 않게 되는 것이다.

얼마 전 미국의 어떤 의사가 초등학교 학생 중 전혀 웃지 않는 '웃음을 잃어버린 아이들' 열 명을 골라서 자세히 그들의 몸을 검사하였는데, 놀랍게도 열 명 전부가 '부신 발육 불완전'임을 알아냈다고 한다. 한 가정에서 부모나 아이들이 전혀 웃지 않고 지낸다면 2차적으로 스스로가 자신들의 부신의 기능을 억제하여 그 호르몬 분비가 잘 되지 못하도록 하는 것이므로 조심해야 한다. 옛말에도 '일소일소일노일노(一笑一少 一怒一老, 한 번 웃으면 한 번 젊어지고 한 번 노하면 한 번 늙어진다)'라는 말이 있다.

"종말로 나의 형제들아 주 안에서 기뻐하라"(빌 3:1)

2) 웃음과 건강(Ⅱ) - 웃음으로 복식호흡

잠자는 아기의 배에 가만히 손을 대 보면 배로 호흡하고 있는 것을 볼 수가 있다. 더 자세히 보면 짧은 순간이지만 숨을 쉬지 않고 중단했다가 그 반동으로 배로 숨 쉬는 것을 볼 수도 있을 것이다. 요즈음

이것을 학문적으로 '복식호흡'이라고 하는데 이는 가슴을 사용하는 흉식호흡보다 훨씬 건강에 좋다고 한다. 산소와 탄산가스의 교환에는 시간이 걸린다고 한다. 들이마신 공기 중 산소가 폐세포까지 완전히 도달하는 데 시간이 걸리기 때문이다. 또한 폐세포에서 생긴 탄산가스가 확산하는 데도 숨이 잠시 중단하면 공기가 충분히 확산될 수 있는 시간적 여유를 가질 수가 있게 된다. 우리가 한 번 크게 웃으면 몸속의 나쁜 가스가 몸 밖으로 나가는 동시에 웃는 동안이라도 잠시 숨이 중단되는 것을 알 수 있을 것이다. 뿐만 아니라 웃을 때는 반드시 복압(腹壓)이 생기는데, 이 복압의 자극은 뇌 척추를 봉하여 반사적으로 부교감신경을 자극하여 심장을 진정시켜 준다고 한다. 정신적 감동이 신체적 작용에 끼치는 영향을 이처럼 실로 놀랍다.

우리는 슬퍼하면 눈물이 나고, 놀라면 얼굴이 파랗게 질리고, 화가 나면 몹시 붉게 되면서 식욕이 없어지고 구토가 생기는 증상을 잘 알고 있다. 불안, 초조, 실망, 원망, 증오, 욕심 등은 스트레스의 과잉 인자가 된다. 이러한 감정이 있을수록 아랫배에 힘을 주면서 웃음을 계속하여 복식호흡을 하는 것이 건강 유지에 도움이 된다.

고양이의 네 발을 묶고 꼼짝 못하게 두면 2, 3일 후면 죽게 된다. 부당한 속박에 대한 노여움 때문이다. 인간은 자기 스스로 화를 내고 나쁜 감정을 가짐으로써 마음의 손발을 묶어 놓는다. 그리고는 거기에 화를 내고 괴로워한다. 웃음은 부교감신경계의 콜린 작동계통이 작동하여 몸 전체를 중화시켜 줌으로써 건강해질 수 있도록 한다. 웃음은 돈 들이지 않고 몸의 호르몬을 분비시켜 주는 것이다.

3) 웃음은 보약이다

하나님은 웃고 사는 것이 믿음이라고 하셨다. "믿으세요."라고 하지 말고 "웃으세요"라고 해 보자. 마음을 편안하게 하는 것, 웃는 것, 이것이 보약을 먹는 것보다 더 좋은 건강법이다.

나는 누구 때문에 웃음을 잃어버렸는가? 근심걱정인가? 질병인가? 웃으면 만병을 고칠 수 있다. 암은 물론이고 모든 병이 낫는다.

웃음을 잃고 사는 사람들은 자기 스스로를 학대하고 있는 사람이다. 기쁨으로 사는 것이 인생인데 그 기쁨을 뺏기고 사는 셈이니 얼마나 불행한 일인가?

지난 날 나는 교양인이요, 유명인사로 점잖은 생황을 하고 있다고 자부하며 살았다. 그러나 이러한 생활은 건강과 행복과는 별개였다. 웃음은 하나님만이 주시는 선물이다. 모든 가정, 모든 직장에서 웃음을 가지자. 지금 문제가 있거든 웃음으로 풀자. 웃으면 곧 풀린다. 내가 웃으면 온 가족이 다 웃는다. 웃음이 믿음이다.

네 믿음대로 될지어다! 네 웃음대로 될지어다!

즐거운 소리가 복이다. 내 몸 안에 우물이 있다. 펌프의 이름은 '기쁨'이다. 스위치를 켜는 것은 웃음이다. 기쁨이 우리 안에 가득 차 있다. 열쇠로 열어라. 열쇠는 오직 웃음이다. 웃음으로 네 몸 안에 하나님의 물이 내 속에 계속 흐르게 하자. 나는 누구 때문에 웃음을 빼앗기고 있는가? 돈 때문인가? 건강 때문인가? 누구를 원망하였는가? 웃음을 찾는 것이 믿음을 찾는 것이고, 믿음을 찾는 것이 곧 우리의 행복을 찾는 것이다.

"그때에 우리 입에는 웃음이 가득하고 우리 혀에는 찬양이 찼었도다."(시 126:2)

"내 형제들아 너희가 여러 가지 시험을 만나거든 온전히 기쁘게 여기라"(약 1:2)

4) 웃음은 신이 준 선물이다

사람만이 지을 수 있는 가장 아름다운 표정이다. 마음을 나타내는 사람의 표정은 지구 어느 곳의 사람이나 같다고 학자들은 말한다. 말과 문화는 서로 달라도 표정은 세계 공통이라는 얘기다. 다음은 "노만 택"박사의 웃음이 주는 가치를 열거하였다. 매일 점검하는 습관을 들이자.

① 웃음은 건강을 준다.

② 병을 낫게 한다.

③ 인생을 즐겁게 한다.

④ 고민을 잊게 한다.

⑤ 사람을 모여들게 한다.

⑥ 번영케 한다.

⑦ 돈이 생기게 한다.

⑧ 집안을 밝게 한다.

⑨ 성격을 밝게 한다.

⑩ 외모를 아름답게 한다.

⑪ 식욕을 돋운다.

⑫ 인간관계에 도움을 준다.

⑬ 장수하게 한다.

⑭ 직장생활에 활력을 준다.

⑮ 초조감을 없애준다.

⑯ 어린애처럼 웃어보자-병의 치료가 된다.

⑰ 웃음은 세금을 받지 않는다.

제 3 장
금식을 통한 건강법

제 3 장   금식을 통한 건강법

I.생리와 자연법칙

1) 음식의 소화과정

소화란 음식물을 형성하고 있는 큰 분자를 으깨어 체내에서 흡수할 수 있을 만큼 작은 분자로 바꾸는 작업이다. 큰 분자는 세포나 조직의 벽을 통과해서 안으로 들어 갈 수 없기 때문이다.

세포의 벽을 통과할 수 있기 위해서는 전분은 보다 미세한 설탕으로, 지방은 지방산과 글리세린으로, 단백질은 아미노산으로 바뀌어야 하는 것이다.

소화는 음식물을 씹어서 삼켰을 때부터 시작된다. 음식물은 체내에서 꼬불꼬불하고 긴 소화관 속을 천천히 통과하는데, 그 사이에 소화와 흡수 작업이 규칙적으로 계속된다. 소화관의 여러 부분은 서로 이어져서 하나의 통로가 되어 있는데, 맡아서 하는 작업이나 방법이 제각기 다르다.

먼저 입에서는 침이 전분을 분해하는 작업을 돕는다.
음식물이 침으로 버무려져 목과 식도를 내려가서 위로 들어간다.
소화작업의 대부분은 위 안에서 이루어진다. 위 벽에서 액체가 분비되어 음식물에 섞인다. 염산도 그 액체중의 하나다. 또 하나 분비물인

펩신은 단백질을 보다 미세한 아미노산으로 분해한다. 전분도 계속 분해된다. 염산의 영향으로 위 속의 음식물은 강한 산성이 되면서 전분의 소화는 거의 끝난다.

그리하여 음식물은 소장으로 옮겨진다.
소장은 길이가 4~5m나 되는 긴 대롱인데 매우 꼬불꼬불하다. 소장의 첫 부분을 십이지장이라고 한다. 여기서는 아직도 소화 작업이 계속된다. 췌장과 간장에서 오는 소화액이 음식물의 분해를 촉진한다. 단백질의 분해는 여기서 끝난다. 지방도 더욱 미세한 성분으로 되고 전분의 소화도 여기서 끝난다.

음식물은 더욱 진행하여 소장의 벽을 통해서 혈액과 임파액 속으로 흡수된다. 바로 이곳이 소중한 「몸의 열과 에너지의 원천」이 되는 것이다. 영양분이 흡수되고 난 찌꺼기는 대장으로 보내진다. 대장의 길이는 1m 정도로서, 여기서 수분이 흡수되고 나머지는 굳어진다. 다음은 항문으로 배출되니, 입으로 먹은 음식의 마지막 모습이다.

2) 왜 피로한가?

몸의 근육이 활동하면 젖산(乳酸)이라는 물질이 생겨난다. 활동을 하면 할수록 보다 많은 젖산이 생겨난다(일종의 중독이다). 이것이 곧 "피로"다. 근육이 활동하고 있는 사이에 생겨나는 물질은 젖산 이외에도 있어, 그것들을 통틀어서 '피로물질'이라고 한다.
그 피로 물질을 온몸에 운반함으로 몸 전체 특히 뇌가 피로를 느낀다.

개를 무리하게 달리게 하면 지쳐서 잠이 들어 버린다. 그 개의 혈액을 채취, 다른 개에게 주사하면, 주사를 맞은 개도 곧 피로해서 잠이 들어 버린다.

피로에는 화학적인 면뿐만 아니라 생물학적인 면도 있다. 우리는 피로를 물질처럼 제거할 수는 없다. 피로를 완전하게 없애기 위해서는 몸의 세포를 쉬도록 해야 한다. 쉬고 있는 사이에 몸의 상처받은 부분이 수리되고 뇌의 신경세포에는 다시금 전기가 고이게 되고 또한 관절을 매끄럽게 움직이게 하는 윤활유 구실을 하는 액체가 새것과 바꾸어진다. 몸이 소비한 에너지를 돌이키기 위해서는 수면이 아무래도 필요하다.

젖산의 경우, 혈액 1백㎖ 이상이 될 무렵에 '온몸 피로'가 나타난다.

피로회복 방법에 활동함으로써 쉬는 셈이다. 온몸을 활동하면 호흡이 잦아지고 혈액순환이 빨라지고 샘(腺)의 활동이 활발해져 피로한 부분에 괴었던 젖산 등이 노폐물이 재빨리 그곳에서 제거된다.

또 온몸 피로의 발생은 그 일에 대한 그 사람의 가치판단에 따라 심하게 영향을 받는다는 사실도 많은 사례가 있다.

마라톤이나 소풍의 경우도 피로의 물질 젖산의 성분이 감소되기도 한다.

3) 지구촌, 자연의학 바람 거세다

지구촌에 자연의학 바람이 거세게 불고 있다. 20세기에 급성장한 현대의학에 밀려 빛을 보지 못하던 자연의학이 대체의학, 보완의학, 통합의학이라는 이름으로 꽃을 피우고 있다.

독일엔 자연요법으로 치료하는 의사가 2만여 명이나 되며, 독일 국민은 지난해 자연의학의 하나인 동종(同種)요법 치료에 30억 유로(약4조원)의 의료비를 지불했다. 영국도 1999년 5백만 명의 환자들이 23파운드(약 6조원)를 자연요법에 쏟아 부었다.

미국의 사정도 별로 다르지 않다. 92년 국립보건원(NIH)은 산하에 대체의학연구원(OAM)을 설립했다가 98년 새 법을 제정, 국립보완대체의학센터(NCCAM)로 명칭을 바꾸고 조직을 확대 개편했다.

이는 당시 전체 환자의 절반이 자연요법을 찾았고, 이를 위한 치료비로 연 2백70억 달러(약 40조 원)를 지출하고 있는 의료소비 행태를 반영한 것이다.

자연의학을 연구하고, 의대 교과과정에 수용하려는 노력도 활발하다. 현재 미국의 수많은 의대 중 상당수인 97개 대학이 자연의학을 선택 또는 필수과목으로 개설하고 있다. 또 NIH는 지난해 하버드대, 듀크대, UCLA, 존스홉킨스 병원, MD 앤더슨 암센터 등 유명 병원 통합의학센터에 1억3천만 달러(약 1천6백억 원)의 연구비를 지원했다.

이렇게 자연의학이 새로운 조류로 떠오르고 있는 것은 의료의 패러다임이 치료 개념에서 건강 유지·증진 개념으로 바뀌고 있기 때문이다.

서울 대 병원 가정의학과 유태우 교수는 "현대의학에 사용되는 의약품 비용이 연 5조원인데 비해 보약·기능성 건강식품·영양제·보신식품 등에 쓴 돈이 20조 원에 달한다"며 "이를 과학화·국제화하지 않으면 현재의 제약 산업처럼 자연의학도 수입에 의존하는 시대가 곧 올 것"이라고 말했다.

한편 뉴욕 타임스는 조류독감이 유전자 변이를 일으켜 사람과 사람 사이에도 전염되는 것에 대비해 WHO가 사람에게 놓을 새로운 백신 개발에 나섰다고 전했다. 특히 WHO의 클라우스 스퇴르 박사는 "이번에 베트남과 한국에서 발견된 조류독감 바이러스를 조사한 결과 두 바이러스는 매우 긴밀한 관계가 있다"고 지적했다. WHO는 또 바이러스가 계속 변이하고 있기 때문에 지난해 홍콩에서 발생한 조류독감을 대상으로 개발된 백신이 이번에는 듣지 않을 수 있다고 전했다.

이에 대해 질병관리본부 金과장은 "같은 H5N1형 바이러스도 수많은 변종이 있을 수 있다"며 "우리나라와 베트남·홍콩에서 발생한 바이러스가 똑같은 것인지를 밝히는 데는 시간이 더 필요하다"고 말했다.

중앙일보 2004 . 1 . 25

4) 세균들의 반격은 우리가 불렀다

천연두, 페스트, 콜레라, 이질, 매독, 결핵 … 먼 옛날부터 인류는 많은 병원(病源) 미생물 때문에 내내 시달려왔다. 매우 적은 미생물에 의해서 발병한 것을 알고부터는 감염을 막기 위해서 어느 정도의 예방 조치를 강구하게 되었다. 그러나 충분하지 못했다. 현대의학 발달의 역사는 이러한 병원 미생물과의 싸움의 역사라고도 할 수 있다.

항생제는 1920년대 개발되어 40년대 초반부터 임상에 사용돼 크고 작은 질병으로부터 인류를 구원해 온 기적의 약이었다. 이제 걱정할 것 없다. 병원 미생물과의 싸움에서 끝내는 이겼다고 확신했었다.

그러나 20세기를 마감하는 지금 항생제를 무력화시키는 새로운 균주, 슈퍼 박테리아가 등장해 인간의 생명을 위협하고 있다. 우리의 몸은 현재 방어기구가 엉망이다. 병원 미생물들의 공격에 꼼짝 못하게 되어 버렸다.

특히 항생제 사용 세계 1위를 자랑하고 있는 우리의 현실을 직시한다면 그 파장은 점점 퍼질 것이다. 우리는 항생제 오·남용을 막아야 한다. 꼭 의사의 처방을 요한다.

구제역, 돼지 콜레라, 사스, 요즘은 조류독감까지 유행함에 따라 닭도, 오리도 식탁에 올리기 두렵게 도었다. 철석같이 믿던 미국의 쇠고기도 광우병의 위험이 나타났다. 수입금지 조치가 내려졌다.

현재 미국의 건강에 대한 관심은 대단하다. 미국 총생산의 15%를 보건의료비로 지출한다. 이것은 국방과 교육비를 합친 것보다 많다는 것이다. 최근 통계청이 발표한 2002년 한국인 최대의 관심사는 단연 건강이었다고 한다.

무엇보다 중요한 것은 건강에 대한 올바른 인식이 아닌가 한다. 일거에 건강을 얻을 수 있는 방법은 없다. 건강엔 원칙이 있을 뿐 비방은 없기 때문이다. 근본적인 원인을 어디에서 찾아야 하나?

20세기 들어서면서 현대의학의 눈부신 발전은 질병으로부터 인류가 곧 해방될 것이라는 착각에 빠지게 했다. 백신과 항생제등에 힘입어 전염병은 이제 더 이상 문제 될 것이 없으며 암 등의 성인병을 정복하는 것이 인류의 다음과제라고 공언하였으나 자연의 위력은 인류문명의 발달속도를 능가하였다. 바이러스의 변이 속도를 따라가지 못했다. 1918년 스페인 독감은 4,000만 명가량의 사망자를 내었었다. 이것은 1차 대전의 사상자 1,500만 명보다 많은 숫자이다.

5) 미생물의 생활

앞으로도 변종된 독감이 우리에게 큰 위협으로 나타날 것이다. 우리에게는 귀찮은 병원 미생물이다. 그들의 생활력은 대단하다. 강한 적응력을 가지고 있다. 그들도 살 권리가 있다.

바이러스가 발생하는 성상(性狀)은 그 장소에 따라 생리적, 병적으로 장소의 조건에 따라 다르다.

우리가 헌혈하는 혈액도 채혈 날부터 3주일 지나면 폐기처분해야 한다. 아무리 무균적(無菌的)으로 채혈 보관하여도 21일을 지나면 보존혈액에 세균이 발생하기 때문이다.

우리 몸의 세포도 생리적인 붕괴에 따라 조직 세포가 병적 이상상태에 놓이면 그 자리에서 세균, 바이러스로 변한다. 다시 말하면 그 자리에 있는 미생물, 세균은 병적세포가 그 자리에서 만들어진 산물이라는 말이다.

1882년 베덴코파라는 생리학자는 콜레라균이 콜레라의 원인이 아니라는 증거로 당대 유명한 세균학자 콧호가 만든 콜레라균을 그 앞에서 한 컵을 먹었으나 아무런 반응이 없었다. 그 후 지브스, 결핵균도 인체실험으로 같은 방법으로 했었다. 우리는 세균을 죽이려고 하지 말고 하나님이 주신 자연의 법도에 맞게 살면서 체질을 중요시해야 한다.

2차 대전 중 일본군이 적지인 중국 대륙 어느 지역의 우물에 지브스균, 콜레라균을 풀었다. 적군의 전의 상실을 기도하였으나 그들은 이 물을 먹고도 발병하지 않고 완강히 저항했었다. 겨우 적지를 점령

하였으나, 이번에는 일본군이 뿌린 지브스, 콜레라균에 걸려 모두 쓰러져 갔다고 한다. 이와 같이 병적균의 반응 이상성은 자기 몸의 상태에 따라 발병한다는 증거이다(모리시다게이지 박사의 말).

옛날부터 많은 유행병이 발생하고 퍼져나간다. 광우병도 생산량을 높이기 위해 소에게 양의 내장을 먹임으로써 자연계의 생태적 안정을 인위적으로 교란한 것이 유력한 원인이다. 그것은 생산성을 높이려고 한 인간의 탐욕이 빚어낸 당연한 결과이다.

이제부터라도 인간의 탐욕을 절제하며 자연과 더불어 살아간다는 겸허한 마음 자세가 필요할 것이다. 지금처럼 오만함으로 계속 자연을 대한다면 자연은 앞으로 이보다 더욱 처참하고 치명적인 무기로 우리에게 대항할 것을 걱정한다.

성경은 사람들이 질병에 걸리지 않도록 예방할 것을 강조하고 있다. 성경은 질병의 예방이 의학의 힘에 있는 것이 아니라 개인위생, 단체위생, 공동체가 함께 건강하기를 강조하고 건강한 삶의 태도에 있다는 것을 강조한다.

너무나 당연하고 쉬운 진리임에도 많은 사람들이 성경의 가르침을 외면하고 있다.

6) 장수촌의 장수 비결

오래 살고 싶다, 늙지 않고 싶다, 건강하고 싶다 는 인간의 욕망을 현대 과학문명이 눈부시게 발달한 오늘날에도 쉬지 않고 계속되고 있다. 세계 각지에 장수하는 사람이 많이 살고 있는 지역이 있다.

구소련의 코카사스지방, 히말라야의 훈자왕국, 남미 에콰도르의 비루가 밤바 등은 그 대표적인 고장으로 1백세 이상의 사람이 꽤 높은 비율로 살고 있다.

훈자의 장수촌은 지구상 가장 가기 어려운 마을 중의 하나다. 6,500m 이상의 봉우리들이 에워싸고 있으며, 빙하수와 원시적인 농법으로 수확도 적다. 골짜기 급경사를 노인들은 잽싸게 오르내린다. 코카사스는 광대한 지역으로 해발 0m부터 1,500m까지 다양하다. 낮은 곳보다 높은 지대에 장수자가 많다. 전체 인구 1만5천 명 중 100세 노인은 5천 명, 80세 이상은 70% 이상으로 매우 활동적이다.

장수하는 사람에게는 공통되는 생활특징이 있다.

첫째 나이가 들어서도 육체노동을 즐기면서 생활하는 점이다. 날마다 적당한 노동이나 운동을 하는 습관이 장수를 가져온다는 사실은 육체노동 직업과 사무직을 비교해 보면 순환기 질환에 걸리는 이환률과 사망률이 다른 점에서도 입증된다.

둘째 마음가짐인데, 직업에 기쁨과 보람을 느끼면서 활기찬 생활을 한다는 점이다. 더구나 그 생활에서는 고민이나 불만, 증오 등의 정신적 스트레스가 적은 점도 중요하다.

셋째 영양문제인데, 장수촌에서는 칼로리와 동물성 지방이 적은 음식을 섭취하고 식물이나 유제품을 주로 하는 식사를 하는 점이 특징적이다. 그 결과 콜레스테롤이 불어나지 않으므로 동맥경화가 예방된다고 생각한다. 그리고 요구르트를 먹고 식염과 설탕은 절제한다는 것이다.

장수자, 노인이 끝까지 일한다는 것은 심리적으로 사회에 기여한다는 마음을 갖게 한다. 이것은 현대 우리 사회에 중요한 의미를 가지고 있다. 그리고 식생활이 수명에 직결된다는 사실은 쥐를 통한 실험에서 여실히 증명된다. 장수지역에 대해 우리는 관심을 갖고, 이들 지역에 대해 뭔가 엄청난 비밀이 숨겨져 있으리라는 기대로 연구 분석하였으나, 그들의 장수 비결은 특별한 약초도, 특이한 어떤 식품도 아니었다. 논과 밭에서 일하는 적당한 노동, 그리고 자급자족에 만족해하는 여유롭고 평화로운 생활 외에는 별다른 것이 아무것도 없었다는 것을 알 수 있다.

2. 고질병은 안개처럼

대자연은 건강하다는 명제 아래 우리들 주위에는 왜 질병이 많은가라는 질문이 제기될 수 있다.

과거 K여고 재직시절 10년 동안 앓아 온 원인 모를 병고로 결근 100일이 넘자 나는 드디어 금식을 하기로 비상한 결심을 했다.

식물, 공기, 음료수는 우리 생명의 원천이다. 이 3요소 중 음료수와 공기는 잠시도 끊을 수 없다. 다만 식물은 어느 기간 중단하여도 직접 위험하지는 않다. 음식 먹기를 중단하는 것을 금식이라 한다.

그때는 봄이었다. 냉수 이외의 일체의 음식물은 생명의 적으로 삼아야 했다. 금식 7일째가 되면 적혈구 부족으로 체온이 내려간다. 세 번째 금식 때는 더운 여름인데도 겨울 내의를 입어야 했다. 불면증이 찾아오고 뱃가죽은 등에 붙어 붕대로 칭칭 감았다.

그래도 가벼운 동작과 독서 일기장은 메워 나갔다. 체중의 감소는 체내의 배설물을 제거한다. 금식일수가 늘어남에 따라 후각신경은 민감해지고 하루하루의 시간들은 평소의 천 배보다 지루했다. 다만 있고도 없는 무아의 경지를 추구할 따름이었다. 금식 7일간보다 25일간의 점증식 과정이 더욱 어려운 것이고, 성패 또한 여기에 달렸다. 첫 음식물은 미음 한 숟갈(120g), 시금치 두어 잎사귀, 간장 서너 방울을 얼마나 귀중하게 먹었는지 모른다.

먹기 위해 사는 것이 인생인가 싶었다. 간장 한 방울을 떨어뜨릴 때 생명과 힘과 행복의 원천을 맛보았다. 현대인은 이 간장 맛을 모르고 먹는다. 만약 식은 밥 한술이라도 먹는 날이면 마지막을 고해야 한다. 오장육부는 허약해지나 식욕은 반비례했다. 그때 죽어도 좋으니 저 부엌에서 김이 무럭무럭 나는 따뜻한 밥 한술을 먹고 싶은 욕구뿐이었다.

명예와 지위는 헌신짝처럼 던지고 오직 인간 재생의 꿈뿐이었다. 25일간의 점증식 과정을 마치자 살찌는 소리가 나날이 뽀드득 났다. 현대인이 찾고 있는 영양은 만병의 근본이 아닐까 싶다.

드디어 인간의 인내와 의지의 승리는 10년 묵은 육체적·정신적 고질병을 안개가 걷히듯 싹 거두어갔다. 나는 지금까지 모두 220일의 금식을 해오고 있다.

1) 금식을 통한 치유 / 금식은 자연의 법칙

"지혜란 자연에서 일어나는 모든 것을 인식하는데 있다." - 히포크라테스

자연의 법칙에 순응하면 건강과 행복에 관한 놀랄 만한 새로운 길을 발견할 수 있다. 이것은 단순한 이론에 관한 토의가 아니다. 이것은 바로 사실 그 자체이기 때문이다.

우리는 우리 몸이 놀랄 만한 재생력을 가지고 있다는 사실을 알아야 한다. 우리의 신체는 위대한 자연의 치유력을 가지고 있다. 즉, 우리 몸은 스스로가 병에 대해 놀라운 자연치유력을 가지고 있다는 것이 밝혀졌다.

오늘날 병자가 많아지는 이유는 우리의 생활이 성경이 우리에게 가르쳐 주는 식생활과 정신적 안정 등을 완전히 무시하고 자기 마음대로 자유의 길을 택한 까닭이기 때문일 것이다. 하나님 말씀대로 살아가면 우리는 모든 병을 예방할 수 있다고 확신한다. 그렇지 않으면 자연히 몸은 자연치유력이 약화되고 T-임파구 또한 약화된다.

2) 금식의 유래

고대 에지프트인의 젊음과 건강의 기본은 매월 3일간의 금식과 구토와 관장으로 위장을 세정하는 것이라고 생각을 했었다. "에지프트인은 인류 중에 가장 건강하다"라고 헤로도도스(희랍의 역사가)는 역사서에 기록하고 있다(기원전 425년).

고루나로의 논문(1465년)

35-40세까지 많은 질병에 시달렸다. 그때 우연히 절식을 하여 견디기 힘들어서 "절식도 죄를 짓는 행위다"라고 말하고 평소의 불절제의 식생활로 돌아갔다가 큰 병으로 부득이 절식으로 새 생명을 되찾고 난 후, 미식과 과식보다는 가벼운 빵만으로 粗食(조식)하는 것이 좋다고 설파했다.

절식(식사조절) 1년 만에 많은 고통의 질병에서 해방되어 83세 때에 "절도 있는 생활전술"이란 제목의 합리적인 식이요법을 발표했었다.

고루나루는 95세 때 다음의 글을 남겼다.

'폭음, 폭식, 대주연, 비생산적인 소비, 자주 있는 대연회 장소는 페스트의 유행과 많은 전투에서의 희생자를 내는 것과 같다.'고 생각한다.

자연이 스승이다. 간단한 규칙에 따라 소식과 신의 섭리에 행동하고 우리의 인체가 요구하는 최소한의 음식물로 충분하다고 하였다.

우리들이 공복감을 참을 수 없을 때, 먹고 싶어 할 때 욕구대로 먹어보자는 생각은 우리의 일생생활의 습관에서 일어날 것이다. 이 식생활 태도가 인간의 양식(良識)마저 버리게 되고 부도덕인으로 인도되면 노화가 빠르고 결국에는 질병의 주머니가 됩니다. 고루나로는 100세 때에 이탈리아의 종교 중심지 "바도바"에서 편안히 자연사로 돌아갔다.

古代 지벨토의 의학의 중요한 교과서(쟈드 씨-)에 "비만의 금식요

법에 대하여"란 항목이 있다. 피타고라스(기원전 570)는 계획적으로 40일 금식을 하였다. 금식을 하면 머리가 맑아진다고 제자들에게 금식을 강요하기도 했다.

희랍의 철학자 소크라테스와 플라톤도 피타고라스의 생각과 같았으며, 계획적으로 10일간 금식을 실행하였다. 그리고 이 금식으로 지혜가 일어난다고 생각하였다.

醫聖 히포크라테스(기원전 480)는 원래 사람은 질병을 치료할 수 있는 자연치유력을 가지고 있다. 의사는 그 힘을 충분히 발휘할 수 있도록 관리할 수 있도록 하여야 한다.

만약, 육체의 대청소가 되지 않은 상태에서 먹고 싶어 하는 만큼 먹으면 그 먹는 만큼 질병을 키우는 결과가 초래된다고 가르쳤다.

어떤 동물들은 전혀 몸에 해침 없이 6개월~2년까지도 자기 몸의 양분을 먹으며 살 수 있다.

제일 오랜 기간 동안 금식한 날 수의 세계 공인기록 보유자는 독일 사람 위리스미씨리로 78일 3시간이다(공인 기록날짜 1953. 1. 11). 1993년 뉴욕판 기네스북에 382일을 금식한 스코틀랜드사람 '앙거스 아비에리'에 대한 기록이 있다.

히말라야산맥 부근에서 수도하는 인도의 수도승 가운데 40~60일 이상 금식한 사람들이 수없이 많다.

미국 뉴욕에 사는 영국 출신의 장워는 1952년 7월 26일에 금식을 시작하여 76일 3시간 3분이라는 최초의 공식적인 최장기록을 세웠고, 1052년 남이탈리아의 파킬리칸이라는 사람은 밀봉되어 있는 유리관 속에 들어가 77일 동안 물200ℓ, 소금물 77ℓ를 마시면서 77일간의 금식기록을 세웠으며, 1953년 1월 11일 독일의 위리스는 78일 3시간의 기록을 남겼다. 우리나라에서는 1909년 홍암 대종사 나철이라는 사람은 100일 금식 중 성음을 들었다.

오늘날의 세계적인 동향은, 정신수양을 위한 종교적 행사보다 목적관철을 위한 극한투쟁의 한 수단 정도로 쓰이는 것으로 알아왔던 금식이 불치병의 치료에 적응됨으로써 오늘날 세계 여러 나라에서 크게 각광받고 있다.

3) 21세기는 신비의 금식시대가 …

금식이라는 마이너스 영양이 생체에 어느 정도의 영향을 미치는가 하는 문제에 대하여 지난번 구론양이나 구론송아지의 탄생은 의학계의 강한 인펙트를 던진 것 같다.

유선(乳腺)이나 난관(卵管) 또는 피부 등의 체세포 하나하나로부터 한 마리의 소나 양을 생육할 수 있다는 사실 앞에 지금 과학자들은 커다란 컬츄어 쇼크를 받고 있는 것이다.

또 우유 속에 들어 있는 유선세포에서도 한 마리의 소를 생육할 수 있다는 것이니까 이것은 큰 문제가 아닐 수 없다.

지금까지는 절대로 있을 수 없다고 믿어왔던 상식이 보기 좋게 뒤집혀 버린 것이다. 세상의 일이란 아직도 미지의 신비로 가득 차 있다는 것을 알 수 있다.

지금까지의 상식으로는 하나의 수정란이 자궁 속에서 분열을 되풀이 하면서, 생체의 여러 가지 장기(臟器)가 생성되는 과정에서, 각 세포 속에서는 많은 유전자가 차례차례로 열린 상태에서 닫힌 상태로 된다.

그 결과 최종적으로 유선세포는 유선세포만을 만드는 유전자만이 열린 채로 남고, 다른 간장을 만드는 유전자나 심장을 만드는 유전자 등은 모두 닫혀 버린다.

따라서 유선세포는 몇 번을 분열해도 유선세포만이 되고 결코 유선세포에서 심장을 만드는 세포는 나오지 않는다. 이것이 현대의학의 상식이었다.

그런데 지난번의 구론양이나 구론송아지의 탄생은 이 상식을 보기 좋게 파괴하고 한 개의 유선세포에서 뇌나 심장이나 위도 생겨난 것이다.

그러면 어째서 유선세포 속에서 지금까지 닫혀 있던 각종 유전자가 열리게 된 것인가. 그 비밀은 유선세포에게 금식(禁食)을 시켰기 때문이라는 것이다.

유선세포를 배양할 때, 수일 동안 배양액을 10%에서 0.5%의 농도로 감량하여 세포에 커다란 쇼크를 주어 보았다. 그랬더니 지금까지 닫혀있던 여러 가지 유전자가 열려서 활동하기 시작했던 것이다.

이렇게 해서 하나의 유선(乳腺)에서 한 마리의 구론양이 생육되고 이 대발견이 실마리가 되어서 21세기는 금식의 연구가 커다란 붐을 일으키게 될 것으로 예측된다.

건강증진에도 금식기도가 자연요법 중 최고봉이라고 생각한다.

4) 생명은 변화를 요구한다

생물계(生物界)에서 변태(變態)의 현상이 하나의 신비다.

요충에서 번데기(금식기간)를 거쳐 아름다운 나비로 변하는 것이나 올챙이는 개구리가 되기 직전 수일간의 금식으로 꼬리는 없어지고 손과 발이 나온다.

변태가 되기 전의 동물은 모두 금식을 한다. 변태란 생명의 성장이다. 즉 "생명의 법칙"이다.

보통으로 성장을 위해서는 음식을 먹는다. 그러나 비약적인 성장을 위해서는 금식을 한다. 이렇게 보면 "생명의 방정식"이 성립된다고 할 때, '먹고 싶다'와 '먹기 싫다'는 하나의 자연현상이다. 자기 생활의 생명의 높은 파장이나 기복을 일으키는 데는 인위적인 금식생활이 필요하다.

● 의욕은 어떻게 생기는가 - 그것은 배고픔을 만드는 것이다.

● 생명은 자극을 구하고 있다.

숨을 쉬고 내뱉는다. 음식은 먹고 배설을 한다.

세포의 신진대사, 심장에서 혈액의 순환을, 낮에 일하고 밤에는 잔다.

이러한 리듬적 반복이 우리들의 생명현상이다. 탄생과 죽음의 영원한 반복이 생명의 흐름의 리듬이다. 천체의 운행과 만물의 생성유전부터가 리듬이다. 우리의 인간도 하나의 리듬적 생활에서 벗어날 수없다.

- 생명은 항상 변화를 요구한다. 변화 없는 생명력은 쇠퇴한다.

- 육체적인 생명은 끊임없이 그 조직과 기능이 조화, 밸런스를 구하고 있다. 이런 조화를 유지하려고 하는 욕구가 변화와 자극을 원하고 있는 것이다.

- 즉 변증법적 발전이 생명현상의 흐름이다.

- 금식하면 쇠퇴하고 잠시 보기에 쇠약해진 것 같이 보이나 사실은 생명력을 높이는 대변화이다.

우리는 "먹어야 산다"는 습관 때문에 중독되어 진 것도 모르고 생명력이 약화되어 질병을 일으키고 있는 것도 잊고 있다.

그러므로 때로는 "먹지 않는다"는 금식으로 마비된 중독증을 버리고 새 생명력을 부활시켜야 할 때가 왔다고 생각한다.

5) 사람은 훈련한대로 한다

- 자기 마음과 몸은 자기 것이로되 자기가 원하는 대로 지배할 수 없다. 자기가 원하는 대로 되지 않는 모습이 질병이고 고통이다. 이 고통에서 벗어나기 위해서는 어쨌든 자기가 원하는 대로 자기를 지배, 통솔할 수 있어야 한다.

우리는 이 자기 지배를 금식기도와 훈련을 통해 성취할 수 있다.

- 마음과 몸은 습관과 버릇(조건반사화)으로 성격이 형성된다.

나쁜 버릇이 몸에 베임은 무의식적으로 그 버릇에 지배당하게 된다.

의지로서는 감당하기 힘들다. 그러나 이 조건반사의 법칙을 조정하는 힘을 육성하면, 자기의 의지대로 자기지배가 가능하게 된다.

이것을 의식적으로 조정된 습관이 조건반사화 될 때까지 반복한다.

이 활동이 자기화가 되면 의지대로 그것을 자유로이 할 수 있게 된다.

가능한 적응성을 높이고 확대한다. 성공은 좋은 습관에서 나온다.

이러한 교육훈련은 인간이면 누구나 성취할 수 있다.

금식기도로 탁월한 효과를 거둘 수 있다.

6) 호흡으로 건강을 …

성인들의 일분간의 호흡수가 16~18번이니 하루에 26,200번이 된다. 동의보감(350~400년 전)에 밝혀진 호흡수는 13,500번이라 했으니 요즘 사람보다 훨씬 적어 약 절반 정도밖에 안 되는 걸 보면 옛날보다 요즘 사람들의 호흡이 훨씬 빨라지고 있는 게 틀림없다.

호흡이 빨라진다는 건 심장 부담이 늘어난다는 얘기이고, 그만큼 산소의 소모량이 증가된다는 말인데 빠른 호흡은 장기의 무리를 가져오고 생리기능에 부담을 준다는 결론이 된다. 호흡의 안정이 곧 심장의 안정이고, 심장의 안정이 정신기능의 정상화로 건강유지의 첩경이 된다.

우선 호흡을 안정시키면 교감기능이 안정되고 심장 부담이 적어진다.

교감의 안정은 자연 부교감의 안정으로 이어지는 것이 상식이니 어려운 화학부호를 늘어놓지 않고도 자율신경의 안정, 내장 기능의 정상이 오고, 내장의 안정이 신(神)인 뇌의 안정으로 귀착됨을 알 수 있다.

금식기간 중의 심호흡(深呼吸)은 혈액의 산화로부터 내뿜는 독소를 코로 배출시킨다. 호흡을 중지하면 우리는 수 분 내에 생명을 잃고 만다.

이것은 호흡이 신체의 생존에 얼마나 중요한가를 의미한다.

그러나 현대인들은 먹는 것, 마시는 것에는 신경을 써도 호흡에 대해서는 의외로 무관심하다. 호흡은 인간이 날 때부터 아무런 노력 없이 자연적으로 주어진 기능이기 때문이다. 우리는 크게 반성해야 한다.

먹는 음식물의 영양가는 식품에 포함된 영양소의 양에 의하여 결정되는 것이 아니고 소화흡수가 되는 양에 의하여 결정된다. 식품영양성분의 소화흡수는 체내에서의 이온화 여하에 따라 결정되는데, 이온화는 산소 보급의 양에 좌우된다.

산소가 부족하면 촛불도 잘 타지 않는 것과 같이 호흡이 가장 중요한 것임을 알아야 한다. 혈액은 폐에서 충분한 산소를 받아 이것을 신체의 각 기관에 배달한다. 이와 같이 호흡은 신체의 건강에 큰 영향을 미치는데 육체뿐 아니라 정신적인 면에서도 큰 영향을 준다.

그리고 자기의 생존능력을 발휘하려 할 때는 순간적으로 호흡을 정지하였다가 하나의 동작을 일으켜 목적을 달성한다.

예를 들면 활(弓)을 쏠 때의 경우도 마찬가지이다. 활줄을 당기고 어느 한 목표에 화살을 겨냥하고 있으면 어느 사이 호흡이 정지되고 정신이 한 곳에 집중되어진다. 이와 같은 예는 예도(藝道), 서도(書道), 역도(力道), 무도(武道)에서도 찾아볼 수 있다.

이러한 호흡법의 훈련으로 기적적인 신비의 무궁한 힘을 발휘할 수 있는데, 그 첫째는 유식(留息)을 함으로써 심신을 결합시키고, 둘째는 심신을 통일시켜 내재능력(內在能力)을 분출시키고, 자세는 결가부좌로써 서서히 숨을 코로 들이쉬면서 항문(肛門)과 성문(聲門-혀끝으로 입천장)을 막는다.

초행자는 너무 오래 참지 말고 10초, 20초 헤아리는 동안 참는다.

7) 보약은 어디에 있는가?

● 누구나 오래오래 살아보려는 욕심으로 보약을 찾는다. 우리나라 사람들만큼 보약을 좋아하는 국민도 드물 것이다.

백사(白蛇), 산삼, 웅담, 사슴피, 태반, 곰발바닥, 개소주, 사향, 뱀탕, 지네탕 등 혐오스럽고 끔찍스럽기도 하다.

● 이러한 보약(?)들이 과연 기대한 만큼 효과가 있을까? 효과를 보지 못한 사람들이 더 많은 것을 우리는 알고 있다. 불로초를 찾았던 진시황도 49세에 사망했다. 조선조 500년사를 살펴보아도 장수한 왕은 영조(英祖)가 83세까지 살았을 뿐이고, 거의 40~50대를 제대로 넘기기 어려웠다.

● 대부분 왕들이 왜 그토록 단명했을까? 직접적인 원인은 과도한

주색(酒色)과 운동부족, 그리고 균형 잃은 식생활, 스트레스 등이 중첩되는 무절제한 생활에서 비롯되었다고 생각된다.

약으로만 건강 장수를 누려보겠다는 허황된 생각이 오히려 단명을 자초하지 않았을까!

●반대로 보약과 거리가 멀었던 처칠은 91세, 트루먼 88세, 레이건 92세(생존), 장계석(88세), 이승만은 90세까지 살았다. 이렇게 보면 보약이 원기를 왕성하게 하고, 장수를 보장하는 묘한 효험이 있다고 보기는 어렵다. 보약보다는 일상생활에서 보약을 찾는 것이 더 현명하다고 생각된다. 그리고 보약은 밥상에서 찾자.

●보약은 매일 먹는 음식이나 행동에서 찾을 수 있다. 성경을 통하여 예비해 주신 간단한 원칙들을 따름으로써 우리는 병 없이 살 수 있다. 식사는 감사하는 마음으로 즐겁게 천천히 먹으면 된다. 그리고 적절한 운동과 충분한 수면, 편안한 마음가짐이 따라야 한다.

●여기서 곁들여 정기적인 금식이 건강에 매우 효과적이란 점을 오랫동안의 체험을 통해 필자는 확신한다.

인도의 간디는 수시로 20일씩 금식하여 77세까지 살았다(저격당함).

그때의 인도인의 평균 수명이 23세였다.

8) 금식에 대한 마음의 준비

(1) 금식에 대한 충분한 지식을 경험자로부터 듣고 준비를 한다면 기쁜 마음과 편안한 육체로 금식을 할 수 있다.

(2) 본 금식 2일 전부터 과식을 피하고, 술, 담배, 육류, 과자 등도 삼가야 하고, 식사량도 하루 세끼에서 두 끼로, 두 끼에서 한 끼로 줄여나가야 한다.

(3) 자극성 있는 음식과 기름기 많은 고기를 피해야 한다.

(4) 하루나 이틀의 단기 금식은 특별한 준비나 식사조절이 필요치 않다.

(5) 개인의 사사로운 복잡한 일은 미리 정리해야 한다.

(6) 체온계, 체중계, 키, 관장기 등 준비를 해야 하며, 체중은 매일 체크해야 한다.

(7) 마그밀(완화제) 또는 회충약을 준비한다.

(8) 계절은 선택할 필요가 없다. 매일 일기장을 써야 한다.

(9)두 사람 이상 단체로 하는 것이 도움이 된다.

(10) 환자는 의사의 조언을 받는다.

(11) 처음부터 너무 길게 하려고 욕심을 내지 말라.

(12) 그릇소리와 요리냄새가 나지 않는 곳, 공기 맑은 기도원을 이용하는 것이 바람직하다. 집에서 하는 것은 불가능하다.

(13) 굶식이 아니고 금식을 해야 한다.

두려움을 버리고 의학적인 지식과 믿음으로 하면 정신적, 육체적인 질병에서 벗어날 수 있다.

(14) 금식기도는 굶식과 다르다.

① 금식으로 육신이 죽고 영혼이 살아나는 신비의 체험을 한다. 그때 우리의 알 수 없었던 질병도 떠나간다. 마음의 평화도 온다. 진리의 깨우침 없이 병만 낫게 하는 것은 오래가지 못 한다. 늘 은혜와 진리가 함께 하는 삶이 되어야 한다.

② 배가 부른 상태에서는 세상 신이 사람들의 눈을 가리어 진리를 보지 못하게 만든다. 그리고 강한 집착 때문에 말씀의 빛을 뚫고 들어가지 못하는 경우가 대부분이다. 그러나 금식기도로서 세상으로부터 오는 욕심과 유혹의 가능성을 모두 뽑아버리는 경우가 많다.

③ 항상 부정적인 생각을 하는 자가 긍정적 신앙으로 또 더 깊어지는 사례를 경험한다.

④ 금식기도는 주님의 고난에 동참하고 죽으면 죽으리라는 결사적인 신앙적인 체험을 갖는 좋은 기회이어야 한다. 체험적인 신앙은 다른 사람들이 이해하지 못한다. 나의 나쁜 습관(육체적, 식생활, 정신적)을 금식을 통해 자연스럽게 깨닫고 좋은 습관으로 인생을 바꾼다.

⑤ 금식기도는 하나님이 우리에게 주신 하나님의 축복이다. 전국적으로 금식기도 운동이 일어나야 한다. 개인, 가정, 교회가 앞장서서 이끌어야 할 때라고 필자는 예언을 한다. 많은 사람들이 죄 속에 살면서 그 눈이 어두워 자기들이 죄의 구덩이에 살고 있다는 것을 모르고 있다.

⑥ 이제 옛것을 버리고(나의 가치관, 나의 소망과 꿈, 나의 생각을 내려놓고) 새로운 것(그리스도의 생명)으로 채운다.

(15) 며칠간 금식할 것인가?

금식은 장기금식과 단기금식이 있다.

① 위와 장의 탄력을 회복하는데 필요한 기간

② 몸의 대청소를 하는데 필요한 기간

③ 백혈구가 현저히 증가하는데 필요한 기간

④ 자기 체력이 금식에 얼마만큼 대처할 수 있는가의 정확한 판단

⑤ 연령과 노화, 이화작용 등도 고려하여야 한다.

⑥ 며칠간 금식을 한다는 것은 사람마다 다르고 체중, 연령 등의 요인에 따라 금식하면서 결정할 것이다(미국식이다).

⑦ 3일 이상은 지도자의 지도를 따라야 한다(의사와 경험자).

금식에 의한 조직기관의 감량 백분율표 (24일간)

Sinclair씨

지방분 : 97%	피부, 모발 : 21%
비 장 : 67%	대 소 장 : 18%
간 장 : 54%	폐 장 : 18%
고 안 : 40%	췌 장 : 17%
근 육 : 31%	심 장 : 3%
혈 액 : 27%	뇌 척 추 : 3%
신 장 : 26%	

9) 배고픔

배고픔은 의학적으로 연구한 것으로는 단기간 동안의 음식물 중단에 관한 것 뿐 장기간 동안 관찰한 것은 없다. 배고픔의 종류는 두 가지가 있는데, 그 중 진정한 배고픔은 가장 소화를 잘 시킬 수 있는 상태에 있다는 증거이다.

질병상태에서는 식욕이 떨어지고 배고픔이 없어진다. 이때에는 금식을 하는 것이 자연의 섭리다. 우리는 배가 고파서 먹는 것이 아니라 시간과 습관에 의하여 먹는 습관을 길러왔다. 배가 고프거나 안 고프거나 우리 생활 규칙 중의 하나가 먹는 행사임에 틀림없다. 건강할 때나 아플 때나 진정으로 배고픈 것이 아니면 먹지 말아야 한다.

어머니는 소화가 되지 않아도 계속 먹기를 바라고 있다.

결국 그 음식은 섭취를 못하고 버려지게 되어 설사라는 수단으로 해결된다. 설사를 중지시키면 그것은 소화기관의 짐이 되고 나아가서는 인체에 毒이 된다. 질병상태에서 우리는 때때로 음식이 먹고 싶어지는데 이것은 우리들의 고통을 증가시키는 잘못된 욕구라는 것을 알아야 한다. 그럴 때는 금식으로 건강을 찾고 건강을 유지시켜야 한다. 그러나 금식 후 건강이 원래대로 재생이 되었다 해도 그 후의 양색(養生)을 잘하지 않으면 즉, 음주 과식을 하면 곧 원래대로 돌아간다.

10) 대장의 기능

대장은 어떤 일을 하는가?

조류(鳥類)는 대장이 없다. 그러면서 비교적 장명(長命)하고 포유

동물은 대장을 가졌으며 단명(短命)한다.

대장은 분변의 저류소이면서 무수한 세균이 부패작용을 하고 있다.

프랑스의 메치니코프 박사는 "인간이 노쇠 하는 원인은 대장내의 많은 세균 때문이다. 이들 세균은 항상 부패발효 작용을 하고 유해한 화학물질을 만들며 따라서 대장내의 세균류가 많을수록 노쇠가 빠르며, 대장이 발달한 포유동물은 그 유해한 작용을 많이 받기 때문에 다른 동물에 비하여 단명(短命)하다"고 생각한다.

오늘날 장내(腸內)의 유해 독소를 어떻게 제거하느냐가 문제가 되었다. 대장과 건강이 밀접한 관계에 놓여 있고 대장의 숙변(宿便)이 만병의 근원이라는 사실이 분명해진 오늘날이다.

변비로 3~4일 만에 변통을 보는 것은 자가 중독으로 단명(短命)을 초래한다.

설사는 독물배설을 위한 작용이다.

다만, 수분을 보급하는 것이 중요하며, 평소 생수를 1일 약 2ℓ 정도 마시는 것이 좋다. 장이 깨끗한 자는 불노장수하며 여기에는 금식 이상 좋은 방법이 없다.

11) 금식과 숙변

인간은 왜 병에 걸릴까? 영국의 렌 경도 "숙변은 많은 병의 주요 원인이라고 믿는다."고 말한 바와 같이 그 근본원인은 숙변(宿便)에 있다. 숙변은 만병의 근본이다.

우리가 금식요법을 체험하여 보면, 매일 통변이 있는 사람이라도 1

주간 전후의 금식(禁食)으로 검은 콜탈같은 고변(古便)이 대량으로 배설되는 것을 보고 놀라게 된다.

금식요법은 만병의 원인인 숙변 해결의 유일한 방법이다. 뇌졸중, 뇌경색, 뇌연화증도 숙변이 원인이다.

숙변은 멧켈이 명명한 〈게실(憩室)〉이란 장벽의 측실에 들어 있어서 하제 등의 복용으로도 배설되는 것이 아니라 숙변배제에는 7일 이상의 금식요법이 꼭 필요하다.

숙변의 형상은 천차만별이어서 물 같은 것, 점액, 회색의 점포 같은 것이 있는가 하면 兎糞, 馬?, 血?, 콜탈, 각종 결석, 砂狀, 羊便 등 각종 양태로 나타나고 일반적으로 냄새가 없는 것이 보통이다. 개중에는 악취가 있는 것도 간혹 있는데 이것은 생성이 얼마 되지 않았거나 출혈에 의하여 오염된 것이다.

육식을 많이 하는 사람은 혈액이 산화하여 자율신경이 둔하므로 장의 기능이 저하된다. 따라서 변비가 일어나며 대장 내의 잔재물이 많아지기 마련이다. 그리고 대식 습관자는 위(胃)와 장(腸)의 기능이 저하된다. 따라서 변비가 일어나며 대장 내의 잔재물이 많아지기 마련이다. 그리고 대식 습관자는 위와 장의 수축력이 부족하며 그 결과 활발한 운동이 부족하여 분변이 많이 차기 때문이다. 여기에서 발생하는 각종의 독소가 혈액으로 들어가 전신으로 운반되어 자가 중독을 일으키는 결과가 된다. 이 숙변의 양은 2백cc에서 많은 사람은 2L정도(한 되)로 사람에 따라 다르다. 숙변은 그 자체가 부패물이고 장관의 내벽을 콜탈을 칠한 것처럼 장 내벽의 세모를 덮고 있어 영양소의 흡수를 방해한다. 숙변배출은 그야말로 체내의 대청소인 셈이니 숙변

배출의 목적 하나만으로도 일생을 통하여 한 번 정도는 금식을 할 필요가 있는 것이다. 젊은 층이나 중년부인의 얼굴에 여드름 같은 것(청년기 초기에 돋는 여드름은 아님)이 많이 솟아나는 수가 있는데 이것은 장의 기능저하로 체내의 독물이 원인이다. 금식을 하면 체내의 독소를 제거하기 때문에 얼굴의 피부가 곱게 되어 미용에 절대적 효과를 나타낸다. 여성의 참다운 미는 화장품이나, 약품에 효과에서 오는 것보다는 피부 자체의 아름다움에 있는 것이다. 이렇게 보면 금식을 통한 숙변의 배출은 참으로 일석이조(一石二鳥)의 효과가 있다고 하겠다.

숙변정체감별법

숙변 정체의 유무는 의학적으로 〈바리움〉 조영제(造影劑)를 쓰거나 또는 항문으로부터 주장(注腸)을 하여 렌트겐 사진을 찍으면 똑똑히 알 수 있다. 그러나 그렇게 검사를 하지 않아도 다음과 같은 사람은 숙변을 정체하고 있는 증거다. ① 시종 피로가 있는 사람 ② 하품이 잘 나오는 사람 ③ 어떤 일을 하고 싶어도 금시 싫증이 나는 사람 ④ 안색이 점점 검게 되는 사람 등이다. 또, 손바닥의 정맥이 노기가 있으면 이것은 분변정체의 증거인데 숙변의 정체를 수상으로 판단하는 방법에는 ① 오른쪽 손바닥에 청절(靑?)이 있는 사람은 맹장부에 숙변이 정체되어 있는 증거이고 ② 오른쪽 손가락에 청절이 있는 사람은 상행결장(上行結腸)에 숙변이 정체된 것이며 ③ 왼손 손바닥에 청절이 있는 사람은 字狀結腸에 숙변이 정체된 증거이고 ④ 왼손 손가락에 청절이 있는 사람은 下行結腸에 숙변이 정체된 것이며 ⑤ 손바닥의 감정선 또는 심장선의 부분에 靑이 있는 사람은 橫行結腸에 숙변이 정체되어 있는 표시이다.

숙변이 없는 사람은 손바닥이 붉고 맑이 1點의 정맥 노기가 없고 푸른 금이 전혀 없다.

※ 청절 - 정맥에 노기가 있는 것

12) 장의 청결이 건강의 비결

(1) 사람에게 중요한 것은 먹는 일이 아니라 완전한 배설능력을 지님으로써 장 속에 있는 내용물이나 불순물들을 배설시키고, 모든 영양분의 흡수를 잘하도록 관리하는 일이다.

- 장의 청결이 건강의 비결이다. -

(2)완전 소화가 이루어지기 전에 계속 먹음으로 충분히 배설할 여유를 주지 않는다. 불순물이 장에 계속 남으면 장은 변형된다. 또한 장이 늘어나서 탄력을 잃고, 수축력이 약해짐으로써 무기력증이 생기거나 장에 마비가 온다. 이것은 장의 연동작용이 둔화된 상태를 말한다.

마비가 오면 변비가 생긴다. 그리고 장 속에 가스가 차며, 그 가스가 장벽을 타고 혈액 속으로 들어가서 뇌신경에까지 자극을 주어 장기에 나쁜 영향을 준다.

이로 말미암아 만성 두통을 일으키며, 고혈압의 원인이 되기도 한다.

- 금식으로 장의 휴식과 탄력을 회복할 수 있다. -

(3) 숙변의 원인과 그 예방을 위해 다음과 같이 말하고자 한다.

① 밀가루 음식에 편중된 식사를 금할 것

② 피부의 산소교환을 위해 너무 두꺼운 옷을 입지 말자.

③ 적당한 운동을 계속한다.

④ 스트레스를 줄이도록 한다.

⑤ 과식을 피한다(섬유질의 채식을 한다).

⑥생수의 양을 늘릴 것 등이다.

⑦ 장을 청결하게 하기 위해 보조요법으로 꿀과 사과식초나 현미 식초를 쓸 수 있다.

⑧ 아침에 일어나 물 한 컵에 꿀 한 순갈과 사과식초 한 순갈을 타서 복용하면 신장의 독소 배출능력 기능을 돕는다고 브레그 박사는 말한다.

⑨ 러스그 박사는 꿀과 식초의 혼합물이 장 속의 가스를 제거해 준다고 한다.1

(4) 인도의 무저항주의자 간디가 77세가 될 때까지의 건강 비결은 금식 요법과 꿀과 레몬요법이었다.

그 당시 인도의 평균 수명은 21세였다.

간디는 21동안 아무것도 먹지 않고 오직 물에 꿀과 레몬만 타서 마시고 21일간의 도보행진을 계속했었다.

간디의 다음과 같은 말에 큰 감동을 받는다.

"내가 가진 이 에너지와 큰 힘은 금식으로 말미암아 내 육체가 정화되었기 때문이다."라고 말했다.

또 가끔 인도 국민들에게 다음과 같이 호소했었다.

"금식은 영적으로 재탄생하는 것이며, 신체적으로 정결케 되는 것입니다. 세계의 빛은 당신들의 금식하고 자신을 정결케 할 때, 바로 당신 안에서부터 비춰어질 것입니다."

쉘튼 박사는 다음과 같은 말을 하였다.

"금식할 때의 모든 소화기관은 세균에 감염되지 않는다. 특히, 금식할 때의 작은창자는 살균이 되어 있는 상태이다. 7일 금식은 위장에서의 모든 각종 균들을 완전히 사라지게 한다."

이러한 사실은, 동면하면서 금식한 곰의 대장을 조사해 보면, 세균 감염이 전혀 없이 깨끗한 장을 가졌음을 통해 증면된다.

우리는 금식을 통해 여러 가지 변형된 장의 형태를 발견할 수 있다.

(조선일보 2003. 4. 10.)

성인병 '생활습관병으로,' 바뀐다. - 내과학회 改名 결정

"성인병이 아니라 생활습관병이 맞습니다."

당뇨병·심장질환 등을 통칭하던 '성인병(成人病)'이라는 명칭이 '생활습관병'으로 바뀔 전망이다.

대한내과학회는 3일 "이른바 성인병은 대부분 흡연·과식·과음·운동부족 등 잘못된 생활습관의 반복에 의해 발생되는 것이므로 올바른 생활습관을 지녀야 한다는 인식을 고취시키기 위해 '성인병'이라는 명칭을 '생활습관병'으로 개명하기로 결정했다'고 밝혔다.

이를 위해 학회는 최근 이사회를 열고 '생활습관병 위원회'를 발족했다. 위원회는 학술용어를 새로이 정의하고, 해당 질환 범위를 규정할 예정이다. 아울러 명칭개정을 일반 대중에게 대대적으로 홍보할 방침이다.

"심장병·당뇨병·고혈압·뇌졸중··· 대부분 흡연·과식 등에서 비롯"

'성인병'이라는 말은 일본에서 시작된 용어로, 심장병·당뇨병·고혈압·뇌졸중 등이 40대부터 발생률이 급격히 높아진다는 뜻에서 사용되었다.

그러나 이미 일본 등 외국에서는 '성인병'을 '생활습관병(Life Style Disease)'으로 개칭했으며, 의료기관에서 이들 질환에 대해 관리 교육을 할 경우 '생활습관병 지도관리료'라는 별도의 의료보험 급여도 인정받는다.

'생활습관병 위원회' 오동주(吾東柱·고려대의대 심장내과 교수) 위원은 "명칭 변경은 이들 질환의 위험성에 대한 지속적인 경고에도 불구하고 환자가 계속 늘고 있어 이에 대한 경각심을 심어주기 위한 것"이라며 "생활습관병에 해당하는 질환의 예방과 치료 접근법 등을 새롭게 마련할 예정"이라고 말했다. 한국성인병예방협회 허갑범(許甲範) 회장도 "협회 명칭을 '생활습관병예방협회'로 바꿀 것을 논의 중"이라고 전했다.

3. 각종 질병에 대처하는 금식요법

1) 돌

신장에서의 돌, 간과 담낭에서의 돌은 분해될 수 없다. 만약 돌을 처분할 수 있는 한 가지 방법이 있다면 그것은 빨리 잘라내는 것이다. 결석은 정상적인 신체에서는 결코 일어나지 않는다는 것을 먼저 이해해야 한다. 돌들은 건강한 간, 담낭, 신장, 방광에서는 형성되지 않는다. 이러한 기관에 돌이 생기는 것은 잘못된 영양을 섭취했거나 잘못된 신진대사의 결과이다. 어떤 사람은 며칠 동안의 금식 후 오줌관에서 많은 양의 모래와 결석을 내보내기 시작한다. 이 과정은 3~5일 동안 계속된다. 그렇게 돌이 분해되어 나갈 때까지 먹어야 하는 것은 채소, 신선한 과일로 한정해야 하고 요리되지 않아야 한다.

2) 당뇨병

당의 유출이 반드시 췌장이 병들었다는 것을 뜻하지는 않는다. 탄수화물 대식가들은 인슐린이 원하는 만큼의 모든 설탕과 전분을 먹을 수 있게 한다고 생각한다.

치료란 증상을 완화시킬 목적으로 하는 것이다. 필요한 것은 무엇이 지나친 혈당으로 이끌어 신진대사에 손상을 일으키는가를 아는 것이다. 이때는 음식물의 섭취를 줄여야 한다. 음식으로부터의 휴식을 가져 정상 신경에너지가 회복될 때까지 마음의 평형을 가져야 한다.

3) 감기

감기는 추위와 습기에 노출되든지 혹은 비슷한 노출에 의해 일어난다고 알려져 왔다. Eharles라는 보스턴의 위생학자는 감기의 주된 원인은 약화(弱化)와 과식이라고 발표했다. 즉, 음식의 소화와 배설에 몸 에너지를 소비하기 때문이라는 것이다. 이러한 경우 금식이 치유책이라는 것은 말할 필요도 없다.

4) 폐렴

폐렴의 증상은 기침, 가슴 부위의 고통, 열 등이다. 이것은 증세이지 원인은 아니다. 폐렴의 원인들은 환기가 나쁜 방에서 가스 있는 공기를 마시거나 담배, 음주, 과로, 과식 등이 발전 원인이 되는 것이다. 세균들이 번성할 적당한 토양으로 만드는 그러한 생활방식으로 사는 사람들은 자신의 병에 대한 책임이 있다. 모든 치유력은 살아 있는 유기체에 있으며 몸의 바깥에 있지 않고 다른 어떤 것에도 있지 않다는 점을 인식해야 할 것이다.

5) 비염

비염은 점액이 지나치게 분비되는 코 막의 염증이다. 걱정, 과로, 질투, 혹은 휴식과 수면 부족 등이 비염을 앓도록 하는 원인이다. 과식에서 오는 소화불량, 피로하거나 걱정이 있거나 혹은 다른 감정의 억압 아래서 먹는 것은 독혈증을 낳을 것이다. 금식의 효과를 영원하다고 생각하는 경우가 많은 것 같다. 금식은 좋은 생활방식을 위한 준비로 생각해야 한다. 정상 신경에너지로 회복되기 위해 충분한 휴식을 확보하는 것이 필요하다.

6) 생수는 무병의 영약

우리 몸은 60% 이상이 물로 구성되어 있으며, 피의 93%, 뇌의 70~80%, 근육의 75%는 물론 활동하는 뼈도 50%가 물로 되어 있다. 따라서 평상시 신체의 물을 공급하는 것도 중요하지만 금식 중에 마시는 물은 더더욱 중요하다. 금식 중의 신체는 전적으로 배설 쪽으로만 활동하기 때문에 신체 정화를 위해서는 물이 필요하다.

이 수분이 부족하게 되면 세포의 신진대사가 완전히 이루어지지 않는다. 신진대사가 불완전하면 몸속에 노폐물이 축적되어 만병을 일으키게 되므로 항상 냉수(끓이지 않은 맹물)를 마셔서 신진대사를 왕성하게 하면 푸른 나무처럼 생생한 기운과 건강을 보전할 수 있다.

"채소는 날 것을 먹지 말고 물은 반드시 끓여 먹어라."고 주장하는 바람에 냉수를 마시는 것은 위험하다는 생각이 많은 사람들에게 퍼져 국민 건강에 크게 방해되고 있다. 인체의 화학적 성분의 65%는 산소이며, 산소는 생명소와 같은 중요한 역할을 한다.

그런데 물은 끓이면 중요한 산소가 파괴되어 거의 소용이 없게 된다. 끓여서 식힌 물을 담은 어항에 물고기를 기르면 며칠이 못 되어 물고기는 죽고 만다. 또 화분에 물을 줄 때 끓인 물을 쓰면 며칠이 못 가서 꽃은 시들고 만다. 이러한 것으로 보아도 냉수는 '살아있는 물(생수)'이요, 끓인 물은 '죽은 물(사수)'이라는 것을 알 수 있다.

그러므로 금식 중에는 평상시 목마르지 않을 정도보다 약간 더 많은 물을 마시는 것이 좋으며, 특히 오줌이 농축되어 나올 정도면 몸에서 물을 더 필요로 한다는 신호로 받아들여 물을 더 공급해 주어야 한다.

4. 금식기간 중의 변화

1) 금식은 곧 체내 대청소(금식 기간 중 기도 필수)

(1) 금식기간 중 소화기관들은 휴식을 취할 수 있게 되는데, 소화기관에 모여 있던 에너지 등은 타 기관으로 이동한다. 이것은 동면을 의미하는 것이 아니다. 우리가 마음을 편안하게 가지는 한 그 효과는 지대하다.

(2) 금식은 태아기에 비활동성과 같이 휴식과 안정을 많이 가질수록 효과는 높아진다. 세포의 재생은 거의 비활동의 조화에 따라 이루

어진다.

(3) 금식은 독소를 배출하는 이른바 체내 대청소라 할 수 있다. 혈액과 임파선의 정화는 금식 2~3일이면 족하다.

(4) 영양이 감소되면 축적된 양분이 우리 몸에 필요한 기능세포를 유지시켜 준다. 과식은 독소를 저장하지만 금식은 불필요한 세포를 분해시킨다. 그리고 육체적, 생물학적 재적응이 점차로 강해진다.

(5) 배설은 삶의 기본적인 기능이다. 영양을 공급하는 것과 마찬가지로 배설행위는 유기체에 있어 항시 계속되는 기능이다.

(6) 음식을 섭취할 때 배설작용이 억압받는다는 이론과 육체에 있어서는 배설과 축적이 동시에 이루어질 수 없다는 두 가지 이론이 있다. 여하튼 음식이 소화될 때도 배설은 계속되어야 한다. 그렇지 않으면 독소가 축적됨으로 인해 치명상을 입게 된다.

(7) 잠시 영양섭취를 중단한다(금식)는 것은 배설작용(독소)을 늦추는 것보다 건강을 위해 안전한 방법이다.

(8) 배설기관은 심장과 신장에 커다란 영향을 미치고, 독소와 체중감소는 정비례한다.

(9) 금식은 병든 세포를 파괴하여 배설시킨다.

(10) 질병상태에서 음식을 먹고 싶어 하는 생각을 가지기 쉬운데, 이러한 행위는 고통과 질병을 증가시키는 잘못된 욕구이다.

(11) 배고픔이 병적일 때 금식을 하면 식욕은 사라지고, 배고픔이 순수할 때 금식을 하면 배고픔의 고통이 증가한다(식욕이 일어남).

(12) 금식을 하면 오히려 힘이 생긴다. 우리 몸이 허약하다는 것은 음식물의 궁핍에 의해서가 아니라 인체에 독소가 축적되어 생기는 현상인데, 사람들은 몸이 약해서 금식을 못한다고 핑계를 댄다. 오히려 영양섭취를 충분히 해도 그들이 계속 약해지고 있는 것을 종종 볼 수 있다. 먹는 것보다 굶는 것이 나을 때가 있다.

(13) 대부분의 사람들은 먹는 것을 삶의 가장 중요한 부분으로 생각한다. 우리가 금식을 하게 되면 심장을 편안하게 할 수 있고, 콩팥의 부담을 덜어 줄 수 있다. 특히 급성 질환자들은 금식을 통해 빠른 회복효과를 얻을 수 있다. 그러나 과학적인 금식지도자의 지도를 꼭 받도록 해야 한다.

(14) 금식에 의한 세포 내의 소화(소화액리보솜)는 세포 내의 축적물을 연료로 이용하고 동시에 세포에 어떠한 손상도 끼치지 않고 기본구조를 재생산한다. 재생, 회춘의 역사가 여기에서 기인한다.

(15) 금식기간 중에는 세포에서 자식작용(自食作用)이 일어난다. 미토콘드리아의 일부가 세포의 리보솜으로 들어가서 거기서 소화되어진다(전자현미경으로 관찰가능). 정상적인 식생활을 할 때는 간에 이러한 현상이 없다. 다른 기관에서도 이러한 자식작용이 일어난다. 이러한 작용에 의해 종양 등이 없어진다.

자식작용은 신체 내부에서 조절되는 것인데, 이 작용은 인간의 힘으로 되는 것이 아니다. 금식으로 이루어지는 하나님의 섭리이다.

(16) 금식기간 중 철분의 변화는 없고 오히려 체내에서 유용하게 쓰인다.

(17) 금식기간 동안 세포 내의 단백질은 저장피하지방이 쓰일 때까지는 남아있다. 저장된 물질들이 소화되는 것은 동화작용이라고 생각하면 된다.

2) 금식의 위력, 회개, 휴식으로 재생

약물요법 : 만성위염, 관절염, 늑관신경통, 신경쇠약

영양섭취 : 3,000여 대의 정맥주사, 각종 보약, 최고의 영양섭취

10년여 동안 불면증 등으로 사경을 헤매다.

(1) 금식 1주일 : 살기 위하여 비상한 결심을 하다(하나님의 역사).

(2) 나쁜 독소를 제거하다(과정은 고통이다).

금식으로 말미암아 우리의 혼(魂)과 육(肉)을 죽임으로써 오직 사단과 마귀는 물러가고 하나님만 기다린다(성경 읽기와 기도가 따라야 한다. 사 58:6-9).

(3) 금식이란 ① 공기, 물, 음식 중에 음식 먹기를 중단하는 것을 금식이라고 한다. ② 장관(腸管)의 면적은 체표(體表)의 면적보다도 훨씬 넓기 때문에 장관 내의 정화대책에 관해서 적극적인 관심을 기울여야 한다.

체표면적이 1.5평방미터인데 비하여 장관면적은 200평방미터나 되어 130배나 넓은 것이다. 장관의 점막에는 미융모가 있기 때문에 표면적이 보기보다 훨씬 크다. 폐표면적은 90평방미터나 된다. 막대한 장면적을 정화하는 것에 관심을 가져야 한다.

40만 종의 생물은 질병상태에서 모두 금식을 한다.

일례로 고양이와 개는 질병 상태일 때 마루 밑에서 굶는다.

(4) 미국 LA 세계 제1의 악어 양식장에는 악어 2,000마리가 6개월간 금식한다(관리인들 - 직업 구하러).

(5) 체내에 독소(세포, 체액, 혈액)가 가득하여 제아무리 좋은 영양을 투여해도 흡수가 되지 않을 때는 먼저 금식하는 것이 배세작용에 탁월하다.

(6) 금식은 자체가 진단, 자체가 치료를 한다.

(7) 많이 활동하는 장기가 많이 감소한다.

(8) 염분과 철분은 최후까지 남는다(탈수증, 빈혈증 예방).

(9) " 금식이 치료가 되는가?" 하는 질문에 대한 답은 "치유력을 높일 따름이다."이다.

(10) 자연치유력은 하나님의 섭리

① 골절자의 뼈와 뼈의 접촉은 인간의 일이다. 뼈가 붙는 것은 자연치유력이다.

② 창세기로부터 그의 보이지 아니하는 것들, 곧 그의 영원하신 능력과 신성(神性)이 그 만드신 만물에 분명히 보여 알게 된다.

(11) 치료라는 것은 어떤 과학적 기술이나 의술도 해내지 못한다. 치유력이란 것은 조직 세포 내에 감추어져 있는 것이지 밖에서 일어나는 것은 아니다.

(12) 자연치유력의 지식과 학문은 있어도 치유력에 대한 기술은 없다. 치유력은 소화나 호흡, 배세, 생리작용 순환 등과 같이 유기체의 한 기능이다.

(13) 금식은 유기체가 휴식을 할 수 있도록 한다. 휴식은 생활에 필수적인 것이다(Rest not Rust). 따라서 금식은 혼과 육의 연단이다.

(14) 금식을 한다는 것은 치료가 아니다. 자연치유 과정에서 강력한 침묵의 보조자일 뿐이다(치유력을 높임). 혈액 양의 분포 4분의 4가 모두 불편한 곳 즉, 독소 제거에 총동원 된다(독소제거).

(15) 배고픔은 혈액이 맑다는 증거이다.

(16) 진정한 배고픔 - 가장 소화를 잘 시킬 수 있는 상태.

허의 배고픔 - 먹고 싶을 때, 소화를 시키지 못함.

식욕이 없음 - 소화를 시킬 능력이 부족한 때, 혈액이 오염되어 있을 때이다.

(17) 질병 상태에서 먹고 싶은 만큼 먹으면 그 만큼 질병을 키운다(히포크라테스).

(18) 자신의 몸이 요구하는 것 이상 강요하지 말라.

① 대자연은 순서를 기다린다. 순서를 뛰어넘을 수가 없다. 생명은 성장에 필요한 만큼 흡수한다. 이것은 생명발달의 근본 법칙이다(과식 금함).

② 먼저 마음이 개선(기쁨, 감사)되어야 하는데 우리들의 마음 변화 여하에 따라 좋은 것이 흘러 들어온다.

③ 식물에 비료(질소, 인산, 가리)를 주어도 그 성장의 시기에 따라 비료 흡수가 다른 것과 같다.

ⓐ 굶어 죽는 것보다 많이 먹어 죽는 것이 많다.

ⓑ 소식(小食)을 하면 위장의 점막을 상하게 하지 않을 뿐 아니라 마음이 편하고 장벽의 상처도 낫게 된다. 과식과 포식은 각종 질병의 원인이 된다.

ⓒ 소식(小食)을 하면 먹은 것이 완전히 소화된다. 쌀의 단백은 아미노산으로, 지방은 지방산으로, 그리고 전분은 포도당으로 분해되어 체내에 완전 흡수되므로 각종 질병을 일으키는 독소가 발생하지 않는다. 자연식이라고 많이 먹으면 결국 손해를 본다.

(19) 동물들은 자신들이 금식의 한계를 정한다.

① 교미기간

② 태어난 후 즉시(어린아이로 48시간)

③ 태어나서 6개월 금식(거미종류)

④ 야생동물 등은 사로잡힐 때(불안)

⑤ 개, 고양이 등은 환경이 바뀔 때

(20) 우리의 육체는 거대한 화학공장이다(이화작용+동화작용).

(21) 인간의 조직체는 아주 복잡하고 높은 속도로 작동하는 조직체다.

(22) 인간은 난자, 정자 하나에서 설계되었다.

(23) 각 내장의 상이성, 다양성은 통일을 유지하고 상호협조, 공생공사한다. 간장과 안구는 하나의 육종에 지나지 않는다(부분의 질병은 전체에 영향을 미친다).

(24) WHO의 규정 - 과거는 신장, 체중, 흉위 등의 많고 큰 것이 건강하다고 규정했으나 지금은 정신적, 신체적, 사회적 건강 등 종래의 3대 요소에 영적 건강을 추가하고 있다.

(25) 금식은 며칠간 할 것인가? 금식과 기아는 다르다.

(26) 금식을 할 때 응고된 혈액은 떨어져 나간다(자연치유력).

"금식은 흉악의 결박을 풀어 주며 멍에의 줄을 끌러주며 압제당하는 자를 자유케 하며 모든 멍에를 꺾는 것이 아니겠는가"(이사야 58:6)

5. 금식기간 중의 유의사항(1)

·금식기간 생활 절제 : 하나님과의 관계 회복 기회

(1) 금식 진행 중 찾아오는 여러 가지 고통(두통 등)은 금식으로 세포가 깨끗해짐에 따라 사라진다. 이 고통(반응)들은 금식에 의한 치료과정이므로 환영할 일이다.

(2) 몸무게가 빠지는 것은 몸 안의 자체 정화(淨化)작용의 결과이므로 크게 걱정할 필요가 없는 당연한 현상이다. 많은 사람들이 이 정화작용을 싫어하고 괴롭게 생각하는 것은 그것을 잘 모르기 때문이다. 금식 중 체중 손실의 순서는 ① 지방 ② 간장 ③ 근육 ④ 심장

⑤ 췌장 순이다.

(3) 금식기간 중에는 정신적·육체적·감각적(TV와 라디오 청취, 독서, 책, 신문 등) 휴식을 아울러 취해야 한다. 다만 기도와 성경 읽기는 규칙적으로 정성을 다해 계속해야 한다.

(4) 정상적인 금식을 하면 혈압과 체온이 서서히 떨어지고 호흡수도 줄어들며 체내의 칼슘은 증가한다.

(5) 가장 중요한 것은 금식 중에 먼저 하나님과 나와의 올바른 관계를 회복하는 일이 선행되어야 한다. 금식이 단순한 치병에만 목적이 있는 것이 아니라 하나님과 나와의 관계회복과 이에 따른 성령의 도우심으로 영육의 건강을 선물 받는 것임을 한시도 잊어서는 안 된다.

(6) 금식 중에 마음에 먹구름이 밀려올 때, 사람에 대한 미움·질투·원망과 나 자신에 대한 절망감이 문득문득 밀어닥칠 때 주저하지 말고 이기기 위해서 기도로 무장해야 한다.

(7) 먼저 하나님 앞에 선 나 자신을 철저하게 돌이켜보고 잘못된 것들을 남김없이 내놓고 회개하고 용서와 위로를 얻는 금식기간이 되도록 해야 한다.

(8) 금식기간이 길어짐에 따라 체내의 독기가 몸 밖으로 빠져 나오므로 매일 생수나 미지근한 물수건으로 온 몸을 깨끗이 닦는 것이 좋다.

(9) 금식기간 중에도 매시간 생수·미네랄수를 조금씩 마셔야 한다. 물의 섭취량은 하루 1~2ℓ가 적당하다.

(10) 금식기간 중 다음과 같은 문제가 발생할 때는 문제점을 파악하여 대책을 세워야 한다.

① 계속해서 체온이 올라감

② 두통이 오래 계속될 때

③ 현기증이 심할 때

④ 눈이 붉게 충혈될 때

⑤ 손·발이 계속 저릴 때

⑥ 당뇨로 단백대사가 있는 사람은 단백대사가 시작될 때(체중이 급격히 떨어지고 단백뇨가 나오며 심장과 뇌의 이상을 느끼게 됨)

(11) 상식적인 일이지만 금식기간 중에는 금주·금연은 물론 금욕생활을 엄수해야 한다. 그렇지 않으면 금식이 무의미해질 뿐 아니라 건강에도 치명적인 독소가 된다.

(12) 금식 중에는 과거에 앓았던 병들이 악화되어 나타난다. 이것은 독소제거의 현상으로 곧 사라지게 되므로 그대로 받아들이면 된다.

(13) 어두움이 체력의 손실을 적게 하므로 너무 밝은 곳에 오래 있지 않도록 유의한다.

6. 금식 중 유의사항(2)

(1) 금식할 동안 신체는 전적으로 배설을 위해 활동한다. 신장을 통해 배설되는 독소의 양은 평소의 10배 정도다. 갑자기 많은 양의 독소를 심장이 처리하지 못하면 자연적으로 피부를 통하여 배출되기도 한다.

(2) 오늘날의 많은 공해물질이나 방부제와 착색료, 약이나 콜라, 커피에 많이 함유된 카페인, 납 성분이 들어 있는 소금(나트륨), 무기칼슘, 조미료 등은 몸에 축적되어 있다가 금식 중에 화학반응으로 배설된다.

(3) 알코올 중독자는 7일 동안 금식하며, 담배중독자는 니코틴의 독성이 알코올보다 더 강하므로 10일 금식으로 충분하다.

(4) 꿀벌을 기르는 사람의 말에 의하면 금식으로 몸에 냄새가 없는 사람은 벌이 쏘지 않는다는 것이다.

(5) 금식한 사람의 소변을 검사하면 혈액을 산성화하는 케톤체라는 물질이 강한 양성으로 나타나는 것을 본다.

(6) 우리 몸은 매일 800컵 정도의 물이 필요한데 신장이 24시간마다 400번씩 혈액을 여과시켜서 필요한 물을 재생한다. 그러므로 금식 중에는 깨끗한 생수를 조금씩 자주 먹어야 한다. 물이 없으면 노폐물 운반이 불가능하다.

(7) 폐는 독소 배출을 하는 주요 기관이다. 금식 중에는 피가 산화되므로 폐를 통해서 내뿜어지는 독소는 코를 통하여 운반되어진다.

그래서 코와 입에서 악취가 풍겨 나온다.

(8) 금식 중의 복식호흡은 두뇌를 좋게 하고 신체를 강하게 한다. 토끼, 쥐, 다람쥐, 모르모트 등 단명하는 동물들은 한 결 같이 빠르고 짧게 호흡한다.

(9) 금식 중 맥박수가 1분에 120번 이상 올라가면 주의 깊게 살펴보고 맥박수가 40미만이 되면 금식을 중단한다.

(10) 체중이 70kg 이상일 때 20일 이상(종교적 목적으로 금식하는 것은 잘 고려해야 한다)하는 게 적절하다.

(11) 생수는 무명의 영약이다. 1일 2ℓ 정도는 마셔야 한다. 몸의 65%는 물로 이루어져 있다. 물은 인체의 모든 기능에 작용하고 있기 때문에 물이 더러워지면 병이 되고 물만 마시는 것으로도 질병의 반은 낫는다고 말한다.

(12) 물의 신진대사(1일 필요량) : 생수를 먹지 않으면 몸속의 노폐물, 즉 필요 독소가 축적되어 만병의 근원이 된다. 끓인 물은 효소가 죽어 신진대사에 도움이 안 된다. 반드시 생수라야 체내에 효소를 만든다. 폐 600g, 피부 500g, 오줌 1300g, 배설물 100g이 합해져서 합계 3500g이 되는 것이다.

7. 복식기의 유의사항

(1) 영양의 과도한 투입으로 인해 발생하는 체중의 급속한 증가는 체내에 새로운 조직체가 생겼다는 것을 의미하는 것이 아니라 조직체 속에 음식물과 체력이 쌓였다는 것을 보여 줄 따름이다. 즉, 이러한

경우의 체중 증가란 다름 아닌 소화기관에 있는 음식물의 무게인 것이다.

(2) 금식 이후 몸의 회복 진도는 연령, 남녀, 병력, 체중의 여하에 따라 결정되는데, 일반적으로 젊은 층 빨리 회복을 하고, 노년층과 특히 과로와 피로 등 만성적 허약자, 우울증, 위장병, 심장질환자 등은 회복이 느리다. 그러나 이러한 경우 초조해하거나 서둘지 말고 마음의 안정을 가지는 기도로 생활을 지속시켜 나가야 한다.

(3) 이 기간 중에 음식물을 섭취하기 시작하면 영양분은 기능 조직체로 가서 잃은 조직체의 재생에 쓰이고 소모된 축적물질을 보충하는데 쓰인다. 영양보충의 순서는 잃었던 순서와 반대이다. 금식기간에는 중요하지 않은 것부터 빠지고 복식기에는 가장 중요한 조직체인 심장, 허파, 그리고 소화기관인 간장, 췌장, 비장, 신장 등이 먼저 보충되어진다.

(4) 영양보충과 조직체 재생(회복)의 과정은 우리 몸 자체의 필요에 따라 동화작용과 분해 작용의 상관성을 규칙적으로 하는 능력을 가지고 있다.

(5) 복식기의 지나친 활동은 오히려 체중의 회복과 힘의 회복을 감소시키기까지 한다. 그러므로 이 기간 동안에는 휴식과 인내심을 가지는 것이 중요하다.

(6) 금식의 효과는 금식일수에 5를 곱한 일수가 되어야 하고, 완전 회복을 하기까지는 3~6개월이 소요된다(환자인 경우). 그러나 이러한 수치는 체중과 질병 유무에 따라 차이가 있다.

(7) 금식기간 중 정신적 불안정상태는 신경조직과 내분비 작용을 방해하는 일이 된다. 따라서 이 기간 중에는 항시 기도로 자기를 다스릴 줄 알아야 한다. 쉽게 말해서 화를 내면 위장도 화를 내고, 웃으면 오장육부가 다 웃는다. 매사에 감사하고 기쁜 마음으로 시간을 보내야 한다.

(8) 6일 이상 금식한 자라도 이 규준에 준하여 7일간의 표준식사는 엄격히 지켜야 한다.

(9) 한 숟갈의 미음이나 죽 또는 밥을 먹을 때도 30~60번 씹어 먹어야 한다.

(10) 음식물을 오래 씹어 먹는다는 것은 쾌락이 아니라 필수적이다.

(11) 모든 식사는 가급적 자연식으로 하는 것이 좋다.

(12) 금식 후 첫날 첫 음식이라 하더라도 적어도 30분의 식사시간을 가져야 한다. 7일까지 규정식도 동일하다.

8. 금식후의 생활과 주의

(1) 금식 후의 과식은 아무런 이익도 되지 않는다. 오히려 성급하게 체중증가를 하려고 많은 양의 단백질을 섭취하는 것은 무모한 일이다.

(2) 3일 이상의 금식수도는 지도자의 조언을 반드시 얻어야 한다. 그렇지 않고는 성공적인 금식을 할 수 없다.

(3) 금식 후 인체는 단백질을 저장할 준비가 되어 있지 않다. 단백질 식품보다 세포의 원형질이 단백질을 저장하는데 더 중요한 인자가 되도록 해야 한다.

(4) 금식 후 영양섭취는 인체 자체가 필요한 만큼만 쓰고 그 외는 배출해 버린다. 금식 후 식탁은 신중하게 준비해야 하고, 나쁜 식습관으로 돌아가지 않아야 한다.

(5) 질병을 유발하는 나쁜 생활 습관을 반복하면서 회복을 기대한다는 것은 올바르지 못한 건강법이다. 유기적 변화는 좋은 생활습관으로 역전되도록 해야 한다. 그렇지 않으면 전환이 더 이상 불가능한 단계에 이르게 될 것이다.

(6) 건강은 생활습관에서 비롯된다. 항상 편안한 마음을 유지하는 것이 중요하다.

(7) 어떤 음식을 언제 얼마만큼 먹느냐 도 중요하지만 어느 때 금식해야 하는 것도 중요한 황금법칙이다.

(8) 집에서 기르는 가축도 몸이 불편하면 회복이 될 때까지 아무것도 먹지 않는다. 야생동물들도 무병, 무약, 무의다.

(9) 우리는 황금법칙을 가지고 있다는 것을 잊지 말아야 한다. 곧 정신과 육체가 불편하면 음식물을 먹지 말아야(금식) 한다.

(10) 우리의 귀중한 생명은 금식과 자연요법이라 불리어지는 올바른 생활양식에 달려있다 금식을 적당히 이용하고 또한 자격 있는 지도자에 의해 감독되어지면 금식은 우리의 생명을 구해줄 수 있다. 현대의 문명사회에서 모든 사람은 2주일에 1회 정도(1일간) 금식을 하

면 건강에 큰 도움을 가져다줄 것이다.

(11) 우리들에게 필요하고 유익한 물질은 맛의 감각을 일으켜주며 비타민정제, 소위 자연스럽지 않은 비타민류보다 정체되지 않고 영양이 제거되지 않은 식품이 우리가 필요로 하는 모든 것을 갖추고 있다.

음식은 치료제가 아니라 우리 몸에 영양을 공급해 주는 것이다. 부드러운 장의 운동을 일으키는 채소류를 왜 두려워하는지 모르겠다. 그리고 음식물을 요리했을 때보다 하지 않았을 때가 더 인체에 적절하다.

사도 바울은 "내가 주 안에서 알고 확신하는 것은 무엇이든지 스스로 속된 것이 없으되 다만 속되게 여기는 그 사람에게 속되다."고 했다. 또한 "하나님의 나라는 먹는 것과 마시는 것이 아니요, 오직 성령 안에서 의와 평강과 희락이라. 만물이 다 정하되 거리낌으로 먹는 사람에게는 악이니라. 의심하고 먹는 자는 정죄되었나니 이는 믿음으로 좇아하지 아니한 연고다."라고 말씀하셨다.

금식을 단순한 것으로만 생각해서는 안 된다. 항상 기도의 자세로 이 기간을 하나님과 나와의 관계를 올바로 정립시키는 계기로 삼아야 한다.

9. 금식은 삶의 재창조 과정이다

● 금식한 후의 마음 상태

금식 후의 유의사항은 다음과 같다.

금식이 끝나면 다시 음식을 규정에 맞추어 조금씩 먹게 되는데, 이 시가를 맞으면 온 몸이 날 것 같은 기쁨과 감동이 밀려와 감사의 찬송을 저절로 부르게 된다. 부서진 집을 헐고 새집을 짓는 듯한 기쁨을 맛보게 된다.

금식은 재생이요, 삶의 재창조 과정이다. 이 시기에 음식물을 어떻게 섭취하는가에 따라 성패가 정해진다. 금식기간에 과도기 현상으로 음식이 먹고 싶어 못 견디는 '식욕의 이상항진'이 일어난다. 그러나 이것을 참지 못하고 마음대로 먹으면 금식의 효과는 물거품이 될 뿐 아니라 자칫 잘못하면 건강에 치명적인 상처를 주게 된다. 보통 식욕의 이상항진은 12일 정도만 지나면 자연히 가라앉는다.

복식기에 식욕은 왕성해도 소화분비액이 정상으로 돌아오려면 상당히 시간이 걸리게 된다. 참아야 한다. 동물들에게는 금식 후에도 과식이란 있을 수 없다.

체중의 갑작스런 증가는 바람직한 현상이 아니라 건강회복의 적신호이다. 그런데도 많은 사람들은 빨리 금식 이전의 체중을 회복하려고 서둔다. 5일 금식에 15일 복식은 엄격히 지켜져야 한다.

전분이 없는 야채, 신선한 과일, 적당한 양의 식물성 단백질과 탄수화물을 섭취하여 서서히 체중이 원상회복되는 것이 좋다. 이 기간 중에 음식물을 섭취하기 시작하면 영양분은 기능조직체로 가서 잃은 조직체의 재생과 소모된 축적물질을 보충하는 데 쓰인다. 영양보충의 순서는 잃었던 순서와 반대이다. 복식기에는 가장 중요한 조직체인 심장, 허파, 그리고 소화기관인 간장, 췌장, 비장, 신장 등이 먼저 보충된다.

금식의 효과는 금식일 수에 5를 곱한 일 수가 되어야 하고, 치병 목적인 경우 완전회복까지는 3~6개월이 걸린다. 금식기간 중에도 육체적 과로나 정신적 불안정상태는 신경조직과 내분비 작용을 방해하는 일이 된다.

미음 한 숟갈(티스푼)이라도 60번 씹어 먹는 것은 쾌락이 아니라 필수적이다. 금식 후 첫날 첫 음식은 묽은 미음으로 커피 잔 반잔(80g)으로 하루 3회로 하되 날이 갈수록 배로 증가한다(별도의 규정식을 알아야 한다).

현대의 문명사회에서 모든 사람은 월 1회 정도(1~2일간) 금식을 하면 건강에 큰 도움을 가져다 줄 것이다. 집에서 기르는 가축도 몸이 불편하면 회복이 될 때까지 아무것도 먹지 않는다.

질병을 유발하는 나쁜 생활습관을 반복하면서 회복을 기대한다는 것은 올바르지 못한 건강법이다. 복식기간에 좋은 생활습관으로 인도해야 한다. 그렇지 않으면 나쁜 식생활 습관으로 돌아간다.

10. 복식기의 표준 식사표

금식일수 / 금식 후	2일	3일	4일	5일
1일	묽은 미음 130g 커피잔 7부	〃	〃	〃
2일	묽은 죽 370g 커피잔 1컵	묽은 죽 260g 커피잔 8부	〃	〃
3일	죽 460g 커피잔 1컵	죽 350g	묽은 죽 370g	〃

4일	평상시의 밥 6할	죽 460g	묽은 죽 460g	묽은 죽 370g
5일	평상시의 밥 7할	평상시의 밥 6할	죽 460g	묽은 죽 460g
6일	평상시의 밥 8할	평상시의 밥 7할	죽 6할	묽은 죽 460g
7일	평상시의 밥 8할	평상시의 밥 8할	평상시의 밥 7할	평상시의 밥 6할

※ 주의 : 위의 지정량은 성인 1회분이다. 금식 후 회복기는 조식 (朝食) 폐지가 좋다. 지정량도 질병과 장의 기능에 따라 증감해야 효과적이다. 가급적 소량을 섭취해야 한다.

Ⅱ. 금식이 주는 유익

(1) 금식은 내장 제기관의 휴양이다.

(2) 과잉영양분을 배출하고 혈액순환기계를 원활히 한다.

(3) 병 세포, 노후 세포, 독소노폐물을 배출한다.

(4) 숙변을 제거한다.

(5) 자율신경의 안정과 통일을 가져온다.

(6) 백혈구가 증가한다.

(7) 산성체질이 알칼리성체질로 바뀐다.

(8) 자연치유력을 높인다.

(9) 부신피질 호르몬의 분비를 정상화시킨다.

(10) 잠재생명을 부활시킨다.

(11) 응고된 혈액이 떨어져 나온다.

(12) 자기분화, 자기 소화 작용을 촉진시켜 준다.

중국의 도서(道書)에 장생(長生)을 원하면 장내(腸內)를 깨끗이 하라는 말이 있다. 소장이나 대장의 내벽 주름에 붙은 대변은 숙변(宿便)이라 하여 만병의 원인이 된다.

다음 〈그림 1〉은 숙변이 남아 있을 경우 인체와의 관계를 표시한 것이다(정상적인 대장).

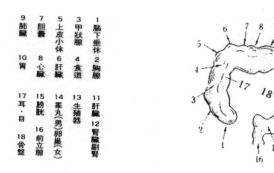

<그림 1> 정상적인 대장과 인체의 관계

<그림 2> 금식전의 대장

<그림 3> 금식후의 정상적인 대장

다음그림은 소련 금식학자 레오 스트루가스키의 『금식의 실제적
치료 운영』이란 책에서 인용한 것이다.

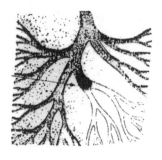

<그림 4> 심장에서 혈관이 막혀
있어 혈액순환에 지장을 받음

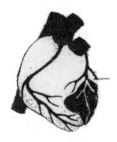

<그림 5> 금식 전
심장의 대동맥이 막혀 있음

<그림 6> 금식 전
금식후의 정상적인 대장

<그림 7>
혈관이 막혀 있음

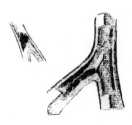

12. 동물들의 금식

여러 가지 사고로 부상을 당하거나 짝이 죽었을 때, 병들었거나 생포되었을 때, 심한 가뭄과 홍수 때 동물들은 주로 금식을 한다. 그리고 병들었을 때 배를 땅에 깔고 몸의 열을 식히며, 금식을 함으로써 자가 치료를 한다.

독일의 의사인 어윈릭은 자동차에 치여 뼈와 내장을 다친 개가 21일 동안 금식을 함으로써 완치된 사실을 관찰하고 경탄했다고 한다.

겨울 동안 어떤 동물들은 동면을 하면서 금식을 한다. 개구리, 뱀 등은 자기 몸의 체온을 거의 바깥 온도만큼 저온으로 변화시켜 생명만 유지될 정도로 극도의 저칼로리를 소모하며 겨울의 자연환경을 극복한다. 토끼도 겨울동안 눈 속에 파묻혀 오랫동안 금식을 한다. 미국에서 눈사태로 매장되었던 돼지 떼가 44일 만에 모두 살아서 발견되었던 적이 있다.

많은 동물들은 태어나자마자 금식을 한다. 병아리는 알에서 깨어난 후 처음 3일은 물도 먹지 않는다. 악어도 금식을 한다.

또한 많은 동물들이 발정기 때 금식을 한다. 알래스카의 바다수표 범은 5, 6마리의 암놈을 차지하며, 그 후 3개월간은 금식을 하며 보낸다. 이 금식기간 동안 수놈은 암놈들과의 집단생활을 조화롭게 영위한다. 수개월 동안 수놈은 암놈들과의 교미를 즐기고, 그리고 난 후 해변에서 좀 떨어진 풀밭으로 가서 3주간은 잠만 자며 깊은 휴식을 취한 후 건강을 회복한다. 적절한 금식과 휴식은 오히려 더 많은 에너지를 낼 수 있는 능력을 키워준다.

연어는 정기적으로 1년에 몇 주 혹은 몇 달씩 금식을 잘 하기로 유명하다. 동물학자 퍼스 박사는 진드기가 4년간 금식하고도 살아있는 모습을 관찰하였다.

동물들이 금식을 해도 생존할 수 있는 수명도 밝히고 있다. 즉, 쥐는 6일, 토끼는 15일, 개는 38일, 전갈은 12개월, 개구리 16개월, 거미는 17개월, 물고기는 20개월이다. 비단뱀은 13개월 동안 먹지 않고도 잘 살 수 있다.

동물들이 본능적으로 금식을 잘 할 수 있는 이유는 하나님께서 금식할 수 있도록 동물들의 신체를 창조하셨다는 데 있다.

13. 사람도 금식을 할 수 있게 창조되었다

사람의 신체 조직을 세밀히 아시는 예수님께서 40일 금식을 통하여 영·육간에 놀라운 유익을 얻으셨다는 사실을 발견할 수 있다. 구약시대 때 이스라엘 백성이 하나님께 드리는 제사 중 화제(火祭)라는 것이 있었다. 이 화제에서 제물의 내장의 기름과 두 콩팥과 그 주위의 기름을 불살라 드렸는데, 그 냄새는 하나님 앞에 향기로운 냄새로 하나님을 기쁘시게 했다(레 3:14-17).

콩팥은 인간의 몸속 그 어느 장기보다도 인간 몸속의 독소를 배설시키는 데 탁월한 기능을 갖고 있다. 간에서 배출된 독소는 신장으로 내려와 신장을 매우 불결하게 만든다. 이 독소가 모두 몸 밖으로 배출이 안 되면 지방으로 저장하게 된다. 그러므로 화제에서 제물의 내장과 콩팥 등을 불살랐던 이유가 여기에 있었다. 이것은 인간 내부의 모든 독소, 곧 죄와 악독을 제거하고 정결하게 하는 행위의 상징이었기 때문에 하나님께서 이 화제를 기뻐하신 것이다.

금식은 우리 신체에 축적된 가장 불결한 독소를 불태우며 새로운 세포로 정화시킨다. 나는 현대인의 가장 위대한 발견은 합리적인 단식요법으로 이것이 육체적, 정신적으로 다시 인간을 젊어지게 하는 힘이라고 본다. 과학적인 금식을 통해 인간은 자신의 젊음을 창조할 수가 있는 것이다.

2주일에 24시간(1일간) 금식을 하면서, 1년에 24일간 몸을 정화시키고, 3일간씩 두 번(봄, 가을) 정도의 금식을 하면 육체의 노폐물이 사라지게 된다. 신진대사의 찌꺼기들이 육체적 고통과 질병을 초래하고, 인간의 육체적 생명력을 정상 이하로 떨어지게 하는 것이다.

금식은 질병 치료의 수단이 아니다. 우리들이 금식을 통해서 얻고자 하는 것은 체내의 생명력을 더 많이 축적시켜 허약함과 무력함 등의 신체의 이상 상태를 극복하고 자연치유력을 높이는 데 있는 것이다.

나 자신도 국내에서 직접 4,000명 정도를 지도한 경험을 하였고 나 자신도 현재까지 모두 220일간의 금식을 해 왔다. 40여 년간의 경험으로 판단하건대 금식은 최고의 질병치료법일 뿐만 아니라 질병 예방법이며 젊음을 되찾는 방법으로서도 인정받고 있다.

14. 금식기간에도 영양은 공급한다

고구마를 물 항아리에 넣으면 고구마 속에 있는 양분을 다 사용할 때까지 싹을 내고 길게 뻗어 나간다.

올챙이는 개구리로 성장하는 과정에서 금식한다. 올챙이의 긴 꼬리가 다 없어질 때까지 금식하는 것이다. 올챙이의 양식은 오직 자기 몸의 꼬리 부분이다. 꼬리에 있는 지방과 근육을 자체 소화시켜 영양으로 삼아 개구리로 성장한다.

이와 마찬가지로 우리가 금식할 때 외부로부터의 영양분 공급이 중단되면 신체의 어느 부분에서든 그 영양을 보충시켜야 한다. 이때 생명 유지에 꼭 필요한 기관의 영양분을 조직에서 흡수하여 에너지로 변화시킨다.

이때 제일 먼저 분해하여 쓰는 것이 영양과잉이나 질병으로 생긴 종기, 종양, 각종 염증 부위, 혈관의 내장에 침착되어 있는 콜레스테롤, 장관에 유착된 여러 가지 나쁜 조직 등을 자체 소화시키는 것이다. 금식 중 종양 세포 붕괴 속도가 일반 붕괴 속도보다 훨씬 빠른 속도로 이루어진다. 아무리 추운 겨울이라도 장기 금식 자는 감기에 걸리지 않는다. 며칠간의 금식으로도 몸에 과잉 축적되어 있는 여러 가지 병의 증상들이 세포와 그 주변의 조직들을 청결하게 한다.

동물들은 자기 몸에 이상이 있으면 일단 금식하여 독소와 질병이 자가 융해하여 배출될 수 있도록 작용한다.

15. 휴식은 필수다

장에 휴식을 주지 않으면 아무리 쉬어도 온 몸에는 참 휴식이 없다. 금식은 참 휴식이다.

심장이 건강하려면 역시 휴식을 잘 취해야 한다. 건강한 심장은 주기적으로 한 번씩 10분의 1초 동안 쉰다. 쉬는 동안 산소와 영양분을 공급받는다. 금식하는 동안에는 심장이 수축한 후 쉬는 시간이 더 연장된다. 신장도 1/3은 활동하고, 1/3은 휴식하고, 1/3은 활동하기 위한 준비를 한다. 간장도, 췌장도, 세포도, 근육섬유질도 다 휴식 사이클이 있다.

각 세포는 몸에 필요한 생성 물질, 즉 간에는 알부민, 글로불린, 췌장에는 인슐린 따위를 만들어 내는데, 이런 효소들은 휴식 시간에 만들어진다. 따라서 금식으로 충분한 휴식 기간을 주면 효소 생성 물질을 생성할 수 있는 최고의 기능을 갖추게 된다.

피로에 지친 사람이 많이 먹고 오랜 시간 누워 휴식을 취하여도 역시 우리의 장은 소화, 동화, 배설 작용 때문에 쉬지 못하고 제대로 피로를 풀 수 없다. 하루만이라도 금식하면(물만 먹고) 피로 독소는 배설이 되는 셈이다.

16. 우리 몸의 자연치유능력

어떤 질병이라도 호전시킬 수 있는 능력을 인체의 자연치유능력이라고 한다. 대부분의 사람들은 자신의 몸 안에 숨어 있어 보이지 않는 이 능력을 과소평가하거나 모르고 있다. 그래서 약물에만 의존하려고 한다.

의사나 약물이 전능한 힘을 가진 조물주와 같은 능력을 가지고 있는 것이 아니다. 다만 자연치유능력을 가로막고 있는 장애물을 파악하고 제거하는 것에 지나지 않는다. 만약 이런 자연치유능력이 없다면 외과 수술이 불가능하거나 훨씬 더 복잡해질 것이다. 우리의 몸은 병이 났을 때 스스로 치유하는 능력을 가지고 있다. 서양의학의 아버지라고 불리는 히포크라테스도 자신의 병을 고치기 위해서는 스스로 간직하고 있는 자연치유력에 의지한다고 하였다. 뼈와 뼈를 잇는 것도, 맹장 수술을 하는 것도 다 치유력의 덕이라고 해야 한다. 치유력은 밖에 있는 것이 아니고 우리들 내부에 잠재한다. 좋은 의사나 좋은 약은 내 몸 안에 있음을 크게 깨달아야 한다.

현대인은 여러 가지 환경오염과 날로 더러워지는 대기오염 속에 살고 있다. 현대인의 몸은 좋지 않은 음식물을 과잉 섭취하거나 과식, 과로, 과욕들로 인해 몸 안에 해로운 독소와 노폐물이 축적되고, 혈액의 오염으로 몸이 산성화하면서 온갖 병에 시달리고 있다. 우리 몸은 육체적, 정신적으로 건강해지기 위해서는 노폐물을 배출함으로써 혈액을 정화하고 몸을 깨끗하게 해야 하는데, 이것을 위한 최고의 방법이 금식이다.

앞에서도 여러 번 강조했듯 금식은 자연치유력을 높인다. 금식은 가장 무해한 자연의 치료법이며, 인류가 고통을 받고 있는 질병과의 싸움을 위한 최선의 무기이다. 금식은 음식의 과식뿐만이 아니라 과로, 과욕까지도 절제시킨다. 우리는 금식을 통해 몸을 비우고 마음을 비우면서 진정한 겸손과 섬김을 배우며 절제하는 인내력을 길러두고 온전한 치유의 능력이 키워질 줄로 믿는다.

17. 40일 금식

예수님도, 엘리야도 40일 금식을 하였고, 모세는 40일 금식을 두 번이나 하였다(출 24:18, 34:28).

대장은 질병과도 관계가 많음

다음 〈그림 8〉은 웨커 박사가 미국 LA의 한 병원에서 촬영한 한 여인의 대장사진이다.

〈그림 8〉
미국 LA의 한 병원에서
촬영한 여인의 대장사진

18. 고혈압과 금식

혈압이 높은 사람들은 약을 먹어서 혈압을 내리고 있다. 그러나 혈압을 약으로 내리는 일에는 위험이 따른다. 혈압이 높아진다는 것은 한편으로는 우리 몸에서 그럴 필요가 있다는 것이다. 즉, 뇌의 혈류를 일정하게 유지하지 않으면 안 되기 때문인 것이다.

뇌의 무게는 대체로 1300g 내지 1500g쯤 되는데, 100g당 1분 동안에 혈액은 70내지 75cc가 흐르게 된다. 그런데 동맥경화가 되어 점점 혈액의 흐름이 나빠져서 만일 이것이 50cc정도가 되면 치매가 된다.

그러니까 치매가 되었다는 것은 동맥경화로 뇌의 혈류가 감소된 것을 의미하는 것이다. 뇌의 혈류가 정상적인 70~75cc를 유지하고 있지 않으면 정상적인 뇌의 활동은 불가능한 것이다. 우리들의 몸 중에서 가장 혈액을 많이 쓰는 곳은 뇌이다. 손발이 필요로 하는 양을 1이라고 한다면 뇌로 가는 혈액은 그 20배나 된다.

혈액의 공급이 없으면 뇌의 세포는 죽어버리고 만다. 그만큼 뇌의 세포는 산소의 결핍에 약하며, 따라서 산소를 많이 쓰는 기관이기도 하다.

19. 왜 금식이 혈압을 내리는가?

위와 같은 이유로 뇌에 많은 혈액을 보내 주지 않으면 안 되는 것이다. 현재 혈압 120의 힘으로 뇌 전체에 혈액이 돌고 있는 사람이 육식을 하거나 인스턴트 음식 등을 먹어 혈관이 굳어져서 동맥경화가 진행하게 되면 뇌에 있는 혈관 벽에 아테롬이라는 지방의 덩어리가 쌓이게 된다. 그러면 혈관의 내공이 좁아져 혈액의 흐름이 나빠지며 그렇게 되면 지금까지의 혈압 120으로는 뇌 전체에 부드럽게 혈액을 보낼 수가 없게 된다. 그러므로 필요한 혈류를 확보하기 위해서는 혈압을 올리지 않으면 안 되는 것이다. 그러니까 혈압이 올라갔다는 것은 뇌에 필요한 혈액을 보내기 위해서는 어쩔 수 없는 일이 되는 것이다.

이렇게 생각하면 혈액이 오르는 일은 고마운 일이다. 일본 고오다 박사는 누구든지 덮어놓고 혈압을 내리는 약을 먹어서는 위험하다고 주장한다. 약을 쓰지 않고 고치는 방법을 생각하지 않으면 안 되는 것이다. 내공이 좁아진 원인을 캐 들어가 보면 지방의 덩어리가 혈관의 벽에 달라붙어 있기 때문인데, 이것을 청소하면 그 근본 원인을 해결하게 되는 것이다. 대청소를 하는 방법은 바로 금식을 하는 것이다. 금식을 하면 아무것도 먹지 않게 되고, 그렇게 되면 세포가 살아가기 위해서 몸속에서 에너지가 될 만한 것을 찾을 필요가 생기게 된다. 이때 이 혈관 속의 지방이 에너지로 전환하게 되는 것이다. 이틀씩 여러 번에 걸쳐 금식을 하게 되면 이 지방이 녹아서 없어진다. 그러면 혈관의 내공이 넓어지면서 혈액의 흐름이 좋아져 혈압을 올리지 않아도 뇌에 필요한 혈액을 보낼 수가 있는 것이다. 이것이 금식의 효과이다. 금식을 하면 자연히 혈압이 내려가게 되는 것이다.

나의 체험을 통해 본 금식과 식이요법으로 치료될 수 있는 질병들에는 피부병, 근육통과 신경통, 관절염, 각종 눈병, 고혈압과 당뇨병, 불임증, 호흡기의 천식, 기관지염, 비만증, 각종 위장병, 내장의 염증과 결석, 중독증, 전립선 비대증, 악성 간염, 간경화증, 뇌혈전증, 디스크와 요통, 노이로제와 불면증, 귓병, 녹내장, 알코올 중독증, 만성 피로증, 만성 류마티스, 탈모증, 신장, 암(초기)등이 있다.

3일 이상 금식할 때는 의사와 금식 지도자의 지시를 받아야 한다.

20. 금식으로 건강   되찾은 사람들

1) 뇌연화증, 중풍, 언어장애(남 56세)

고혈압으로 수년간 고생하다가 계속적인 과로로 인하여 뇌연화증의 발병으로 중풍과 언어장애를 일으켰다. 왼쪽의 수족이 마비되어 보행은 하나 감각이 없으며 우수(右手)의 활동이 부자연스러우며, 펜을 잡고 글을 쓸 수 없는 증상이었다. 금식 15일간으로 보행시의 우족(右足)의 감각은 약간 느낄 정도이며, 우수의 손가락은 펜을 들고 글을 쓸 수 있을 정도로 호전되었고 손가락 끝까지 감각이 돌아오게 되어 계속 식이요법을 하여 3개월 후에는 얼굴이 밝아지고 80Kg의 체중은 70Kg을 유지하게 되었는데 금식기도 효과에 신기함을 느끼고 2차 금식을 계획 중이다.

그런데 동맥경화증은 다 나은 것 같아도 다시 재발하기 쉽다. 중증인 자는 2-3회의 반복 금식기도로 회복되는 수가 많다. 모세혈관(毛細血管)의 길이는 0.5mm이고 직경은 머리털의 15분의 1 정도로 아주 작은 혈관이다. 알코올과 과식, 미식, 동 단백식품을 많이 섭취하면 이 모세혈관은 경화가 오기 마련이고 따라서 그로뮤 세포가 망가지기 마련이다. 이러한 무서운 증세의 진행은 젊어서는 혈관병의 원인을 예방해야 될 줄로 생각한다. 우반신보다 좌반신 불수는 회복이 더디다(上行結腸에 숙변이 있다). 커피 잔을 들었을 때 손이 떨리는 현상은 이미 간장기능과 동맥경화와 그로뮤 세포의 퇴보를 의미한다.

2) 중증 만성신장염(64세)

결혼 전부터 심장비대증이 있었으나 결혼 후부터 신장염으로 현재까지 고생을 하고 있다. 그동안 각기증, 소화불량, 천식, 방광염, 알레르기 체질로 피부염 등 비누를 사용할 수 없으며 거기다 맹장수술과 자궁수술을 2회나 하였다. 저혈압에다 척추 디스크로 몸은 불편하였고, X레이 검사결과 횡행결장에 숙변이 가득 찼다는 것이다. 소변의 횟수는 잦고 양은 극소량이었다. 노년기에 접어든 만신창이의 건강상태였다. 많은 병원과 약은 별 무효과였다. 절망상태에서 친우의 간곡

한 권유로 금식요법을 한 결과(수도생활 22일) 그 지루했던 질병은 거의 사라지고 현재는 기쁨의 나날을 보내면서 체질개선에 노력하고 있다. 금식 중에는 냉수를 많이 마시고, 발의 운동, 척추를 바르게, 비타민 C를 많이 먹었다. 자연요법 주류인 금식의 위력에 감탄하고 있다. 금식기간 중 구토증의 고통을 투철한 신앙인인 만큼 인내로써 극복하였다.

3) 만성 위축성 위염(남 53세)

소년 시절부터 소화불량은 있었다. 그동안 많은 병원과 많은 약물요법을 하였으나 별 무효과였다. 지병을 위하여 낚시, 축구, 등산, 사냥 등 운용을 겸한 취미생활에도 상당한 수준급의 인사였다. 조금만 더 먹든지 혹은 정신적 흥분이나 과로가 겹치는 날이면 소화불량과 가슴앓이, 트림, 위가 갑갑함 등의 증세가 심해지는데 상당한 시일을 두고 고생하였다. 이런 형(型)의 위염은 점액의 선조직(腺組織)이 위축하는 것을 말한다. 그 때문에 위액의 분비가 줄어져 저산(低酸) 또는 무산(無酸)이 되므로 무산성(無酸性) 위염이라고도 한다. 표층성 위염이 되풀이 되면 위 점막의 위축이 한층 더 촉진되는 수의 정상인 점막으로 돌아가지 않는다고 한다. 위축성 위염은 위암과 밀접한 관계가 있고 위암으로 발전하기 쉽다는 것이다. 그러나 이러한 증상도 금식요법과 자연식으로 체질 개선을 시키면 위 점막이 정상으로 되돌아 갈 수 있다는 것이 자연의 섭리이다.

이 사람은 금식 5일간과 복식 2주일간으로 여태까지 없었던 식욕이 돋아나고 한 숟가락의 미음을 80번씩 씹어 먹는 즐거움에서 생의 새로운 기쁨을 맛보게 되었으며, 인체의 재생에 신비로움을 느꼈다고 한다. 위장은 감정의 공명판이다. 얼굴을 찌푸리면 위도 찌푸린다니 위장병에 정신안정이 얼마나 중요한가는 불문불지라 할 것이다.

4) 담석증과 저혈압(여 52세)

저혈압증에 위장병이 있으며, 변비가 심하였다. 두 차례의 치질 수술로 큰 고통을 당하였다. 전신이 간혹 어지럽고, 머리 진통이 약간 있었다. 오른쪽 배의 위쪽에 격동이 일어나고 하여 진단 결과 담석증으로 나타났다. 금식 5일간과 풍욕 등으로 피부호흡이 잘 되어 담석이 배출 되었을 뿐 아니라 그 후는 담석이 다시 생기지 않았다. 예로부터 위경련으로 알려져 있는 것의 대부분은 담석에 의한 것이다. '수술한다고 건강이 회복 되지는 않는다. 금식으로 근본적인 조직체를 개선 시켜야 다른 곳의 재발을 막는다. 수술에서의 많은 조직을 파괴하는 대신 금식으로서 다치지 않고 그대로 돌을 유출시키는 것이 자연적이다. 담석이 작은 올리브보다 크지 않다면 대부분 그것은 모래처럼 분해되어 부드럽게 빠진다. 담석증의 원인은 정서 불안, 간장, 신장의 비정상적인 분비에서 광물질이 파괴 되어 결석이 된다'고 셀톤 박사는 말한다.

결석이 빠지는 것은 원인 처리는 되지 못한다. 하나의 제스처다. 우수한 건강 증진은 먼저 대청소를 해야 한다. 금식을 하여 간장의 기능을 정상화 시키고 독소가 축적되지 않도록 해야 하고 내장 전체 기능이 회복될 때 간장 기능이 건강하게 되며 재발의 방지가 된다.

5) 저혈압(여 58세)

무슨 일을 하던 피로가 빨리 오고, 전신에 힘이 빠져 항상 나른하고 두통과 현기증이 있는가 하면 수족이 냉하고 어깨가 결리고 가슴이 뛴다. 허리는 디스크로서 한방, 침, 한약 등 많은 치료를 받았었다. 좌족(左足) 발목은 4년 전 서울 K병원에서 수술을 받았으나 현재도 부종이 남아 있었다. 본 금식 5일 중에 구토의 완강한 반응으로 심한 고통을 당하였다. 복식 2주일간에 기적적 재생을 한 것이다. 저혈압에 금식을 하면 더욱 쇠약해질 것이 아니냐는 우려가 앞선다. 그러나 금식을 하면 체질이 개선되어 신체 기능이 좋아져서 혈압이 정상으로 된다. 이것은 실제 해 보지 않고는 모른다. 저혈압 자는 대개 육류와 어류를 많이 먹으려고 하는데 그것이 좋지 않다. 과자류 및 통조림 류 등은 오히려 내장 기능에 부담을 주어 흡수 능력을 더욱 감소시킬 뿐이다. 마음을 항상 평화롭고 즐겁게 갖도록 하고 금식을 하면 쉽게 낫는다.

6) 유방암(여 40세)

자궁암으로 수술했으나 통증과 아울러 밤알 정도의 망울로 유방 전체가 견고하게 굳어 있었으며, 심장의 동계와 왼쪽의 신장이 좋지 않았다. 신경성으로 바람이 불면 눈물이 잘 나곤 했었다. 금식 11일간으로 그 견고한 유방이 부드러워졌으며, 밤알만한 망울도 콩알 정도의 크기로 줄어들고, 복식 과정에서 종양이 부드러워졌다. 금식 중에는 세포나 조직체의 자기 정화가 일어나는데 이것은 전자현미경을 쓰면 관찰된다고 미국의 셀톤 박사는 말한다. 세포 내의 리보소옴은 세포 내와 그 자체를 정화시키는 기능, 즉 강력한 정화액 작용을 한다.

금식을 하면 세포 내의 축적물을 연료로 이용하여 세포 내의 소화가 이루어지므로 세포에는 하등의 손상이 없이 기본 구조를 재생한다. 도마뱀은 꼬리가 잘라졌을 때, 불가사리는 다리가 끊어졌을 때 먹지 않아도 살아나고 꼬리와 다리는 자란다. 식물도 마찬가지다.

먹지 않아도 조직체의 기능변화가 일어난다는 것은 자연의 섭리다.

금식기간 동안에 미토콘드리아의 일부가 세포의 리보소옴(세포내의 소화, 食菌作用)으로 들어가서 거기서 소화 되어 진다. 셸톤 박사는 이 작용을 자식작용(自喰作用)이라고 말하는데 정상적인 생활에서의 간장은 이러한 현상이 없다는 것이다. 간장뿐만 아니라 타부분에서도 이러한 자식작용은 일어난다. 금식기간 동안 피하지방과 병든 조직체가 먼저 제거 당하고 다음으로 다른 조직체, 축적된 영양, 글리코겐 등, 자기 소화 작용에 의하여 암과 종양이 없어진다. 이것은 신진대사이며 세포 내에서 일어나는 하나의 동화작용(同化作用)이라고 생각하는 것이 좋을 것이다. 이러한 기능은 자기의 기본 체력이 있을 때 가능하다.

7) 뇌혈전증(남 45세)

뇌졸중 발작으로 반신불수가 되어 메리놀 병원에 입원하였으나 수족마비와 언어장해로 절망적이었다. 1개월 후 퇴원하여 계속 치료를 받았으나 입이 왼쪽으로 비뚤어진 상태로서 보행에 지장이 있을 뿐만 아니라 조금만 높은 곳을 걸어도 심장에 타격이 오곤 하였다. 左足 molton씨 병까지 있었다. 과거에는 운동선수로서 육식을 많이 하였다고 한다. 결국 과음, 과식으로 혈관의 노화, 경화, 점주성 순환과 산소

공급의 불충분이라고 생각되어 자연요법으로 금식 4일간, 냉온욕, 냉수, K.V 건강기, 1일 2식을 실시한 결과 보행이 자유로이 되고, 건강회복에 정신적 자신감을 가지게 되었으며, 변통이 快調하고, 5종류의 약물을 전폐하고도 생활을 편히 할 수 있게 되었다. 단 완쾌하기 위해서는 재 금식이 필요하다고 생각한다.

뇌졸중의 대표적인 것은 뇌출혈, 뇌혈전, 뇌색전의 3가지다. 뇌출혈은 뇌의 동맥이 파열된 현상이고, 뇌혈전은 뇌동맥의 경화와 거기에 응혈이 막혀서 일어난 것이다. 뇌색전은 심장 내에서 응혈이 생겨 뇌동맥에 막혀 반신불수가 된 경우이다. 뇌혈전이나 뇌색전은 일반적으로 뇌연화라고 부른다(중풍). 이러한 뇌연화증은 상습변비증이 있고 과식하는 습관이 있는 사람, 설탕을 과식하는 사람이 잘 걸린다.

뇌졸중의 방지는 첫째 체질의 개선부터가 필요한데 그러기 위해서는 현미(채식 중심), 小豆, 黑豆, 율무 등의 잡곡밥과 해조류, 버섯, 무채, 들기름, 된장을 권장하고 육식과 우유, 卵종류, 사탕, 조미료 등을 삼가야 한다. 이렇게 계속하면 점차 혈액이 정화되어 혈관이 깨끗해진다. 가장 빠른 효과는 수회에 걸쳐 금식을 하면 탁월한 효과가 있다.

8) 만성관절염과 간경화증(남 54세)

양족(兩足) 아킬레스건이 아파 보행이 불가능 했다. 특히 우족(右足)의 무릎과 아킬레스는 심하고, 좌족(左足) 발바닥도 아파서 도저히 다닐 수가 없어 마취약을 20일 이상이나 사용하였다. 입에서 심한 악취가 풍긴 지가 수년이 되고 20세 때에는 우족(右足) 관절염으로 고생하다가 독사뱀을 복용하여 회복이 되었다고 한다. 11년 전에는 담석증을 앓았고, 10년 전에는 연탄가스에 중독되어 고생한 병력을 가진 사람이다. 거기다가 간경화증도 겸해 있었다. 당초부터 자연양능(自然良能)에 소신을 갖고 있어 아예 자연요법인 금식기도를 하기로 결정하고 금식 7일, 회복기간 2주일을 착실한 수도생활로 일관하였다. 냉온욕, 대기요법, K.V 건강기 운동, 기도 등의 요법을 병행 실시하여 결정적이고도 기적적인 회복을 했다. 그 후 가정에서 1개월간의 자연식 요법으로 드디어 출근까지 하게 되었다. 이 사람은 가장 모범적인 금식기도 자였다.

이 사람의 금식 전 데이터는 다음과 같다.

Albumin	3.5	Globulin	4.7
A/G Ratio	.75:1	Thymol	9.5
Cephalin	/24ht	Indirect	0.60~0.8
Total	0.3~1.0	G. O. T	48
G. P. T	54	Phosphatase	11.5

* 간장병

◆ 세계적 간장 병리학자(미국) 한스 포퍼 박사

한스 포퍼 박사(미국 마운트 시나이 의대 명예교수)는 이렇게 말했다.

6일 가톨릭 의대에서(1988. 8) 명예 의학 박사 학위를 받고 기자들과 만난 그는 "간장 질환이 만성화 되면 섬유화 현상을 거쳐 간 세포가 파괴 되는 현상이 아직 규명되지 못한 상태"라고 전제하고, "현재로는 간장병 퇴치는 대증요법과 예방에 기대는 수밖에 없다"고 강조했다.

그의 저서 "간의 구조와 병리"는 세계적인 간장 의학 교과서로 이용 되고 있을 정도이다.

그의 간장 질환 예방법 중 첫 번째는 "담배와 술을 금하는 것", 두 번째로 "약의 남용으로 간을 해치는 수가 많다"고 말하고, "환자보다는 의사가 약 남용에 주의를 해야 한다"고 강조했다.

노벨 의학상(1976년) 수상자 볼럼 버어그 박사(미국 필라델피아 암 연구 소장)는 "현재 특별한 간장약은 없다. 치료법보다는 예방법이 최상의 방법이다. 깨끗한 생활환경만이 간을 보호할 수 있다"고 했다. 즉 건강식은 있으나 건강약은 없다는 뜻이다.

필자의 견해로는 간장을 쉬게 하기 위해서는 적절한 금식과 편안한 마음가짐이 최우선 과제라고 생각한다.

9) 만성신장염과 녹내장(여 48세)

신장염으로 5~6년간 계속 시달리면서 여러 병원에서 현재 치료를 받았으나 병세는 악화일로, 드디어 만성신장염이 되어 몸에 부종이 생기고 혈압이 높아졌으며 결국 녹내장으로 뻗쳐 눈알이 빠질 것 같은 고통을 당했다. 침구로 치료를 2개월간 받았으나 별 무효과, 통증은 계속되고 그럴수록 생에 대한 애착은 더해 갔고 이대로 1개월간만 지난다면 눈알은 못 쓰게 되어 맹인이 될 수밖에 없다는 진단이 내려졌으며 또 그런 경우의 사람을 많이 보아왔기 때문에 맹인이 되느니 차라리 죽음을 택하는 것이 낫겠다는 절망상태에 이르렀다.

그러던 중 친지 한 사람으로부터 사람의 능력으로는 어쩌지 못하는 어떤 병도 금식을 하면 자연의 조절작용에 의하여 그 제거가 가능하다는 금식요법의 원리를 듣고부터 희망을 가지게 되었다. 인간의 생체는 부분적으로 생각할 것이 아니라 하나의 통일체로서 존재하기 때문에 하나의 질병도 몸 전체의 균형이 깨뜨려졌을 때 나타나는 결과로 보면 녹내장도 눈에만 국한되는 병이 아니라는 것이다.

금식으로 눈병을 낫게 한다는 것이 잘 믿어지지 않았으나 워낙 답답했던 터여서 최후로 금식요법을 시행하기로 결심하고 1970년 4월 1일 정원상 교수님을 찾아 금식기도의 지도를 받았다. 예비 금식 3일, 본 금식 5일, 복식기간 7일 만에 그 쓰라리고 괴로웠던 녹내장은 사라지고 광명을 되찾았다. 금식 후에도 정원상 교수님의 지시사항을 준수한 결과 녹내장의 완치뿐만 아니라 체질이 개선되어 피부는 고와지고 식욕 증진, 건강을 회복하여 젊음을 되찾았다.

금식 중에는 근육과 소화기관이 휴식을 하는데 더욱 많은 휴식은 태아 기간 밖에 없다. 동면이 아니고 휴식이다. 마음을 편안하게 갖는 한 효과가 크다. 금식이 태아기의 비활동에 가까워지면 가까워질수록 효과 진행이 빨라진다. 세포의 재생이 그 비활동의 조화에 따라 이루어진다.

10) 기관지염과 협착증(여 42세)

기관이 갑자기 좁아지면 질식하여 호흡이 곤란해진다. 이 사람의 부친도 기관지염으로서 돌아가셨다고 한다. 3년 전부터 기관지염이 심하게 나타나 기침이 되고 숨이 막혀 죽는 것 같은 때는 〈베르텍크〉를 뿜어 1일 1회로 견디었는데 차차 약의 과용으로 1일 20회 이상 사용해야 견딜 수 있었다고 한다. 이 약은 1일 2회 이상 뿜으면 중독성이 있어 사용이 금지되고 있었는데도 불구하고 발작이 일어나면 내쉬는 숨이 곤란해 밤새도록 기침을 계속하면서 살기 위해 또 〈베르텍크〉를 뿜어야 했다. 그동안 서울대학병원과 위생병원 등에서 치료를 받았으나 현대의학으로는 극히 난치병으로 되어 있다고 한다. 이런 사람도 금식과 현수, 대기욕, 냉온욕, 정신자세, 호흡법, 특수자연식 등을 실시한 결과 20일 만에 깨끗이 정상으로 돌아와 본인도 이렇게 나을 줄은 몰랐다고 신비스럽게 생각하며 이제 생의 기쁨을 느낀다고 하였다. 기관지염이라고 해서 기관지 그곳의 국부적인 관찰과 치료로서는 일시적인 대증요법에 지나지 않는다. 온몸 전체의 체질개선으로 근원치료가 되지 않으면 안 된다. 평소 올바른 생활습관이 계속 될 때만이 이 병은 재발이 없을 것이다.

11) 만성피부병(여 32세)

전신에 붉은 반점이 7년 전부터 나타나기 시작하였다. 어떤 약물치료도 효과가 없었다. 결혼할 시기가 되었음에도 결혼에 지장이 있을 뿐만 아니라 불치의 피부병 때문에 실의에 빠져서 부모의 유전적 체질을 한탄하는 것 같았다. 좌측 허리가 좀 튀어나왔으며, 척추도 바르지 못하고 거기다가 신장염을 겸하였고, 정신적 스트레스가 있기 때문에 자연히 육식, 사탕, 간식 등을 많이 먹었다. 금식으로 신장의 배설은 배가 되고 혈액과 신경에너지의 조화로 깨끗하게 회복되었다. 3개월 후 재 금식으로 피부의 기능은 정상으로 돌아왔다. 우수한 건강법은 대청소가 먼저 이루어져야 한다. 배설은 삶의 기본 기능이다. 영양공급과 마찬가지로 유기체의 존재에는 계속되는 배설기능이 건강유지의 기본이 된다. 금식을 하면 근육과 소화기관이 휴식을 하는데 더욱 많은 휴식은 태아 기간 동안 밖에 없다. 동면이 아니고 휴식이다. 마음을 편안하게 갖는 한 효과가 지대할 것이다. 그러므로 운동은 피해야 한다. 특히 걷는 운동은 하지 않는 것이 좋다(30일간).

12) 저혈압(여 58세)

모병원의 조직검사 결과 방광암으로 판명이 되었다('81.8.20.)

이 사람은 20년간의 변비증이 계속되었으며 갑상선의 이상과 하복부의 부종이 2년 전부터 발견되었으며 호흡이 곤란하고 신경과민증이 있었다.

이런 경우의 자연요법이란,

첫째, 변을 잘 통하도록 하고 생수를 마시고, 냉온욕과 대기욕을 실시 단전호흡과 정신안정이 식이와 운동 이상으로 중요하다는 것을 스스로 깨닫고 자기생활의 나쁜 습성을 반성시킴으로서 건강회복의 큰 성과를 가져왔다. 예비 금식, 본 금식 4일과 회복식, 식이요법의 철저와 특수효소의 복용으로 위험한 시기를 극복하였다. 방광암 증세는 신장과 간장의 악화도 병행되었다는 것을 잊어서는 안 된다. 전신의 신경 에너지의 회복에 따라 방광암도 자연히 좋아지게 마련이다. 눈에 보이지 않는 신경과로는 전신의 신경조직과 분비선에 이상이 일어나기 마련이다.

바른 생활 습관만이 만병의 예방이 되리라.

13) 1차 금식기도를 마치면서 ...

〈금식기간 : 2003. 4. 14 ~ 16(3일간) /
보식기간 : 2003. 4. 17 ~ 5. 2(15일간)〉
　　호산나교회 김정국(055-552-5558,9)

믿음 안에서 부족한 것 많지만 나름대로 신앙생활을 해오던 중 목사님께서 4월 셋째 주의 〈사랑나눔축제〉를 앞두고 연초에 이어 두 번째로 3일간의 금식기도를 가신다고 성도들에게 중보기도를 요청하셨다.

온 성도들의 기도가 있었고, 은혜 가운데 기도원의 금식기도 일정을 마치시고 환한 모습의 활기에 찬 목사님의 모습에 큰 도전을 갖게 되었다.

목사님께서는 온 성도들에게 영육간의 강건을 위해 금식기도의 필요성을 말씀하셨는데, 평소 비만으로 인한 합병증으로 이미 고통 가운데 있었던 차에 그 짧은 멘트가 나에게는 하나님의 음성이었다.

영육 간에 강건하여 활기찬 신앙생활을 하는 것이 나의 여생의 꿈이 아닌가!

고혈압, 당뇨병, 지방간, 심장비대증, 전립선염, 대장 게실염 등으로 종합병원이 되어버린 나약한 몸이 된지 몇 해가 되어버렸다.

수많은 믿음의 사람들이 금식기도 하는 것을 늘 목격하면서도 정작 나로서는 상상도 할 수 없는 일이 아니었던가!

고작 교회의 숙제로만 생각하고 겨우 한 끼 내 생애 금식기도의 전부였었다.

마침 일 년에 한 번씩 갖는 〈사랑나눔축제〉 준비로 인하여 한 주간의 새벽기도회에 동참하는 가운데 교회 본당에서 금식기도를 동시에 준비하게 되었다. 수많은 유혹이 있었지만 아내의 끊임없는 내조로 2003. 4. 14. 우리 부부는 전쟁터에 나가는 각오로 금식기도에 들어가게 되었다.

그 무엇보다 출발하기 전 목사님 내외분과 정원상 교수님으로부터 세밀한 충고와 지도를 받았고, 하나님의 섭리하심에 놀라지 않을 수 없었다. 상상도 못했던 일이 일어난 것이다.

최 목사님의 소개로 그 유명하신 정원상 교수님이 함께 동승하여, 그것도 기도원까지 동행하였다. 참으로 행운이었으며, 목사님의 도움으로 준비된 좋은 방도 사용할 수 있었다.

강의 중 어느 것 하나 놓칠 수 없는 황금 같은 귀한 말씀, 하나님께서 창조하신 자연의 오묘하고 신비한 진리들은 모든 어려움을 이길 수 있는 큰 힘이 되었다.

이미 승리해 놓은 싸움이나 마찬가지였다.

하루 두 번씩 교수님의 정성어린 지도와 목사님의 격려와 도움으로 무사히 금식을 마칠 수 있었다. 단순한 금식으로 인한 육신의 질병 치료 뿐 아니라 믿음의 사람들, 하나님의 자녀 된 자들의 특권을 누리게 되어서 더욱 기쁘다. 내 몸 안에 있는 영육의 찌꺼기들을 도말할 수 있는 그야말로 절호의 기회인지라 이 온 몸은 지금 날아갈 것 같다.

때로는 기도하는 가운데 많은 회개의 눈물을 흘렸다. 내 육신의 추한 그 모든 것들을 마그밀(완하제) 몇 알로 인하여 쓸어버리지 아니하는가!

주님!

"내 영혼의 추한 찌꺼기들도 함께 도말하여 주옵소서! 특별히 사랑하지 못하는 것 때문에 막혀있는 내 영혼의 혈관을 씻어 주옵소서!" 라고 기도하였다. 드디어 3일 금식기도를 마치고 하산하는 길에 온천을 즐기며 귀가하였다.

이전 같았으면 주변에 좋은 먹거리들이 많이 있기 때문에 그것도 한우숯불고기를 당연히 먹었을 것이다. 정 교수님의 100세를 약속하는 생활습관 〈나를 한 번만 도와주소서〉 21세기를 바라보는 건강의 비결에 관한 책은 교회 추천도서였으므로 출발 전에 이미 몇 번 읽었기 때문에 큰 도움이 되었다.

그리고 금식 전 교수님께서 우리 부부를 위한 특강이 약 5시간 있었으므로 금식 후 체질의 변화에 대하여도 확신하였다.

그 강의는 적중했다. 당시 나의 식성은 달라져 있었다.

육신의 생각이 채식의 생각으로 변화된 것이다. 할렐루야!

산성이었던 나의 체질이 알칼리성으로 바뀐 것이다.

소감문을 적고 있는 이 시간은 복식 4일째이다.

한 끼 식사시간은 시계를 옆에 두고 교수님께서 가르쳐 주신대로 30분을 지켰다.

한 번 씹는 횟수는 미음 한 숟갈까지도 자동으로 30회 이상, 때로는 80회 이상 저작하고 있었다.

이것 역시 어렵지 않게 할 수 있었던 가장 큰 이유는 복식 첫날부터 현미, 물, 미음(한 숟갈)을 먹을 때마다 30번씩 저작을 했기에 불과 며칠 사이에 우리 부부의 식사습관이 완전히 달라진 것이다. 복식 나흘째 되는 날의 현미죽 반 컵을 먹을 때에도 우리는 1회 30번씩 그리고 식사시간 30분을 지켰다.

오늘날 만성병들은 "생활습관병"이라는 것을 힘주어 말씀해 주셨던 교수님의 음성을 기억하면서 우리 부부는 모든 부분을 지키려고 애를 썼다.

철두철미한 지도 아래 놓치지 않았던 순종의 결과로 여겨진다.

진정 하나님께서 주신 곡물과 채식은 정말 위대한 생명력이 있음을 확인할 수 있었다. 평소 그토록 강하게 붙들었던 세상적인 정욕은 사라졌다. 교수님의 지도방법이 100% 들어맞았던 것이다.

정말 하나님의 세미하신 인도하심에 어찌 감사하지 않을 수 있는가!

주변에 비만으로 또는 만성질환으로 고통당하는 자들을 목격할 때마다 나의 감정은 확실히 종전과는 달라졌다. 인간은 습관으로 사는 동물이다.

하나님의 말씀대로 사는 순종의 습관만이 우리 모든 생활의 근본임을 깨달았다.

내가 지금까지 배우고 알고 있는 지식보다 더 귀하고 소중한 것, 바로 그것은 하나님이 창조하신 오묘한 법도, 즉 그것은 내 몸 안에 있는 위대한 생명력임을 깨닫게 하였다.

● 금식은 내장의 휴식이고, 생명을 새롭게 하는 신비다.

● 독물과 노폐물을 배설하고, 병든 세포를 배출(10배)한다.

● 자연 치유력을 높임을 확인하였다.

목사님의 말씀에 따라 모든 확증들을 확인한 후에 나와 같이 고통받는 영혼들을 위하여 귀하게 쓰임 받기를 원한다.

이 일들을 위하여 하나님의 도우심을 구하고자 한다.

기도해 주신 최 목사님 내외분과 성실하게 지도해 주신 정원상 교수님과 성도 여러분들께 감사드리며, 전능하신 주님께 다시 한 번 모든 영광을 드린다.

"나의 기뻐하는 금식은 흉악의 결박을 풀어주며 멍에의 줄을 끌어

주며 압제당하는 자를 치유케 하며 모든 멍에를 꺾는 것이 아니겠느냐!"(사 58:6)

14) 2차 금식기도를 마치면서 …

〈금식기간 : 2003. 5. 12 ～ 5. 16(3일간) /
보식기간 : 2003. 5. 17 ～ 6. 12(15일간)〉

지난 4월 14일부터 4월 16일까지 3일간의 1차 금식기도에 이어 약 1개월 만에 2차 금식기도를 할 수 있었다.

상상을 초월한 일이 일어났고, 성공적으로 금식기도를 마쳤다.

더 어렵고 긴 터널은 보식기간이었다. 천 배나 어려운 일이었다.

말로만 듣고 책에서 보았던 교수님 강의의 실제를 체험할 수 있어 무엇보다 기뻤다. 지난 50여 년의 긴 세월 간에 있었던 인체의 거대한 화학공장의 노폐물들이 그렇게 해서 씻어질 수 있었는가!

참으로 경이로운 일이었다.

여러 체험 중 가장 기억에 남는 것은 금식을 마치고 돌아오던 5월 16일 밤 11시 30분경의 귀갓길의 음주운전 단속에서 내가 음주운전을 하는 것으로 판정이 결정되어 약 30분간의 조사를 받게 되었고, 마치 현행범인 것처럼 경찰차 주위에 5~6명의 경찰들에게 포위되어 해명하느라 진땀을 뺐던 기억이다.

나는 그들에게 지난 5일간 산속에서 물만 먹고 기도했으며 내가 교회 장로라는 것과 근처 약국의 약국장이라고 인격적으로 조심스럽게 설명하였으나 그들은 막무가내였다. 술을 마시느냐고 묻기도 했다.

나는 이미 지난 87년 8월 6일 이후로 정확히 술을 입에 댄 적도 없다.

C_2H_5OH(에칠알콜)가 간에서 해독되는 과정에 CH_3CHO(아세트알데하이드)로 변화될 때 심한 냄새가 난다. 바로 CH_3CHO(아세트알데하이드)의 냄새인 것이다. 금식 중 우리 몸에서 수많은 오염물질들이 피부로, 대장으로, 신장으로 그리고 눈, 코, 입으로 배출되었던 것이다.

이것이 음주측정에서 잘못 판독된 것이다. 물론 정밀검사에서는 이상은 없었다. 참으로 신비로운 일을 몸소 체험했음을 감사드린다.

해산의 고통으로 귀한 자녀를 얻음같이 실로 금식기간의 고통에 대한 하나님의 귀한 선물임을 확신한다.

주님의 보혈의 거룩한 피로 우리의 옛 사람은 그리스도 십자가의 은혜로 새사람이 되었다. 그 새사람의 삶을 살아가지만 우리의 영혼의 찌꺼기들, 미워하며, 사랑하지 못하며, 질투하며, 교만하며, 온유하지 못한 그 모든 것들을 금식기도를 통하여 다시 새롭게 씻음 받게 되었다.

또한 육신의 더러운 찌꺼기들이 이렇게 말갛게 씻음 받음을 증명하게 하시니 어찌 감사하지 않을 수 있는가! 배고픔의 즐거움을 찾았다.

보식기간 첫 날 첫 식사 간장 한 방울은 세상이 달라 보이는 듯한 감격적인 맛이었다. 이 한 방울의 소중함에 감사하며, 또 한 번 눈물을 흘렸다.

내가 가진 것, 이 간장 한 방울에 비한다면 태산과도 같이 많은 것이 아닌가! 수많은 감사의 것들을 우리는 놓치고 살아감을 다시 한 번 깨닫게 한다.

지금 난 날아갈 듯 너무 개운한 몸이다.

이제 주신 은혜를 생각하면서 '내가 무엇으로, 어떻게 하나님을 기쁘시게 해드릴까?' 하고 여러 가지를 생각하고 있다.

순종하는 삶으로, 건강하게 기쁘게 헌신하는 삶으로 살아가겠다고 다짐한다.

이제 그렇게 살 것이다. 하나님을 기쁘시게 하면서…

"하나님! 모든 영광 받으시옵소서!"

★ 금식기도 결과를 몇 가지 요약해 보면(2003. 6. 30. 현재)

1. 체중 감량(83kg → 73kg)

2. 고혈압 치료(6~7년간 약 복용)

3. 당뇨병 치료(4개월간 약 복용)

4. 대장 게실염 치료(40~50년간 약 복용/주 2~4회 설사로 고통)

5. 커피 끊음(하루 2~7잔 상습적으로 마심)

6. 드링크제 끊음(박카스 하루 2~3병 약 27년 정도 마심)

7. 식생활 개선(채식위주/주 1~2회 육식을 하였으나 이제 육식 생각이 없음)

8. 항상 맑은 머리로 일에 능률 향상

9. 그 외에도 향후 검사결과를 기대하는 것들을 정리해 보면,

   ① 콜레스테롤 수치 정상   ② 지방간 치료

   ③ 심장비대증 치료   ④ 혈액순환 개선

   ⑤ 요로 결석 치료 등이다.

※ 바른 생활습관만이 건강을 지속시킬 수 있다.

15) 몰랐다 우리는 눈뜬 당달봉사였다

(1) 맛있다고 먹고

(2) 영양분이 있다고 먹고

(3) 보기 좋아서 먹고

(4) 허영으로 먹고

(5) 탐욕으로 먹고

(6) 습관으로, 초대함으로 먹고

(7) 의리로서 먹고

(8) 교제상으로 먹고

(9) 공무상 접대로 먹고

(10) 음식 잘한다는 소문으로 먹고

(11) 뷔페에 갔을 때

(12) 먹는데 온 신경을

(13) 먹자! 먹어야 산다.

(14) 먹는 것이 힘이 된다고 먹고

(15) 이제와 보니 만병의 근원이 되었구나.

(16) 좋은 음식도 지나치면 독이 된다.

(17) 영양분을 찾았는데 독을 먹었구나.

(18) 이대로의 식생활은 일찍 죽는다(풍요함이).

(19) 자연이 스승이다(가공식품).

(20) 금식은 21세기의 최고의 살길이다.

(21) 춥고 배고플 때 어린이는 튼튼해진다.

(22) 天才兒의 어머니는 임신 중 영양실조였다.

(23) 실컷 먹고 살빼기다.

(24) 얼굴에는 빛이 있어야

(25) 먹는다, 먹지 않는다의 자연의 섭리

(26) 腸이 깨끗해야 장수한다.

(27) 억지로 먹이는 엄마

금식은 생명을 새롭게 한다(정혈작용이다).

금식을 하면 체세포 - 혈액으로 역분화현상이 일어난다.

모든 국민에게 2주일 만에 1일 금식을 권장한다.

〈금식을 하고나서 얻은 것〉

(1) 배고픔의 서러움과 무서움을 깨달아

(2) 곡식 한 낱이 귀한 생명의 원천이 된다.

(3) 배고픔을 없애는 정치인이

(4) 시장이 반찬이라 - 불평은 배부름에서

(5) 아무리 돈이 많아도 돈으로는 배를 못 채워

(6) 신비의 식물은 하나님께서 주신 것 뿐

(7) 가공식품, 먹는 습관이 병을 만들었다.

(8) 존재는 자연법칙의 운동으로 유지된다.

(9) 그토록 강하게 붙들었던 세상적인 정욕은 사라져

(10) 마음의 깊은 뉘우침이 일어나(내 중심, 내 고집)

(11) 배부름과 욕망 때문에 잃고 있는 마음의 조정능력이 조속히
되 돌아와

(12) 적게 먹어도(小食) 건강을 유지하는 체질로 바뀜

(13) 금식으로 사물을 보는 눈이 달라져(모든 것이 아름다워)

(14) 인내력과 영성의 훈련이 된다(탐욕을 극복, 연단으로 소망을).

(15) 육신이 깨어지니 영이 살게 되어

(16) 배고픔의 즐거움을 찾아

(17) 병든 세포, 노후 세포 배출(10배)로 심신이 맑고 평화가 온다.

(18) 모든 병의 예방이 된다(스트레스가 사라짐).

(19) 현대인이 찾고 있는 영양법칙은 잘못된 것.

(20) 체질은 대립적 갈등을 원리로 하는 변증법에 의하여 개조된다.

(21) 비약적인 성장은 음식을 절식…(성인들)

(22) 생명은 항상 변화를 원한다. 변화가 없을 때 생명력은 쇠퇴한다.

(23) 우주전체가 하나의 조화의 체계다(리듬).

(24) 고통을 느끼는 것은 中毒된 상태다. 금식은 생명력을 높인다.

(25) 올챙이에서 개구리가 되기까지(변태) 3일간의 금식이 필요하다.

(26) 생명력은 리듬 즉, 본능적 욕구(호흡, 배설, 신진대사, 혈액순환, 주야 수면 등 리듬적 생명현상이다).

16) 정원상 교수님 지도의 금식기도회에 참가하고 나서!

단식이 좋다는 것은 진작 알았지만 작년에야 단식관련 책만을 보고 두 번 단식해 보니 너무 좋아 전문가에 직접 제대로 된 지도를 받고 해 봤으면 하는 바람이 있던 차에 정원상 교수님이 직접 지도하시는 김해 활천제일교회 금식기도회에 참여하게 되어 너무나 다행이고 잘한 결정이었다고 절절히 느꼈습니다.

단지, 금식이 아니라 오히려 찬란한 성찬이었습니다. 영육간 보다 성숙하게 발전하는 더 없는 기회였답니다. 사람이 어찌 음식만으로 살리요? 창조주는 우리에게 신선한 공기와 물을 풍부히 들이마셔야만 살아갈 수 있도록 창조하였건만 이를 모르고 음식만으로 먹어서만 배를 채운다고 여긴 것이 얼마나 큰 오류였는지를 여실히 깨쳤습니다.

82세의 노령에도 불구하고 젊은이 못지않은 강력한 생명력으로 금식의 구체적인 방법을 풍부한 사례를 통해 지도해 나가시는데 그 치밀함으로 어렵거나 힘들기는커녕 참 생명력을 체험하는 기회를 맞은 것입니다. 각 개인의 처지에 맞게 일일이 지도를 하시고 시범을 보이시니 그 은혜가 너무나 클 따름입니다.

교인이 아님에도 이번 금식기도회 참가는 특별히 김해 활천제일교회 김세중 담임 목사님의 배려로 가능하였음에 고마움을 표하지 않을 수 없습니다. 함께하신 교인들을 비롯하여 남녀노소가 잘 짜인 프로그램을 체험하며 나날이 변모함을 지켜보니 금식을 전문가의 지도하에 함께 해야 한다는 것도 알게 되었고요.

스승님의 말씀, 한 말씀이 너무나 소중한 생명력을 표현하신 말씀이었기에 소홀히 할 수 없었고 뼈에 사무치도록 하였답니다. 몸무게는 금식 4일 만에 6kg이 감량되었지만 기력만 좀 떨어질 뿐 머리는 맑고 몸이 거뜬하여 시간이 지날수록 신이 나는 것은 저만의 체험은 아니었을 것입니다.

이렇게 좋은 금식을 누구나가 가능한 한 이른 시일에 참여하여 그 진수를 체험하시기를 적극 추천하며, 혹 치병을 목적으로 하시게 되는 분들은 자신의 생활을 돌이켜 생활습관을 바로 잡는 계기로 하여 시간만이 요할 뿐 분명히 좋아지리라는 확신입니다. 다만 건강한 사람일지라도 금식을 제대로 배워 익혀 활용한다면 평생 건강을 지켜나갈 수 있을 것입니다.

스승님의 귀중한 금식지도에 보다 많은 이들이 참여하여 참 삶을 사는 기회가 되기를 앙망하며 시민단체 한국건강연대를 통하여 그 기회를 마련하여 꼭 스승님을 감히 정중히 모셔 보고 싶습니다.

가장 멋진 휴가를 보내도록 이번 금식에 참가하도록 안내하고 배려해 준 한국건강연대 이지은 회장님께도 그 큰 고마움을 진심으로 표합니다.

모쪼록 함께 한 모든 분들이 스승님의 지시대로 성공적인 복식을 하셔서 더욱 건강생활 하실 것을 믿으며 각자 맡은 일에서 생명력을 발휘하소서!

정원상 스승님 고맙습니다. 늘 건강하소서!

주님의 축복이 스승님께 늘 함께 하옵소서!

2007. 9. 10.

시민단체 한국건강연대 연대팀장 김주원

17) 불과 3일의 금식과 2일의 보식기간이었지만 나는 크게 변했다.

김해 활천제일교회 석정옥 권사

나의 인생에 교수님을 만나게 됨을 먼저 하나님 앞에 감사드립니다. 그리고 축복금식기도회를(2007. 1. 1-6) 열게 하신 담임 목사님과 사모님에게도 감사드립니다. 교수님은 매일 오전과 오후 2회에 걸쳐 1시간 30분씩 3시간의 강의와 적당한 운동을 가르쳐 주셨습니다.

강의를 통해 우리의 육체는 거대한 화학공장이란 것을 알았고, 인간은 원래 채식동물이라는 것, 건강의 혁명은 밥상에서 찾아야 금식은 생명을 새롭게 하며, 금식과 기도를 통해 나의 나쁜 생활습관을 반성하고 더욱 하나님과의 관계가 가까워졌다는 것을 먼저 말씀드릴 수 있습니다.

금식 1회 때 성령의 많은 것을 체험, 그 이후 나 자신이 변하여 가는 모습을 보게 되었다. 마음으로 생각하는 것은 추상적 관념에 그치지 않고 반드시 구체적인 물질로 변한다는 것, 즉 '육체는 마음의 거울이다' 라는 말씀에 크게 감동을 받았습니다. 평소 두통으로 고생을 하였으나 금식수련 5일과 그 후의 규칙적인 회복식으로 부자유하였던 머리를 자유로 회전하는데 자유스럽게 되었습니다. 오른쪽 4번째 손가락도 6개월 만에 회복되었습니다. 또 오른쪽 머리 귀 뒷부분이 통증이 있고 귀로는 피가 묻어나오며 오른쪽 눈은 뿌옇게 보이며 나의 눈은 렌즈가 흔들리는 것처럼 물체가 두세 개로 보여 어지러울 때도 있고 걸을 때도 힘들었습니다. 6개월 만에 정상으로 돌아왔습니다(체중 13kg이 감소

됨).

왼쪽 엄지손가락이 부자유스러웠으나 2회 금식 후 10일 째 나도 모르게 엄지손가락이 자유로이 움직임을 확인하였습니다. 이러한 사실은 하나님의 법도에 맞게 생활을 하고 하나님의 은혜 안에 있을 때였다고 생각이 들었습니다.

금식 3일간보다 복식기간 15일이 더 어려웠다고 생각합니다. 만약 그 때 먹고 싶은 것만큼 먹으면 실패로 끝나기 때문입니다. 복식 첫날 미음 한 숟가락(티스푼)을 30번 이상 씹어야 했고, 간장 한 방울을 입술에 발라 혀로 빨아 먹을 때 그 때의 장맛을 여태까지와는 다른 말로 형언할 수 없는 맛이었습니다. 그 순간 음식에 대한 감사의 마음이 달라졌습니다. 시장이 반찬이라……

곡식 한 알이 얼마나 소중한지, 육신이 깨어지니 영이 살게 됨을……. 내가 하고자 하는 일에는 즐거움과 기쁨이 따른다. 일이나 공부나 취미생활이나 좋아서 하는 일에는 쾌감이 따르게 됩니다. 하고자 하는 일 자체가 쾌감입니다. 기쁨이고 즐거움입니다. 마음이 이렇게 되니 고통은 자연히 없어졌습니다(매사에 의욕과 창조적 의지로 산다는 것이 기쁨이요 행복임을 깨달았음).

인간의 최고의 목적과 보람은 자아(自我)의 실현(實現)에 있습니다. 자아의 실현은 이타주의, 헌신, 사랑, 봉사 등입니다.

이런 때에는 엔도르핀이 무한정으로 쏟아져 나온다는 말씀을 듣고 많은 생각을 했으며, 나 자신을 또 한 번 돌아보게 되었습니다. 하나님이 주신 이 엔도르핀은 마약의 5, 6배라고 하니 하나님의 엄청난 신비에 또 한 번 감탄하며, 하나님 앞에 감사합니다.

이 수련회를 통하여 하나님의 법칙 안에서 항상 기뻐하며, 감사하며, 헌신, 봉사하면서 살아가야 된다는 것을 알았습니다. 이번 축복금식기 도회가 첫째 하나님을 만나며, 둘째 나의 삶이 바뀔 수 있는 원동력이 될 수 있다는 생각을 하며 하나님 앞에 무한한 감사를 드립니다.

17) 존경하옵는 정원상 교수님 귀중

무더운 여름과 지루한 장마철에 건강하게 잘 지내셨는지요? 제가 금 식을 위하여 수련관에 입교한지 만 1개월이 되는 날입니다. 입교 당시 몸무게가 86kg이었으나 오늘 81kg으로 5kg 감량에 성공하였고, 또한 정신적인 변화를 가져옴으로써 주변에 많은 분들에게도 금식의 중요성 을 전할 수 있는 계기가 되었으며, 복식 규정식의 중요성을 인식하고 1개월간 꾸준히 실천한 결과 앞으로도 지속할 수 있으리라는 자신이 생겨 늦게나마 감사의 서신을 올리게 되었습니다.

60여년을 살아오는 동안 자신의 정신과 신체의 중요성에 대하여 너 무나 소홀하고 무관심 상태에서 생활하던 중에 정 교수님으로부터 83 년 동안의 경험과 철학이 담긴 해박한 지식을 열정적인 강의를 통하여 대증요법과 대체의학, 그리고 자연요법과 건강운동, 그리고 복식호흡 으로 어떤 질환이든지 결과를 보기 전에 원인을 찾아 예방하는 것이 중 요하다는 것을 강조하셨지요. 이를 실천하여 건강을 지키기 위해서는 첫째 바른 생활습관과 소식, 둘째 운동, 셋째 사랑과 긍정적인 사고를 통하여 자신이 지킬 의지를 가져야하고 주변의 협조와 극대화 한다는 사실을 알게 되었음을 감사드리며 앞으로는 계획적이고 엔돌핀이 도는 생활이 되도록 노력할 것을 다짐해 봅니다.

특히 하정산악회 고문님으로부터 금식참여에 대한 권유를 받고 반신반의했던 생각과 주변의 부정적인 이야기들을 물리치고 금식기도에 참여한 것이 이렇게 큰 변화로 이어질 것이란 생각을 하지 못하였던지라 웃음과 사랑, 두려움과 용서, 겸손이 저에게는 얼마나 중요한 사건이었는지 이루 글로써 표현하기 어렵습니다. 모쪼록 오래도록 건강하셔서 많은 분들에게 금식에 대한 올바른 인식을 심어주시어 국민의 건강지킴이로써 큰 역할을 기대하며 건강과 열정이 항상 함께하시기를 기도드립니다. 이번 축복 금식기도회를 베풀어주신 김해 활천 제일교회 김세중 담임 목사님의 후의에 감사드립니다.

2007. 9. 12. 서울에서

(주)동양전기 안전관리 부사장 정찬규

19) 성경이 가르쳐준 금식기도

① 예수님께서 광야에서 40일 금식기도(성령의 권능 받음)(눅 4:14).

② 요나의 3일 동안의 금식기도를 통하여 기적과 표적을 깨달음(마 12:39).

③ 하나님의 뜻과 진노를 돌이킴, 니느웨성 사람들의 금식(욜 2:12, 14).

④ 말씀의 은사를 받음. 모세와 다니엘(21일)의 금식(출 31:18).

⑤ 회개의 역사가 일어남(시 39:10, 11).

⑥ 세계선교의 사명을 받음, 안디옥 교회의 금식기도(행 13:1-3).

⑦ 민족을 구원함, 느헤미야의 금식기도(대하 20:3-23, 스 8:21-23).

⑧ 가정 안정 다윗이 금식기도(대상 3:1, 왕상 1:4, 삼하 12:25).

⑨ 뜨거운 신앙으로 변함(욜 2:18).

⑩ 스트레스가 없어짐(삼상 1:16).

⑪ 탐욕을 이길 수 있음(신 8:2-3).

⑫ 환경의 적응력이 강해짐(출 15:22).

⑬ 시간을 낭비하지 않음(시 78:29-33).

⑭ 온유해 짐, 모세의 금식(민 12:3).

⑮ 받은 은혜 계속 유지(고후 6:1-5, 11:27).

⑯ 금식과 믿음의 연관성(마 21:22, 롬 10:7, 약 1:6).

⑰ 말씀의 권세를 얻음(눅 4:32).

⑱ 물질의 복이 따름(욜 2:25, 26).

⑲ 원수를 굴복시킴(시 35:11-13).

⑳ 대인관계에서 사랑을 받음(에 5:2).

㉑ 새로운 환경으로 옮겨주심(마 9:14-17).

이와 같이 금식 후의 영적 유익이 많다.

20) 나의 간증(김해 활천제일교회 사모)

나는 우연히 태어난 존재인가? 살아있는 이유가 무엇인지 금식기도회를 통하여 느낀 것이 많았습니다. 나의 생명은 어떤 생명인가? 사명입니다. 우리는 사명을 위해 지음 받았습니다. 나는 막중한 심부름을 받고 태어난 목숨입니다. 인간은 사명적 존재입니다. 인간은 사명을 위해 살고, 사명을 위해서 죽을 수 있는 존재라고 합니다. 나의 사명은 무엇인가. 사모라는 사명감입니다.

사명처럼 나를 부지런하게 만들고 용감하게도 만들고 지혜로우며 경건하게 만드는 것이 없습니다. 인간생애의 최고의 날이 언제냐. 자기의 인생을 바칠 큰 목표의 사명을 발견하는 날입니다. 나는 목사의 "사모"라는 사명감, 그날은 위대한 날이요, 기쁨의 날이요, 거듭나는 날이기도 하였습니다.

- 사도 바울은 그리스도의 진리의 말씀을 이방세계에 선교하라는 심부름을 받았습니다.

- 에디슨은 발명을 통해서 인류에 봉사하라는 중대한 심부름을 받았습니다.

인간이 자기의 사명을 자각할 때 그의 몸에는 힘이 솟고 그의 정신에는 영감이 분출하였습니다.

나의 사모라는 사명은 이 땅에서 예수님의 사명을 이어가는 것, 다른 사람들이 하나님과 영원한 관계를 맺도록 도와주는 것보다 더 중요한 일은 없습니다. 상상 이외로 어려운 문제가 생길 때 내 원대로 마시고 아버지의 원대로 되기를 원하나이다. 당신이 기뻐하시는 일을 하도록 도와주세요. 사모의 사명을 다하도록 도와주세요.

김해에서 개척목회를 시작한지 30여년이 흘렀습니다. 개척교회의 그 고충을 하나님의 은혜로 극복하였습니다. 성도 한 사람이 교회로 찾아왔을 때 그 기쁨은 무엇과 비하리요. 그 때부터 밤이나 낮이나 성도들의 생활환경과 건강 상담으로 정성을 다 하였습니다. 상상할 수 없는 성도들과의 문제가 일어났을 때는 정신적 고통으로 가혹 잠을 이루지 못할 때가 많았으며, 벌써 30여년이란 세월이 흘렀습니다.

어려운 환경에서도 성도들의 가정에 축복기도가 나만의 일이겠습니까. 목사님의 하시는 일은 그 열정은 누구도 따라갈 수 없는 내 생명 다할 때까지 계속이었습니다. 일이 없으면 죽는 줄로 아는 목사님입니다. 여러분도 잘 아시지요.

앞만 바라보고 달려가는 목사님이기에 오늘날 세계에서 주목하는 노인대학으로(5,000명) 성취시켰습니다. 얼마나 우리의 자랑이요, 기쁨이 아니겠습니까?

계속 노인대학 복지사업 종합정책 수립을 추진 중입니다. 전국적으로 노인복지정책이 얼마나 크고 보람된 일이 아니겠습니까? 때가 되어 축복 금식기도회에 정원상 교수님을 하나님께서 우리에게 보내주셨습니다. 하나님 감사합니다.

우리 교회를 통해서 지역사회와 국가와 민족, 나아가 세계 인류의 건강증진과 복리를 위하도록 쉬지 않고 기도하는 응답인줄로 믿습니다. 우리는 누구를 만나느냐에 따라 인생의 운명이 결정된다고 합니다.

대망의 축복 금식기도회에 참석하였습니다(2007. 1. 1과 8. 13). 제 1-2차 금식기도수련 때마다 금식 2일째 나는 보기 좋게 쓰러지고 말았습니다. 교수님의 좋은 강의와 운동법도 듣지 못하고 혼자 누워있었습니다. 비로소 건강 능력이 얼마나 열악한가를 비교하게 되었습니다. 그 때 교수님의 상담으로 다음과 같은 좋은 말씀이 있으셨습니다. 평소에 기도로 알고는 있었지만 더욱 확신을 가지게 되었습니다.

1. 병은 없다. 있다면 자기가 만든 것이요.

2. 낫지 않는 병은 없다. 낫지 않는 사람은 있어도.

3. 병을 치료하지 말고 사람을 치료해야 합니다.

4. 자기가 만든 병은 자기 스스로 낫게 할 수 있습니다.

5. 좋은 약과 좋은 의사는 내 몸 안에 있습니다.

6. 내 몸 안에 있는 제약회사가 즉각 약을 만들어주고 의사는 가장 적절하고 적당한 진찰을 해 줍니다.

7. 어떤 질병이든지 왜 왔는지 그 원인을 잘 살펴 잘못된 생활습관을 반성하고 시정하면 곧 정상적으로 회복됩니다.

8. 우리의 몸은 하나님께서 창조하실 때 건강하고 기쁘고 즐겁게 살도록 설계되었다는 것입니다.

9. 지금까지 사모로서 사명감으로 앞만 바라보고 달려왔습니다. 그 동안 누적된 독소가 터진 것입니다. 뇌의 정신적 조정의 능력이 되지 않았습니다.

10. 좋은 일도 지나치면 독이 됩니다.

11. 아무리 은혜가 충만하여도 하나님의 자연법도가 어긋나면 불치병이 됩니다. 과로를 피하고록 하시오.

12. 은혜와 책임이 우리의 신앙생활에 균형을 이루어 영육간의 건강을 유지해야 합니다.

위대한 믿음의 사람 주남선 목사님은 임종 시에 "나는 지금까지 휴식하는 것이 주의 일 인줄 알지 못 했다"라고 말씀했습니다.

이번 축복 금식기도회를 통해 내 생활의 잘못된 습관을 시정하여 성령과 기쁨이 흘러넘치게 됨을 하나님께 감사와 영광 돌립니다.

2007년 10월 21일

김해 활천제일교회 사모 심영순

21) 금식 수련을 원하는 분에게

매년 년 중 행사로서(2회-3회) 금식 수련을 실시하는 교회를 소개한다면

1. 호산나 금식기도회
   부산시 강서구 명지동. T. 051-209-0191

2. 활천제일교회 축복 기도회
   경남 김해시 삼방동. T. 055-337-4321-3

3. 경희대학 의과 대학, 한방병원(재활원). T. 02-958-9216-7

제 4 장
건강한 식생활

제 4 장   건강한 식생활

1. 식생활 / 식이요법

물질의 풍요로 인하여 우리의 식단은 화려하고 윤택해 졌으나 원인을 알 수 없는 질병의 종류는 늘어만 가고 더욱 악화되어 가고 있다. 허약해서 염려하는 사람보다 음식물의 과다 섭취, 불균형한 식사나 편식으로 인하여 생기는 질병이 더욱 많다. 그러므로 자신의 인체를 알고 잘 관리할 때 더욱 건강한 삶을 살 수 있게 되는 것이다.

무슨 음식을 어떻게 섭취하느냐 하는 것은 식이요법의 중요한 원리이다. 다니엘 1장에서도 다니엘과 그의 친구들이 신앙적인 이유로 왕의 음식을 거절한다. 그럼에도 왕의 진미와 포도주를 먹은 다른 소년들보다 얼굴이 좋아졌다. 이들은 건강뿐 아니라 아름다움에서도 탁월했다. 이것은 창세기에 나와 있는 인체의 창조 원리를 이해할 수 있는 좋은 예화이다. 흙으로 빚어진 인체는 씨 맺는 채소와 씨 가진 열매를 섭취함으로써 인체에 필요한 영양분을 섭취한다.

요즈음 어린이들은 자연식보다는 인스턴트식품을 주로 먹으며, 미각을 자극하는 음식만을 골라 먹는 성향이 있다. 어떤 아이는 야채류는 전혀 먹지 않기도 한다. 따라서 어릴 때부터 바른 식습관을 훈련시켜 주어야 한다. 편식을 방지하거나 자기 건강상태에 맞는 음식 섭취를 위해 연구해야 한다.

밥상이 보약이다. 나를 만드는 것이 음식인데 어찌 아무 음식이나 먹을 수 있겠는가? 내 몸은 결코 거짓말을 하는 법이 없어 내가 먹은 대로 반응한다. 내가 무엇을 먹느냐가 바로 나를 결정한다. 세계의 3대 장수 지역은 소련의 코카서스, 파키스탄의 훈자, 그리고 에콰도르의 비로카밤바 지역이다. 이들 지역의 주민들 중에는 150세까지 생존한 장수자들일 다수 있다. 이들 세계 장수 지역의 공통점이라면 식생활에서 특별한 점은 발견할 수 없었고, 오직 자기들의 식품으로 만든 자기들의 고유 음식을 즐겨 섭취한다는 것뿐이었다. 현미 가루에다 염소젖으로 발효시켜 만든 빵을 주식으로 하고 있거나, 훈자 지역에서는 구파니라고 하는 살구씨 기름과 밀기울로 구운 '차파티', 양파와 순무 등의 생야채와 염소젖과 양고기로 만든 칭기즈칸 요리, 요구르트, 토마토, 포도 등의 과일을 섭취하고 있었다.

2. 곡식과 흙의 중요성/현대병을 예방하는 곡식

구약시대 때 먹을 수 있는 곡식에는 오늘날 우리가 소위 잡곡이라고 하는 보리, 콩, 팥, 녹두 등이 있는데, 이런 곡식들을 혼식하여 건강하게 살아온 것 같다.

"침상과 대야와 질그릇과 밀과 보리와 밀가루와 볶은 녹두와 꿀과 버터와 양과 치즈를 가한 백성으로 먹게 하였으니"(삼하 17:28).

땅에서 나는 곡식과 밭에서 나는 채소와 갖가지 씨앗과 열매는 우리의 생명을 유지할 수 있게 하는 유일한 식물이다. 현대에 와서는 곡식을 줄이고 육식 위주의 영양식으로 전환되는 경향이 있다.

그러나 하나님이 주신 곡식이 귀한 것임을 알아야 한다. 곡식은 포도당으로 분해되어 흡수 된다. 흡수된 포도당은 산소로 인해 연소되어 탄산가스와 물로 변하는 과정에서 에너지를 얻는데 이것으로 우리는 살아갈 수 있는 것이다.

포도당이 분해되어 에너지가 생기는 과정은 아주 복잡 미묘한데, 이를 알아내어 노벨상을 받은 사람이 바로 크렙스 교수였다.

포도당이 분해되면 피루부산이라는 독성물질이 생기는데, 이 피루부산은 비타민 B의 작용으로 시트로산을 위시하여 많은 유기산으로 변한다. 이 유기산은 여러 단계를 거쳐 시트로산으로 되돌아온 다음 회로운동을 한다.

이 회로운동이 원활히 진행되면 유독한 피루부산이 계속 없어져 결국 우리가 먹는 밥이나 곡식류는 완전 소화되어 에너지가 생겨 일을 하고 살아갈 수 있다.

이 회로가 잘 돌아가지 않을 때는 유독한 피루부산을 비롯하여 젖산과 같은 유해물질이 쌓여 몸이 산성화 되고 성인병을 유발시키게 된다.

크렙스 교수는 이 회로가 잘 진행되기 위해서는 비타민 B군과 칼슘, 산소 등이 필요하다는 것을 알아낸 것이다. 비타민 B군이 없을 때는 이 회로가 잘 돌지 않고 포도당의 분해가 불완전하게 되어 결국 젖산과 같은 피로물질이 생기게 된다. 비타민 B군은 하나님이 주신 귀한 곡식의 눈과 껍질에 충분히 포함되어 있다.

3. 건강의 기본이 되는 흙의 은혜

인간은 흙을 밟으며 푸른 초목 속에서 맑은 창공을 바라보며 살아야 건강하다고 한다. 인간은 원래 그런 환경 속에서 태어났기 때문이다. 현대인은 자연으로서의 본성을 잃고 흙을 망각해 가고 있다.

우리가 흔히 비옥한 토지라고 하는 것은 토양 미생물이 많아 끊임없이 이화학적 변화를 일으키는 흙이 많이 있는 땅을 말하는 것으로, 이를 살아있는 흙이라 할 수 있다.

보통 1g의 흙에 수억의 미생물이 함유되어 있다고 하니 한줌의 흙에는 적어도 전 세계 인구수에 해당되는 미생물이 생활하고 있다는 계산이 된다.

우리 조상은 신체에 이상이 생기면 흙을 먹었다. 흙에는 미네랄뿐만 아니라 미지의 놀라운 약효가 많다. 흙 속의 곰팡이로 페니실린을 만들어 낸다.

또 흙은 일산화탄소와 유해가스를 흡수하는 작용이 있으므로 그 흙에서 자란 식물을 뜯어 먹는 것은 순수한 자연식을 하는 것과 같다. 이러한 생활이 오늘날 건강생활이라고 확신한다.

흙과 건강 관계는 영양학의 중요한 부분이며, 흙 중에 있는 식물의 양분으로 된 원소와 밀접한 관계가 있다.

장수는 건강에, 건강은 음식물에 있고, 음식물은 흙에 있다. 흙을 소중하게 생각하여야 하며, 화학비료를 뿌려 땅을 죽이는 것은 결국 우리의 생명을 손상시키는 결과가 된다.

"너는 흙이니 흙으로 돌아갈 것이라 하시니라"(창 3:19).

4. 사라져 가는 흙의 은혜(건강의 기본)

현대 도시인은 콘크리트 건물에서 잠을 자고 콘크리트로 포장된 길을 지나 빌딩의 숲 속에서 그것도 공해로 뒤덮인 한 조각의 하늘마저 바라볼 틈이 없는 콘크리트 문면 속에 살고 있다. 이처럼 자연으로서의 본성을 잃고 있는 우리들에게 있어 흙과 친하게, 흙과 더불어 생활하는 자세를 지킴으로써 건강 회복에 힘쓴다는 것은 중요한 일이 아닐 수 없다.

흙은 살아 있다. 모든 생명은 흙에서 나고 흙에서 자라 흙으로 돌아간다. 모든 잡초와 물고기와 육지의 짐승과 벌레까지도 종말에 가서는 흙에 묻혀 흙을 기름지게 해 줄 따름이다. 우리가 토지에 거름을 주는 것은 채소와 과일 등 작물의 성장에 필요한 영양분을 직접 보급하는 데도 뜻이 있지만, 보다 큰 목적은 토양 미생물을 많이 번식시키기 위해서이다.

돼지나 닭 등 동물도 흙을 먹는 일이 많다. 흙에는 미네랄뿐만 아니라 미지의 놀랄 만한 약효가 많다. 앞에서도 지적했듯이 흙 속의 곰팡이로 페니실린을 만든다. 또 흙은 일산화탄소와 유해가스를 흡수하는 작용을 하기도 한다. 우리는 항상 흙을 보면서 흙과 더불어 살아야 한다. 흙이 없는 도심지에 사는 것보다 교외의 토지에서 아침저녁으로 기름진 식물을 뜯어 먹는 생활이 순수한 하나님이 주신 자연식을 하는 것이다. 이것이야 말로 오늘날의 건강생활이라고 확신한다.

5. 소식은 장수의 비결

적게 먹을수록 오래 산다. 심신이 불편하면 음식을 걸러라. 이것은 자연치유력의 명령이다.

(1) 질병 상태에서 먹고 싶은 만큼 먹으면 그 질병을 키우게 된다.
   — 히포크라테스

(2) 오래 살고 싶으면 조금만 덜 먹어라.

(3) 우리는 시간과 습관에 의하여 먹는다.

(4) 음식물과 영양은 다르다.

(5) 미국 의학연구팀의 충고: 병에 걸리지 않으며, 또 오래 살기 위해서는 음식의 양을 영양실조가 되지 않을 정도로 줄여야 한다.

(6) 건강해지면 차츰 식사의 양이 줄어든다.

(7) 생명을 소중히 여기는 자는 소식을 하라.

(8) 소식을 하면 변통이 좋아진다.

(9) 소식을 하면 피부가 고와진다.

(10) 소식에 질병은 없다.

(11) 소식은 동맥경화에 유효하다.

(12) 소식으로 각종 난치병이 낫는다.

(13) 소식을 하면 피로가 오지 않는다.

(14) 소식을 하면 수면시간이 단축된다.

(15) 요즘은 건강법 붐으로 실로 가지각색의 건강법이 TV나 잡지 등에 선전되고 있다. 그것이 아무리 훌륭한 건강법이라도 이 소식(小食)을 지키지 못하고 과식, 포식을 일삼고 있으면 조만간 반드시 병으로 쓰러지게 된다. 나는 지금까지 그와 같은 사람들을 너무나 많이 보아 왔다.

6. 우리의 수명은 얼마나 될까?

성경을 통해서 인간의 수명을 살펴보면, 노아 홍수 이전에는 오직 채소와 과실 등 식물성 식사뿐이었다.

"하나님이 가라사대 내가 온 지면의 씨 맺는 모든 채소와 씨 가진 열매 맺는 모든 나무를 너희에게 주노니 너희 식물이 되리라"(창 1:29).

■ 노아 홍수전의 인류 수명 비교

노아 홍수 이전 사람들 (창세기 5장)		노아 홍수 이후 사람들 (창세기 11장)	
아담	930세	셈	600세
셋	912세	아르박삿	438세
에노스	905세	셀라	433세
게난	910세	에베르	464세
마할랄렐	895세	벨렉	239세
야렛	962세	르우	239세
		스룩	230세
에녹	(승천)	나홀	148세

		데라	205세
무두셀라	969세	아브라함	175세(창 25:7)
라멕	777세	이삭	180세(창 35:28)
노아	950세	야곱	147세(창 47:28)
		요셉	110세(창 50:26)

7. 세균도 살 권리가 있다

우리의 문명사회에서는 갖가지 병, 즉 14세기의 문둥병, 15세기의 페스트, 16세기의 매독, 17세기로부터 18세기에 걸쳐서의 두창, 19세기의 성홍열과 결핵이 맹위를 떨치고 20세기의 암, 혈관병, 정신질환 등이 온 세계를 괴롭히고 있다.

파키스탄의 장수촌 훈자 지역은 이러한 문명병의 폭풍우를 외면한 채 그러한 세기들을 무사히 지내 왔다. 이와 같이 그들은 병이라는 것을 모르고 주어진 천수를 다하며 '히말라야'의 흙과 더불어 살아가고 있다. 문명 생활은 반자연적인 생활에 젖고 있다. 병의 유래는 모두가 음식물에 의하여 지배되어 온 결과이다. 따라서 우리는 체질을 바로 잡아 세균의 온상이 되지 말아야 한다.

(1) 우리는 세균과 같이 산다(보균 상태).

(2) 바이러스는 자기의 양분을 발견할 수 있는 곳을 찾아다닌다.

(3) 우리의 인체는 세균을 양육하지 말아야 한다.

(4) 세균도 어떤 이는 걸리고, 또 죽기도 하지만 반대도 있다.

(5) 우리 몸의 생명력이 약화 되었을 때 부조화의 상태가 일어난다.

(6) 체내의 알칼리성을 유지하고 산성을 축적하지 말아야 한다.

(7) 세균 침입에 좋은 신체적 조건이 형성될 때 폐렴이 생긴다. 세균 번식의 적당한 토양이 병의 원인이 된다.

(8) 1980년 동경 동물원의 물개가 폐렴으로 30마리가 죽었는데, 담배를 피워서 죽은 것은 아니다(체질 관계다).

* 조경순 박사가 본 바이러스의 세계

바이러스 전문가들은 "현대는 세균의 시대에서 바이러스의 시대로 넘어가고 있다"고 한다.

바이러스성 질환은 해가 갈수록 늘고 있지만 치료제가 있는 세균성 질환에 비해 폭발적인 전염성을 갖는 바이러스성 질환은 아직까지 치료제가 개발되지 않아 질환이 나을 때까지 합병증을 막는 정도의 치료만이 가능한 상태다. 감기는 바이러스성 질환의 가장 흔한 예이다. 개도 안 걸린다는 여름 감기가 종종 유행하는 것도 콕사키 바이러스와 에코 바이러스 때문이다.

8. 육식자 배설장애 가능성

"너희의 사는 모든 곳에서 무슨 피든지 새나 짐승의 피를 먹지 말라(레 7:6).

20세기 초반까지 생리학자들은 인간이 섭취하는 음식들은 충분한 단백질과 열량을 공급하는 한 어떤 종류라도 무관하다고 생각했었다.

이것이 잘못되었다는 것이다.

오늘날의 서구화된 식생활은 자연의 생기를 끊는 결과를 초래했으므로 본래 사람이 먹던 식생활의 기능을 되찾아야 한다. 병을 일으키는 식생활에서 병을 다스리는 자연식 식생활로 건강한 삶을 누릴 수 있어야 한다.

● 오늘날 과학자가 알아낸 사실은 고기 같은 동물성 단백질과 기름을 많이 섭취하면 체내에서 이들 식물을 분해할 때 아주 무서운 황산, 인산, 요산, 젖산 등과 같은 유독한 산이 형성되어 피를 산성화시킨다는 것이다. 이것을 '혈액의 산독화'라고 한다. 이와 같이 육식자가 그 노폐물에 의해 혈액이 산독화 되면, 다음은 배설장애를 일으키게 된다.

배설 기능의 가장 중요한 것은 신장인데, 신장이 먼저 장애를 받게 되면 육체적으로 정신적으로도 피로를 느끼게 되며, 병에도 걸리기 쉬워 소위 '반(半) 건강체'가 된다. 또 단백질 이상 분해로 푸토마인과 같은 독을 생산한다. 이 푸토마인과 갖가지 산류는 간장을 혹사시켜 갖가지 질병의 원인이 된다.

● 최근의 연구에 의하면 사상이나 성격도 그 사람의 체세포의 질, 즉 체질의 산물임을 밝혀냈다. 식물은 이 체질에 영향을 주는 강력한 조건이므로 섭취하는 식물 여하로 사상이나 성격도 변할 수밖에 없다.

● 인도의 국립의학연구소에서 로버트 막카리슨씨가 중심이 되어 흥미 있는 실험을 한 바 있다. 새끼 쥐 1천 마리씩을 3군으로 분리하여 A군에는 훈자식을, B군에는 인도식을, C군에는 영국식을 먹여 길

렀다. 훈자식은 곡식, 야채, 과일이고, 인도식은 육류와 채소류 반반에 향신료를 첨가한 것이며, 영국식은 설탕을 탄 홍차와 육류 중심이다. 이렇게 해서 27개월 동안 쥐를 길렀다. 쥐의 27개월은 사람의 60년에 해당한다고 한다. 27개월은 말하자면 쥐의 회갑인 셈이다.

실험 결과 훈자식으로 자란 A군의 쥐는 1천 마리가 모두 건강했다. 인도식을 한 B군은 60~70%가 만성 위장염, 간장병 등의 중병에 걸려 있었고, 탈모증에다 이빨까지 나빴다. 영국식의 C군은 전체가 빠짐없이 각종 질병에 시달렸고, 심지어 정신이상 상태가 나타났으며, 죽기도 하고 서로 싸우고 잡아먹는 약육강식의 혈투가 벌어지기도 했다. 물론 쥐와 사람은 다르다. 그러나 실험은 훈자가 제 3 장수촌의 하나이며 훈자식을 하는 훈자 주민들은 무병장수하며 건강 생활을 즐기는 반면, 육류 중심 생활의 구미선진국이 하나 같이 성인병에 신음하는 질병 선진국이 되어 버렸다는 엄연한 현실과 같다는 점에서 매우 충격적인 교훈이 아닐 수 없다.

• 동양에서는 예부터 "먹는 것이 생명을 결정한다"고 했다. 또 먹는 음식물이 체질을 결정한다. 육류, 흰 밀가루, 흰 쌀, 흰 설탕, 흰색 조미료, 인스턴트 가공식품 등 산성식품을 계속 먹으면 체질이 산성화되어 질병에 걸리기 쉽다.

• 오늘날 전 세계가 광우병, 구제역 등으로 공포에 떨고 있다. 이러한 재앙도 동물들의 나쁜 식생활 습관을 그 원인으로 보고 있다. 소는 풀을 먹고 살아야 한다. 소를 빨리 키워서 무게를 더 늘리려는 욕심이 이러한 질병을 초래한 것이다.

9. 과식과 비만으로 인한 병

비만은 풍요로운 사회에서 가장 흔하게 볼 수 있는 대사이상(代謝異常)이다. 비만은 과다한 열량의 축적으로 피하지방조직의 비대뿐만 아니라 신체의 전체 장기에도 불필요한 지방의 침착이 초래되는 병적인 체중 증가를 의미한다. 따라서 자기의 표준 몸무게를 10%이상 초과했을 때에는 단순한 체중 초과가 아니라 비만이라 일컬어진다.

비만해지기 시작했다는 것은 건강이 무너지기 시작했다는 증거이다. 이전에는 '감기는 만병의 근원'이라 했지만 요즘엔 '비만이 만병의 근원'이라고 해야 할 상황에 달했다. 사람들의 생활환경이 달라지면 신체조건도 달라지고 질병에 대한 양상도 달라지게 마련이다. 한때 몸이 비대한 것을 부(富)의 상징으로 여기기도 했지만 이제는 적절히 마른 체격을 가진 사람이 보다 건강하고 오래 살게 된다는 것을 알게 되었다.

비만의 원인에는 여러 가지가 있으나 그 중에서 첫 번째로 꼽을 수 있는 것이 과다섭취, 즉 과식이다. 지나치게 많이 먹으면 에너지화하지 못해 몸에 남아도는 칼로리가 저장되면서 살이 찌게 된다.

최근 들어 선진국이나 우리나라에서 주목을 받고 있는 질병을 꼽으라면 성인병을 들 수 있다. 그 중 비만증은 그 자체가 성인병일 뿐만 아니라 다른 성인병을 유발하는 주요 원인 중의 하나라고 할 수 있다.

비만증이 생명에 위협을 주는 질병이라고 볼 수는 없지만, 여러 질병을 유발시키는 조건으로 평가되며, 특히 고혈압, 당뇨병, 순환기계

(혈관 및 심장 계통의 질병) 질병 등의 성인병을 유발하는 원인으로 분석되고 있는 것이 사실이다. 우리나라 사람들에게 질병발생 위험이 높은 요소로 비만은 으뜸이다.

비만은 단지 그 사람의 매력을 깎는 것뿐만 아니라 그것만으로도 이미 비(非)건강이며, 많은 질병의 원인이 된다. 과식과 무절제한 식생활로 인해 살쪄 있다는 것은 아래와 같은 병들과 분명히 연결되어 있다.

1) 심장 질환 및 고혈압증

비만은 심장에 부담을 주며, 심장의 비대에 관계되고 있다. 그러나 몸무게를 줄이면 이것을 없앨 수 있다. 비만은 또 울혈성 심부전이나 관동맥 질환에도 연결된다. 그 중에는 협심증이나 심장마비에 의한 돌연사도 포함된다. 115,899명의 여자를 상대로 실시한 최근의 연구는 약간 체중이 초과한 여자들도 마른 여자들보다 80%나 더 많은 심장마비를 경험하고 있다는 것을 보여 준다. 더욱이 30%이상 중량 초과인 사람(35-64세 여성)들의 1/4은 정상적인 체중을 가진 자들보다 3배 이상 심장마비에 잘 걸린다.

또한 비만은 고혈압을 유발하고 고혈압의 지속은 동맥경화로 이어지고 동맥경화는 다시 뇌졸중, 심근경색으로 발전된다. 미국 학자들의 조사에 의하면, 비만인으로 고혈압과 심장병이 있는 사람은 살이 찌지 않은 사람에 비해 12-13배나 이른다. 이것은 22,401명의 미국 육군 장교를 대상으로 조사한 결과이다. 특히 여성인 경우 살이 찐 사람에게는 동맥경화를 비롯한 심장 질환의 발병률이 훨씬 높은 것으로 보고 되고 있다. 그러므로 비만한 사람은 우선 체중을 정상으로 회복시키도록 노력하는 것이 중요하다.

2) 당뇨병

어른이 된 뒤에 당뇨병에 걸린 환자의 약 80%는 비만이다. 특히 최근의 당뇨병 증가 추세는 비만과 관련되어 설명되고 있으며, 임신 중인 경우 임신중독증(toxemia)이 생길 가능성이 높다. 비만은 정도가 심할수록 당뇨병에 걸릴 확률이 높고, 비만도가 40%를 넘는 사람은 정상체중인 사람에 비하여 당뇨병에 걸릴 확률이 7배 이상 높다고 한다. 또한 비만도와 사망률의 관계에서도 표준체중의 사람과 비교하여 비만도가 높을수록 사망률이 높다. 비만인들의 숫자는 세계적으로 11억 명을 초과 기아인구를 앞질렀다. 미국에서만 비만으로 인한 사망자 수가 연 30만 명을 돌파하여 흡연 사망자 숫자와 같은 수준으로 높아졌다.

● 프랑스의 경우 성인 5명 중 1명이 체중과다로 파악된다. 15세 이상 비만 인구는 1,700만 명이다.

● 일본의 경우 지난 1998년 일본 후생노동성은 15세 이상의 비만인구를 2,300만 명으로 보고하고 있다.

● 중국은 개발 도상국가이지만 아동비만이 사회문제가 되었다. 이것은 중국의 '1가정 1자녀' 정책으로 인해 과보호나 과영양 상태가 지속되면서 생긴 현상이다.

● 한국 역시 비만이 급속히 늘어난 지난 98년 10세 이상 우리 인구의 23%가 비만인 것으로 나타났다. 이는 말레이시아에 이어 두 번째

로 높은 수치이다.

● 미국의 경우 비만을 줄이려는 다이어트 시장은 자동차 시장의 26배로 추정되고, 자동차 시장 규모를 연 3000억 달러로 잡을 경우 무려 7조8000억 달러에 달한다는 계산이 나온다. 이와 더불어 비만 클리닉, 헬스클럽, 금식원이 우후죽순처럼 늘어나고 있다.

10. 언제부터 하루 세 끼 식사인가?

우리 한국인이 세 끼 밥을 먹게 된 것은 극히 근세의 일로, 그 전까지만 해도 아침저녁 두 끼 밥이 관례였다. 우리나라 문헌에 점심이 처음 나온 것은 태종 16년의 실록으로 기록되고 있으며, 19세기 중엽 순조 때 실학자인 이규경은 해가 짧아지는 음력 9월부터 이듬해 정월까지 다섯 달 동안은 조석 두 끼만 먹고 해가 길어지기 시작하는 2월부터 8월까지 일곱 달 동안만 점심을 먹는 것이 우리나라 식속이라 했다. 곧 음력 2월의 춘분날부터 점심을 먹기 시작하고 9월의 추분 날부터 점심을 폐하고 두 끼만 먹는다 했다.

중세 스페인의 돈키호테도 점심, 저녁 이식만 하고 있으며, 유럽에서 세 끼의 밥을 먹기 시작한 것은 산업혁명이 일어나기 시작한 18세기 중엽 이후인 것이다.

세계적으로 세 끼 밥은 거의 1~2백 년 전의 일인 것이다. 이처럼 동서가 거의 같은 두 끼 식사를 했지만, 여느 나라들이 중식, 석식, 두 끼였는데 비해 우리 한국에서만은 조식, 석식 두 끼라는 점이 특징이다. 그러기에 여느 다른 나라들에서는 조식이 새로 생겨 세 끼가 되는

데 우리나라만 점심이 새로 생겨 세 끼가 됐다. 중국, 영국, 미국, 프랑스, 인도네시아, 홍콩 등 대부분의 나라들이 저녁밥을 가장 잘 먹은 석식 중심이거나 이집트, 멕시코처럼 중식 중심이 대부분이다. 그런데 유별나게 우리나라만은 아침밥을 든든히 잘 먹는 조식 중심이 유지됐다는 것은 특이한 문화현상이 아닐 수 없다.

그러나 나는 아침 식사를 폐지할 것을 권한다. 하루 식사는 점심과 저녁 두 끼만 취하자는 것이다. 그 이유는 생리상으로 오전 중은 배설기관(콩팥)이 일을 하게 되고 소화기관은 쉬게 되어 있기 때문이다.

하루에 소변으로 배설되는 독소량을 실험한 바에 의하면, 아침저녁 두 끼 식사를 하게 되면 66%, 1일 한 끼 식사를 하게 되면(오후 3~4시)는 127%, 하루 세 끼를 식사하면 75%, 점심저녁 두 끼 식사 자는 100%이다. 이 결과로 보아 점심을 거르는 것은 1일 3식보다 더 해롭다는 것도 알 수 있다. 조식을 먹지 않는 것은 단기 금식과 같아서 여러 가지 질병이 낫게 된다는 것이다.

ⅠⅠ. 이대로 가면 선진국 식원병(食源病)으로 망한다

미 상원 영양문제 특별위원회(의원위원장 George S.mcgovem, 이하 위원회는 M으로 명기)는 75년부터 77년까지의 2년 동안에 걸쳐 건강과 식사와의 관계를 철저히 조사했다.

M위원회가 상원에서 얼마나 중요시된 조직인가 하는 것은 그 구성원만 봐도 알 수 있는데, 위원장 맥카반 위원은 대통령 후보로도 지명

된 미 의회의 최대 실력자이며 여기에 케네디 의원, 파시 의원 (Charles H. Percy, 상원 외교분과의원 원장) 등 거물급 의원들로 구성되었다. M위원회가 2년 동안에 행한 활동은 놀라운 것이었다.

파시 의원이 "이 2년간의 조사 심의의 양은 미 의회가 과거 150년 간에 행한 영양문제에 대한 심의의 총량보다 훨씬 많은 것이었다."라고 말했듯이 광범위한 심의 내용과 질적인 면에서도 그 열의는 세계에서 으뜸가는 미국의회라는 것을 과시하고 있다.

M위원회의 조사 범위는 19세기 말부터 오늘에 이르기까지의 구미 여러 나라의 식사 내용의 변화와 질병의 변화를 역사적으로 추적하고, 또 지리적으로는 세계의 여러 나라, 모든 민족이나 종교 단체의 식사 내용과 질병과의 관계를 아주 상세히 조사하였는데, 그야말로 세계 으뜸인 미 상원의 조사 능력이 최대한으로 발휘됐다고 할 수 있다. 아프리카의 흑인, 에스키모인이나 인디언 등에 관한 조사도 있다.

M위원회는 미국의 보건교육복지성이나 농무성의 여러 소속 연구기관, 암 연구소, 심장 폐혈관 연구소, 영양 연구소 등 연구진의 두뇌를 총동원했을 뿐만 아니라 영국 왕립의학 조사회의, 북구 3국 연합의학조사회의 등의 지혜도 최대한으로 활용하였다.

지금 구미 여러 나라에선 당뇨병 치료식의 혁명이 일어나고 있다. 이 식사에 의하면 치료하기 힘든 것으로 알려진 당뇨병도 치료할 수 있으며, 더구나 이 치료식은 환자 자신이 간단히 할 수 있는 것으로 보고 되고 있다.

12. 심장병·뇌졸증·암은 왜 선   진 많은가?

M위원회는 2년간에 걸친 심의 결과에 따라 충격적인 보고를 발표하는 등 그 외에도 많은 중대한 결론을 낸 5,000페이지가 넘는 방대한 보고서를 남겼는데, 이 보고서 자체가 하나의 문명사적인 자료로 지목되고 있다. 왜냐하면 20세기 초부터 구미 각국의 식사 내용의 변화와 질병의 변화 및 영양학이나 의학의 변천, 사회구조나 사람들의 사고방식, 또한 생활의 변화 등 일체의 역사적 현상이 기록되어 있기 때문이다.

M위원회가 조사한 가장 큰 문제는 현대의 많은 질병이 그릇된 식사로 말미암아 일어난 '식원병(食源病)'이라는 것을 밝힌 점이다. 심장병이 동물성지방의 과잉섭취가 가장 큰 원인이라는 것은 누구나 잘 알고 있는 바이나 많은 암도 지방의 지나친 섭취로 발생하며, 과다한 단백질도 암이나 동맥경화를 촉진시키는 요소가 된다는 것이다. 또한 현대 선진국은 질병에 있어서도 역시 선진국으로 만들게 하는 수십 종류의 질병 등이 새로 발견되어 이 모두가 선진국적인 식사가 낳은 '식원병'이라는 것을 M위원회는 분명히 밝혔다. 그러므로 현대는 한 마디로 말해서 '식원병 시대(食源病 時代)'인 것이다.

13. 서양 의학이 현대병에 무력한 것은 그 근본에 원인이 있었다

영양을 무시한 의학이란 생각하면 실로 기묘한 의학이다. 왜냐하면 매일 먹는 음식이 몸을 만들며, 음식 외에 몸을 만드는 것은 아무것도 없기 때문이다. 그러므로 음식이 우리 체내에 어떤 영향을 주는 것은 당연한데, 이 단순하고 당연한 일을 현대의학은 까맣게 잊었던 것 같다. 그래서 "선진국의 의사나 영양학자도 참으로 단순한 이치를 미처 깨닫지 못하고 있었다. 알고 보면 지극히 단순한 것이고 콜롬부스의 계란 격인 것이다."라는 지적을 받기도 했다.

M위원회는 의사의 재교육이 시급히 필요하다고 지적하면서 질병 치료에 있어 세균 퇴치만을 생각한 종래의 의학 사고방식은 시정되어야 한다고 강조하고 있다. 병균이 있더라도 몸의 저항력이 강하면 문제가 되지 않기에 문제는 오히려 우리 체내에 있으며, 또 모든 병이 병균만으로 일어나는 세균성 질병만이 아닌 것임에도 불구하고 다른 질병에 대해서도 20세기 의학은 병균 퇴치 의학의 사고방식으로 대처하려고 했다는 것이다. 그래서 한쪽으로 기울어진 영양 지식부족의 의사들이 많으며, 더구나 이런 의학적 사고방식이 의학의 전무라고 생각하는 풍조마저 생기게 하여 병균 퇴치에는 많은 효과를 올렸으나 현재 불어나는 식원병 시대에는 무력하게 됐다는 것이다.

영양을 중시하는 새로운 의학의 예를 보자. 지금 선진국에서는 정신병이 증가하고 있는데, 그 원인의 하나가 역시 그릇된 식사 때문이라고 한다. 즉, 정신병 증가의 이면에는 저혈당증이라는 새로운 병이 관련되어 있는데, 몸과 정신을 동시에 어긋나게 하는 이 저혈당증이 생기게 되는 것도 역시 선진국의 식사 때문이라는 것이 판명되었다. 따라서 지금의 여러 나라에는 이와 같은 식사로 인하여 정신병이 현저하게 증가하고 있는 실정이다.

14. 성인병은 약이나 수술로 낫지 않는다

· 파시 의원은 시스템의 잘못을 지적

현대 선진국의 최대 문제는 심장병, 암 등의 성인병 문제이다. 더욱이 이들 질병은 과거 큰 문제였던 결핵과 같은 세균성 질환과는 다른 성질의 질병이다. 그럼 M위원회에서는 이와 같은 성인병이 가지는 어려운 측면에 대해서 어떤 것을 문제 삼았는가를 알아보자.

세균성 질병이라면 세균만 퇴치하면 되지만 성인병은 우리 몸 자체가 변질되어 일어나는 질병이다. 암은 물론 원수 같은 것이지만 알고 보면 그것도 우리 몸 그 자체인 것이다. 동맥경화도 혈관 내벽에 지방성의 물질이 쌓여서 일어나는데, 이런 물질을 청소하듯 깨끗이 쓸어낼 수는 없다. 세균과 같이 우리들 몸과는 완전히 다른 별개의 '외물(外物)'이 아니기 때문이다.

대사병이라고도 불리는 당뇨병도 현대의 난제로 되어 있는 성인병이지만, 신체의 영양대사가 불균형해서 일어나는 것이니 이 불균형에 대해서는 세균에 대한 것과 같은 방법으로 대처할 수 없다. 이 또한 몸 그 자체가 변질된 병이기 때문이다.

심장 발작을 일으키는 사람의 심장을 근본적으로 고치는 것은 진보한 현대 의학으로도 불가능하며, 다만 수명을 늘리는 데 그칠 따름이다. 이따금 손님을 받아들이지 말고 몸의 독소나 노폐물의 처리 등으로 대청소하는 것이 최고의 건강유지법이 될 수 있다. 과식하지 말라는 것은 간이나 신장에 그러한 여력을 남기기 때문에 좋은 것이 아닌가 싶다. 그래서 이따금 금식을 정기적으로 하는 것을 권하고 싶다.

몰몬교도 중에는 지금도 충실히 교리를 지켜서 월1회 금식하는 사람이 많다고 M위원회는 말하고 있다. 일하면서 야채나 과일 주스만을 먹으면서 금식할 수 있는 에로라식 금식법이 있는데, 에로라(Paaro. O. Airola)박사가 저술한 『금식으로 건강하고 날씬해지는 책』은 미국에서 10년 전부터 롱 셀러(long sale)를 기록하고 있다. 아마 과식사회의 반영이겠지만, 주스 금식은 일하면서도 할 수 있으니 한 달에 이틀 정도 정기적으로 하면 효과는 대단하다고 한다.

15. 왜 전문의는 현대의학으로는 성인병을 고칠 수 없다고 말했는가?

M위원회에 출석한 많은 전문가는 "현대의학으로는 성인병을 고칠 수 없다. 즉, 약이나 수술 같은 현대의학의 방법으로는 어떻게 할 수 없다."고 했다.

폐암이 되면 이는 고칠 수 없으나 담배를 피우지 않으면 어느 정도 방지할 수 있다.

훈자 마을에 심장병이나 암 등이 없는 것은 이곳 사람들이 좋은 식사, 즉 심장병이나 암에 걸리지 않는 식사에 의해 모르는 사이에 이러한 질병이 자연적으로 예방되어 왔기 때문이다.

그럼 어떤 식사가 심장병이나 암을 예방하는가? 아쉽게도 이 방면에 관한 연구를 현대의학은 소홀히 해 왔다.

16. 채소(만병 예방)

• 밭의 채소는 바로 생명력이 있는 식물이다. 더욱이 모든 씨앗류는 오랫동안 곳간에 넣어두어도 썩지 않고 그 생명력을 보존하고 있어서 다음해 봄에 땅에 뿌리면 훌륭히 싹이 나고 꽃이 피고 열매를 맺는다. 반대로 쇠고기를 땅에 묻어 날마다 물을 준다 해도 생명력이 있는 것은 아무것도 생기지 않으며, 오직 썩어질 뿐이다.

• 채소는 태양에너지를 저장한다. 채소를 많이 섭취하면 간접적으로 태양에너지를 먹게 된다는 것이다. 물체는 태양에너지를 받지 못하면 죽을 수밖에 없다. 그러므로 밭의 소산인 채소와 곡식을 먹는다는 것은 그 채소 중의 태양에너지, 생명력을 먹는 것이므로 건강하게 살 수 있을 것이다.

"저가 가축을 위한 풀과 사람의 소용을 위한 채소를 자라게 하시며 땅에서 식물이 나게 하시고"(시 104:14)

"포도나무가 시들었고 무화과나무가 말랐으며 석류나무와 대추나무와 사과나무와 밭의 모든 나무가 다 시들었으니 이러므로 인간의 희락이 말랐도다"(욜 1:12)

인간의 희락은 옛날이나 지금이나 밭의 채소와 실과를 먹고 사는 데 있다.

"다니엘이 말하되 청하오니 당신의 종들을 10일 동안 시험하여 채식을 주어 먹게 하고 물(생수)을 주어 마시게 한 후에 당신 앞에서 우리의 얼굴과 주의 진미를 먹는 소년들의 얼굴을 비교하여 보아서 보이는 대로 종들에게 처분 하소서 하매 그가 그들의 말을 좇아 10일을 시험하더니 열흘 후에 그들의 얼굴이 더욱 아름답고 살이 더욱 윤택하여 왕의 진미를 먹는 모든 소년보다 나아보인지라 이러므로 감독하는 자가 그들에게 분정된 진미와 마실 포도주를 제하고 채식을 주니라"(단 1:12~16)

현 분당 차한방병원 병원장 및 동병원 대체의학 연구소장 한의학 박사 임준규는 화식과 생식의 차이점을 다음과 같이 설명한다.

17. 화식(火食)을 하면

(1) 우리 몸의 제 1주성분인 물의 생명을 죽여 버린다.

(2) 노폐물이 생겨서 장 속에서 부패하여 신장과 간 기능을 해친다.

(3) 각종 첨가물과 조미료 등으로 인해 인체의 자연치유력을 반감시킨다.

(4) 우리가 먹는 음식물을 화학 변화시키는 효소의 생명을 죽여 버린다.

(5) 우리의 피부를 강하게 하고 피를 맑게 해서 잘 순환시키고 병균에 대한 저항력을 강하게 하지만 신진대사를 왕성하게 하는 중요한 영양소(비타민, 미네랄, 효소)를 파괴한다.

(6) 신진대사를 왕성하게 하고 IQ를 높이는 데 중요한 비타민C는 생식에는 풍부하지만 불로 익힌 화식에는 파괴되어 있다.

18. 생식(生食)을 하면

(1) 생식은 가열로 인한 영양소 파괴를 막아줌으로써 인체의 대사 과정에서 필요한 효소를 파괴하지 않고 섭취할 수 있다.

(2) 소화기관의 부담을 덜어주며 자연치유력이 증강될 뿐 아니라 병원체에 대한 저항력 역시 활성화되고 면역력이 좋아진다.

(3) 생식은 에너지 효율이 일반식보다 6배나 좋아 소식으로도 왕성한 생활이 가능하며, 필요 칼로리의 3분의 1만 섭취해도 되기 때문에 과식으로 인한 비만과 모든 질병을 예방한다.

(4) 생식은 엄청난 양의 효소와 엽록소를 가지고 있어 대사 효율이 높으며, 노폐물이 발생하지 않고 혈액을 깨끗하게 해 준다.

(5) 생식은 자연이 우리에게 주는 최상의 식사법이며, 공해시대에 살고 있는 우리에게 가장 자연적으로 체형을 갖춰주는 식사법이다.

(6) 생식마을에는 육류는 물론 소금, 설탕, 조미료, 방부제 등이 전혀 들어있지 않다.

"내가 온 지면의 씨 맺는 모든 채소와 씨 가진 열매 맺는 모든 나무를 너희에게 주나니 너의 식물이 되리라"(창세기 1:29)

19. 비타민C의 보급과 효능

비타민 C는 1937년 게오르규에 의해 발견되었다. 발견 당시는 괴혈병의 특효약으로만 알았는데 차츰 연구가 진보됨에 따라 모든 병의 원인은 비타민 C의 부족에 의한 것임이 밝혀져 비타민 C는 건강상 끊을 수 없는 필수 영양소임을 알게 되었다.

비타민 C가 부족하면 1) 피하출혈(만병의 근원) 2) 잇병(충치, 출혈, 치통, 고름) 3) 관절, 골격의 변화 4) 궤양 5) 병원 감염에 대한 저항력 감퇴 6) 성장 장애, 체중감소 7) 글로무스의 소실 약화 8) 갑상선종 9) 혈액변서 10) 호흡촉진, 심계항진 11) 고혈압, 저혈압 12) 관절염, 신경통, 통풍, 류머티즘 13) 사지냉증 14) 부종악화 15) 생식력 감퇴 16) 백내장, 녹내장 발생 17) 알레르기성 소균 18) 괴혈병 19) 전신쇠약 20) 조로(일찍 늙음) 21) 조사(일찍 죽음) 등 만병의 원인이 된다.

미국의 노벨화학상 및 평화상 수상자인 포올링 박사는 『비타민 C와 감기』라는 책을 썼는데, 비타민 C만 섭취하면 감기에 걸리지도 않고, 감기의 특효약도 되며, 감기약은 비타민 C 이상 좋은 것이 없다고 강조하여 의학계에 물의를 일으켰다.

결정체로 된 비타민 C는 먹어도 곧 몸 밖으로 배설되기 때문에 별효과가 없고 야채, 과일, 나뭇잎 가운데 들어 있는 자연 비타민 C를 섭취해야만 인체에 유효하다. 생야채가 건강상 좋은 이유는 미네랄 외에 비타민 C가 풍부하기 때문이다. 비타민 C는 열에 약하기 때문에 장시간 열을 가하면 파괴된다. 야채를 삶을 경우도 2~3분 내로 하는 것이 좋다. 어떤 의사는 찔레나무 열매를 매일 한 알씩 먹고 100세 이상을 장수했다고 하며, 영국에서는 찔레나무 열매에서 비타민 C를 뽑아서 팔고 있다. 옛날에 어떤 장군은 전쟁에서 상처를 입었을 때 감나무 잎을 비벼서 상처에 발라서 고쳤다고 한다.

비타민 A를 과다하게 섭취하면 암에 걸리고, 비타민 B를 과다하게 섭취하면 귀중한 칼슘을 잃게 된다. 비타민류를 너무 과도하게 섭취하면 몸에 해로우나 오직 비타민 C만은 그렇지 않다. 비타민 C를 과다하게 섭취하면 나머지는 체내에서 유기산으로 바뀐 채 보존되어 건강과 젊어지는 역할을 하고, 비타민 C가 부족될 경우에는 유기수산이 다시 비타민 C는 약품이 아닌 음식물로 섭취하지 않으면 효과가 적다는 것은 다른 비타민류와 마찬가지다.

비타민 C의 하루 필요량은 어른은 약 75mg으로서 다른 비타민보다 비교가 안 되리만큼 다량을 요하므로 매일 공급해야 한다. 비타민 C는 야채, 과일, 차 등의 식물에만 있다.

비타민 C가 부족하면 다른 비타민류는 그 기능을 제대로 발휘를 못한다. 비타민 C만 충분하면 다른 비타민은 구태여 취하려고 애쓰지 않아도 평소의 음식에서 자연히 흡수된다고 한다. 건강한 심신을 만드는 방법은 비타민 C의 파괴를 막고 되도록 비타민 C를 많이 섭취하는 데 있다. 비타민 C가 파괴되는 원인은 숙변, 변비, 과로, 긴장, 당분 과잉, 발열, 발한, 발의, 약화(弱化), 옷을 많이 입는 데 있다. 무릎이 아프고 겨울에 무릎이 찬 것도 비타민 C가 부족한 탓이다.

\<식품 중 비타민 C 함유량\>

(mg/%)

들장미의 씨	1250	양 배 추	34-50
감 잎	600-800	연 뿌 리	50
고추(푸른 것)	186-360	마 늘	30

김	243	귤	36
엽 차	222	여 름 밀 감	23-76
샐 러 리	24	당 근	16-66
파	20	멜 론	18
시 금 치	50-100		
여 름 무	96		
감	49-72		
토 마 토	15-20		
감 자	12		

20. 감잎차 만드는 법

감나무는 떫은 감이든 단감이든 상관없다. 6월부터 10월 사이에 비타민 C가 가장 풍부하다. 여하튼 푸른 동안은 좋다. 따는 시각은 오전 11시부터 오후 1시가 좋다. 맑은 날이면 2일간, 흐리거나 비 오는 날이면 3일간 그늘에 말리고 이것을 가로로 폭 5mm로 모두 썬다. 한편 찜솥에 물을 끓이고 우선 김으로 충분히 찜솥을 덥힌다. 그 다음 찜솥을 내려놓고 여기에 준비한 감잎을 3cm의 두께로 재빨리 담고(이 이상 두꺼우면 김이 잘 통하지 않음) 이것을 다시 불 위에 올려놓고 뚜껑을 닫은 후 1분 30초 동안 찐다. 그리고 뚜껑을 열고 부채질을 하면서 재빨리 30초간 감잎을 식혀서 잎에 맺혀진 물방울을 증발시키고 또 뚜껑을 닫고 1분 30초 동안을 찐다. 그리고 찜솥을 내리고 쪄진 감잎을 깨끗한 신문지나 적당한 속이 빈 그릇에 재빨리 펴서 직사광선을 피하고 그늘에서 건조시킨다.

도중에 30초 동안 부채질이 없으면 비타민 C가 물방울에 녹아서 아래로 떨어진다. 찐 감잎은 통풍이 잘되는 그늘에서 되도록 속히, 그리고 충분히 건조시켜서 비닐봉지에 밀폐하여 보존하는 것이 좋다. 이렇게 하여 만든 감잎차 속에는 100g당 600~800mg의 비타민 C를 기대할 수가 있다. 감잎을 잘게 썰어서 찌지 않고 그대로 건조시킨 것에는 비타민 C가 없다.

21. 감잎차 내는 법

보통 엽차를 내듯이 주전자에 끓인 물을 유리 또는 사기그릇에 따르고 한줌의 감잎을 넣고 10분쯤 우려내서 마신다. 두 번, 세 번, 재탕이 더 좋다. 감잎차를 만들 때는 쇠붙이를 사용하지 말고 나무젓가락을 사용한다.

<식품 속의 칼슘 함유량>

(mg/100g)

식 품 명	칼슘함유량	식 품 명	칼슘함유량
고 춧 잎	640	미 역	960
무 잎	210	파 래	840
파 슬 리	190	김	510
파	80	우 유	100
양 배 추	43	모 유	25
토 마 토	9	말 린 멸 치	1,500
밀 감	17	새 우	1,000
포 도	6	흑 설 탕	240
사 과	3	백 설 탕	1-20
보 리	40	꿀	1-15
현 미	10	깨	1,200
백 미	6	대 두	240
밀	20-29	두 부	120

22. 하나님의 창조는 완벽했다

하나님은 우리에게 훌륭한 몸을 주셨다. 우리 몸은 우리가 잘못 사용하여도 또 그것이 반복되더라도 내보낼 것은 내보내고 흡수시킬 것은 흡수시켜서 언제나 자신을 깨끗이 보존하려고 최선을 다해 일한다. 이것이 자연치유력이다.

그러나 모든 것에 한계가 있듯이 인체도 혹사를 시키면 그 한계에 부딪히게 된다. 더 이상 혹사와 고통을 견디지 못하게 된다. 이 때 나타나는 것이 질병이다. 인체 중에서 가장 약한 장기 즉, 가장 많이 혹사되고 고통을 주었던 장기부터 시작하여 다른 부분까지 옮아가게 된다. 이런 상태가 왔는데도 여전한 식습관과 몸을 계속해서 혹사시키고 계속 잘못된 생활을 고집하게 되면 질병은 더 무서운 속도로 인체를 잠식해 간다.

적당한 휴식과 반성을 하지 않고 계속적으로 인체를 혹사하면 언젠가는 그에 대하여 보상을 해야 될 날이 꼭 올 것이다. 왜냐하면 여기에도 바꿀 수 없는 법칙이 있기 때문이다. 무엇으로 심든지 그대로 거두리라(갈 6:7)는 것이다.

우리 몸의 건강이 깨어지기 시작했다고 하더라도 우리가 몸을 함부로 다루지 않고 회개와 식습관을 개선하면서 적당한 금식을 통해 노폐물을 배설하면 우리 몸은 그에 응하여 병든 세포들을 재생하게 된다. 실로 우리 몸은 '하나님의 성전'이다.

성경은 기독교인들이 질병에 드는 원인을 다음 3가지로 가르쳐 주고 있다.

첫째, 하나님의 영광을 위해서이다. 주 예수의 능력과 신성을 나타내 보이기 위해 주로 성경시대에 사용되었다.

요한복음 9장 1-3절을 보면, 우리는 태어날 때부터 소경인 사람을 만나게 된다. 그 소경은 그 사람 자신이 죄를 지은 것도 아니고, 그 부모들이 죄를 지은 것도 아니다.

제자들이 물었다. "이 사람이 소경으로 난 것이 뉘 죄로 인함이오니까? 자기오니이까? 그 부모오니이까?" 예수께서 대답하셨다. "이 사람이나 그 부모가 죄를 범한 것이 아니라 그에게서 하나님의 하시는 일을 나타내고자 하심이니라" 예수님이 그 소경을 치유시켜 예수님 스스로 그 자신의 이름을 알리고, 그 분을 보내신 하나님 아버지를 알리기 위한 것이었다.

사도 바울도 이와 같은 범주에 속하는 질병을 앓고 있었다. 그는 병을 낫게 해 달라고 세 번을 기도했으나, 하나님께서는 고린도후서 12장 7-9절에서 이렇게 말씀하셨다. "…내 은혜가 네게 족하도다.…"라고 말이다.

둘째, 회개하지 않은 죄값 때문이다. 오늘날 기독교인들이 겪는 질병은 이 이유에 속할 것이다. 그러나 이런 경우 진정으로 참회 기도를 드리면 곧 치유를 얻을 수 있다.

고린도전서 11장 28-32절을 보면 허약함과 질병, 그리고 때 이른 죽음이 하나님을 믿는 사람들에게 찾아오는 이유는 그들이 회개하지 않은 죄로 인하여 하나님께서 그 죄들을 심판하셔야 하기 때문이라는 것을 알게 된다.

성경에 따르면 어떤 기독교인들은 죄 때문에 육체적인 고통을 받게 된다. 그러나 이 고통은 요한일서 1장 9절 말씀의 가르침을 실천하면 즉시 치유 받을 수 있다. 만일 우리가 우리 죄를 자백하면 저는 미쁘시고 의로우사 우리 죄를 사하시며 모든 불의에서 우리를 깨끗케 하실 것이기 때문이다. 기도가 죄를 지은 본인의 참회기도가 아니라면, 결국 세상의 어떤 기도도 죄 때문에 생긴 병을 고쳐 낼 수는 없다. 진정으로 자신의 모든 죄를 회개하고 하나님께 용서를 빌면 되기 때문이다(요일 1:9). 병적 고통의 일부는 자신의 죄를 회개하지 않은데서 생긴 것이라고 믿어 의심하지 않는다.

그러나 그렇게 했는데도 병이 낫지 않는다면, 그것은 바로 성경이 가르쳐 주는 병에 대한 세 번째 이유가 분명하다. 즉, 하나님이 주신 자연법칙을 사람들이 위반했기 때문이다.

오늘날의 기독교인들이 겪는 병과 육체적 고통의 90% 이상이 여기에 속한다고 필자는 확신한다.

고린도전서 3장 16절에서 18절의 말씀을 보면, "너희가 하나님의 성전인 것과 하나님의 성령이 너희 안에 거하시는 것을 알지 못하느뇨 누구든지 하나님의 성전을 더럽히면 하나님이 그 사람을 멸하시리라 하나님의 성전은 거룩하니 너희도 그러하니라"고 기록하고 있다. 유능하고 이름이 있는 목회자, 신학자, 선교사들의 질병은 세 번째에 해당이 된다고 믿는 바이다.

오랫동안 내 자신의 육체가 병들고 나서야 비로소 나는 그 뜻을 이해하게 되었다. 신체적으로 병을 앓게 되니까 내 몸이 어떻게 기능하는 것인지 알려고 열심히 공부를 했다. 공부를 하다가 보니 고린도전서 3장 16절에서 18절 말씀의 참뜻을 깨달아 알게 되었다. 성경은 우리의 주인은 우리가 아니라 하나님이라고 명시하고 있다(고전 6:19-20).

23. 바른 생활 습관만이 건강을 유지한다.

• 만성병, 성인병은 습관병이다.

• 나무 가지를 보지 말고 숲을 바라보아야

• 먹는 대로 내 몸은 된다. 내가 무엇을 먹는가?

• 효소(Enzyme)가 많은 음식을 먹어야 무병장수한다.

• 우리가 사는 것은 미생물의 덕이다.

• 왜 암이 걸리는가? 활성산소 암은 스스로 고칠 수 있다. 자연 치유력.

• 사랑은 면역력을 활성화시킨다.

• 胃腸내 이상 발효, 활성산소, 발생 최대 요인이다(유화수소, 암모니아, 히스타민, 인도루, 후에노루, 스가도루, 니드로소아민 등)이 惡臭便의 원인물질이다.

• 이와 반대로 좋은 일을 하고 있다.

1. 호르몬, 비타민, 효소를 만드는 腸內 미생물(여성, 남성 호르몬

생산, 불임증)이 간장이 가지는 효소보다 많아

2. 콜레스테롤 대사를 관여

3. 혈당치, 혈압의 조절을 한다(당뇨, 간장병의 증상).

4. 단백질의 합성에 기여하는 미생물.

5. 충치 예방에 유효한 장의 미생물.

6. 면역기구에 관여하는 미생물.

이것 같이 장내의 미생물의 덕으로 우리의 면역계의 유지에 큰 도움을 받고 있다. 장내 미생물은 우리 편이다. 그 근거는 生物自体의 存在原理이다. 그것은 自己存在와 種族保存의 進化의 原理이기 때문에 우리의 죽음은 장내 미생물의 죽음도 같이 한다.

제 5 장
운동과 건강

제 5 장   운동과 건강

Ⅰ. 혈액   원동력은 모세혈관의 흡인력

(1) 사람이나 개와 고양이 같은 동물들은 부상이나 질병 상태에 있으면 식욕부진 상태에서 공복을 충전하게 되므로 점점 순환이 촉진된다.

(2) 각 세포에는 생명이 있어서 청정하고 완전한 혈액을 구하고 있다.

(3) 세포는 그 주위를 순환하는 혈액에서 영양소를 섭취하는 능동성을 가진다. 혈액이 어떤 이유로 독물을 함유한다든지, 세균을 부착하고 있는 경우에 세포는 그 혈액을 거부하여 식욕부진이 된다. 그러므로 식욕이 없을 때는 먹지 않는 것이 치유가 된다.

(4) 단식이 거의 만병에 효과가 있다는 것은 요컨대 51억의 모세혈관과 소정맥과의 접합부에 진공이 만들어진다는 것에 있다. 이 진공이 모든 것의 힘의 원천이다. 심장이 원동력이 아니고 51억의 모세혈관이 진공에 의하여 야기된 모관현상에 의하여 동맥에서 혈액을 빨아들임으로써 수축한다는 것이다.

(5) 독일의 아쇼푸 박사는 만약 인간이 지브스, 인플루엔자 또는 그 외의 독소에 의하여 죽었을 경우에 그 시체를 해부하여 보면 좌심실이 팽창하여 혈액이 충만하고 있는데 반해 타발증으로 급사하였다든

지 전쟁으로 참호 속에서 흙에 압사하였다든지 혹은 탄관에서 갱부들이 매몰 압사한 경우 그들의 시체는 좌심실이 수축하여 혈액을 필요로 하여 모세혈관이 혈액을 흡수하지만, 병과 독소로 죽었을 경우는 모세혈관의 활동이 중지되어 혈액의 흡수가 되지 않아서 사체의 좌심실이 수축 혹은 확대(擴大)된다는 것이다.

(6) 만약 감기가 들어 열이 나는 경우에는 먼저 혈액순환을 왕성하게 하는 것이 가장 중요하다. 그 방법으로 금식을 해야 한다.

(7) 질병 치료의 근본 원칙으로는 진공을 만드는 데 귀착한다. 그러기 위해서는 굶는 것, 즉 금식이 가장 효과적이다. 금식이라고 무턱대고 해서는 안 된다. 단기 금식을 실시한다(2일간). 인생은 원래 굶어서 탄생한다. 순산하자마자 모유를 원하는 것은 굶어 있기 때문이고, 굶는다는 것은 모세혈관의 작용(진공)을 활발하게 한다는 것이며, 혈액순환작용의 원동력이 된다는 것이다.

(8) 모세혈관의 원리를 정맥의 심장에서의 출구와 모세혈관 정맥의 심장에로의 입구의 면적비로 표시하면 보통 1:800:2라고 한다. 그러나 모세혈관의 경우 운동을 하였을 때는 그 3배에 달한다고 한다. 그리고 정맥관은 수축하여 활발하게 된다.

(9) 심장의 힘은 16온스이며 1파운드 정도의 힘이라고 한다. 우리 몸의 전신 순환에 필요한 힘은 18만 파운드, 즉 90톤의 힘이 필요하다는데, 심장에 원동력이 있다고 생각되는 것은 틀렸다는 것이다. 그러므로 수족을 떠는 것이 좋은 운동이 된다.

(10) 자연의 수목은 어떻게 하여 저 높은 데 까지 수분을 공급하는가? 이것은 뿌리에서 펌프식이 아닌 삼투압의 작용으로 이루어진다.

"자기 일을 너의 손으로 일하기를 힘쓰라"(살전 4:11).

① 매일 4~5Km를 걷는 사람에게 이 세상에 이보다 더 좋은 약과 철학은 없다. ― 화이트 박사(아이젠하워 대통령의 주치의)

② "너의 먹을 것은 밭의 채소인즉 네가 얼굴에 땀이 흘러야 식물을 먹고"(창 3:18).

③ 사람은 나와서 노동하며 저녁까지 수고하는 도다(시 104:23)

● 생명의 본질은 호흡으로 유지되고 있으므로 산소를 흡입하지 않으면 건강을 유지할 길이 없다. 땀을 흘리고 운동하는 효과 중 하나는 산소 호흡에 있다고 한다.

스웨덴의 에트와라 스텐리 박사는 "산소는 세포에 부착된 많은 독소를 제거하거나 파괴 영향을 주는 독소와 싸울 수가 있을 것이다"라고 말했다.

미국 심장내과 알렉산더 리입 박사는 세계 장수국을 순방하고 돌아온 후 "운동할 시간이 없다고 말하는 사람은 얼마 후 곧 병에 걸리게 된 것을 발견하게 될 것이다"라고 자신의 견해를 발표했다.

미국에서는 요즘 '자동차 병'이라는 것이 문제가 되고 있다. 출퇴근 때, 혹은 어디를 가든지 자동차나 자동 엘리베이터 등을 이용하기 때문에 몸을 움직이는 기회가 많지 않아 생기는 새로운 형태의 병인 것이다. 이런 병에 걸리면 다리가 약해질 뿐 아니라 심장, 폐, 위장 등 전체의 장기 기능이 쇠퇴하며, 동맥경화를 비롯한 갖가지 성인병의 바탕이 된다는 것이다.

● 우리의 심장은 주먹의 1/4인 좌심실(탱자크기)이 수축하여 물

보다 짙은 혈액을 11초 동안에 51억 본의 모세혈관으로 밀어낸다. 이는 90톤의 압력이 필요하다는 의미로 수리역학으로 불가능하다.

2. 건강은 걸어야

(1) 동물과 식물은 살아가기 위해서 탄수화물, 지방질, 단백질 등의 유기물이 필요하다. 동물과 식물의 차이는 이러한 유기물을 어떻게 구하느냐로 구별된다.

동물은 유기물을 스스로 만들어 낼 능력이 없으므로 유기물을 찾기 위해 계속 움직여야 한다. 반면에 식물은 기본적으로 태양광선을 이용하여 스스로 필요한 유기물을 만들어 내면서 생존하고 있고 움직여서 살도록 창조한 것이 동물이다. 동물은 움직이지 않고 가만히 있으면 죽는다.

(2) 건강한 생명체를 구성하는 요체는 운동에 의한 물리적인 혈액 순환과 적절한 음식물에 의한 화학적인 작용과 조화를 이루는 데 있음을 알아야 한다. 그래야 병이 재발하지 않는다.

(3) 물질은 여럿이 모이면 스스로 질서를 조직하는 성질이 있다. 이 성질은 외부에서 주어지는 것이 아니라 물질 자체에 자기조직을 할 수 있는 능력을 가지고 있다.

스웨덴의 피 올롭프 이스란드 박사는 걷는 데는 나이의 제한이 없다고 하면서 노인들도 매일 걸으면 15~25년쯤 젊어질 수 있다고 1977년에 '국립건강보건협회'에서 증언하기도 했다.

• 모세관을 새로 만들어준다

운동 중 특히 숨이 차는 달리기나 마라톤 등을 하면 모세혈관이 한 번에 많이 생겨 나온다고 한다. 운동을 시작하면 처음 얼마 동안은 몹시 괴롭지만, 어떤 시기에 갑자기 쉬워지는 때가 오는데, 이때가 고비라고 한다. 이때를 지나면 지구력이 증가해 지는 것이다.

• 심장병에 특효이다

걷기나 달리기 등으로 혈관 내의 콜레스테롤, 중성지방을 연소시켜 그 콜레스테롤 값을 저하시켜 주면 자연히 심장병이 호전되게 된다. 아일랜드와 스위스의 농민이나 아프리카의 호전적인 마사이족 등은 육식을 하거나 다량의 동물성 지방과 우유, 치즈를 섭취함에도 불구하고 혈중 콜레스테롤 값이 극히 낮고, 심장병도 거의 없다. 이는 노동과 운동을 계속하기 때문이라는 것이다. 이는 운동이 지방을 소화시켜 버리는 것이 얼마나 유효한가 하는 것을 보여 주고 있다.

• 소식하게 된다

흔히 우리들은 운동을 하면 식욕이 좋아져서 음식물을 많이 먹게 된다고 한다. 그러나 걷기나 달리기 등 숨이 차는 운동을 계속하면 어느 기간이 지나면 음식물을 적게 먹게 된다고 한다. 어떤 실험에 의하면 동물의 시상하부(視床下部)의 섭식중추와 제3뇌실에 세로토닌이나 5-하이드록시트립토판을 직접 주입하면 음식물을 거의 섭취하지 않게 되는 것을 발견했다. 그런데 운동을 하면 바로 이 세로토닌이 증가하게 되므로 소식(小食)을 하게 되어 몸의 건강뿐만 아니라 비만인들의 체중 감소로도 이어진다.

● 섹스가 강화 된다

그런데 한 가지 이상한 것은 사람이 걷지 않고 차만 타고 다니면 아직도 나이가 젊은데도 불구하고 정력이 약해진다는 보고가 있다. 이런 사람들은 자신의 정력이 약해진 데 당황하여 갖가지 강장제 선전에 혹하기 쉬운데, 이럴 때는 강장제를 찾기보다는 하루 만보(萬步)이상 걷기를 하거나 달리기를 하면 다시 회춘(回春)할 수 있다고 한다.

걷기는 인간의 가장 간단한 운동이며, 필연적인 운동이라고 한다. 젖먹이 아이가 자라서 돌을 전후하여 처음 발을 떼고 걷기 시작하면 그 부모는 물론 온 가족이 대단히 즐거워하고 기뻐한다. 이렇게 기쁘고 즐거움을 가슴에 안고 자라서 한 사람의 성인이 되면 될 수 있는 대로 걷지 않고 차를 타고 다니기를 원한다. '노화는 다리에서부터'라는 옛말처럼 노인이 된 다음, 다리를 쓰지 못하고 보행불능이 된다. 옛날엔 이런 노인에게는 머지않아 죽음이 찾아오게 된다고 풀이했다. 섹스 문제로 말 못할 고민을 가진 사람은 오늘부터라도 달리거나 걷기를 결심하는 것이 좋을 것이다.

3. 1일 만보 걷기

에어로빅 운동에는 달리기를 비롯해서 조깅, 자전거타기, 수영, 테니스, 등산, 줄넘기 또는 댄스 등이 있는데, 최근에는 이런 어려운 운동을 하지 않더라도 단순히 걷는 운동이 유행하고 있다. 특히 나이가 많은 노인들에게는 아무런 위험성이 없기 때문에 이 단순한 걷기가 대단히 적합하다. 하루 만보(萬步)를 걷게 되면 건강에 많은 도움이 된다.

걷기는 가장 간단하고 값이 싸면서도 가장 효과적인 운동이기 때문에 많은 사람들이 시행하고 있다. 걷는 운동은 몸 근육의 60~70%의 근육을 움직여 모든 장기(臟器)조직의 혈류를 왕성하게 하여 폐용성 위축을 방지하는 데 가장 이상적인 방법이라고 한다. 인간은 다리의 힘이 없어지고 쇠퇴해지면 건강과 젊음까지 잃게 된다는 것을 잊어서는 안 된다.

그런데 문제는 이렇게 만보를 걸어도 동물원에서 원숭이를 구경하고 다니는 식으로 걸어서는 안 되며, 이마에 약간 땀이 날 정도로 빨리 걷기를 해야 한다. 물론 뛰어서는 안 된다. 골프를 치는 사람은 골프장에서 만보나 오만보를 걷는데 이렇게 산보 삼아 걷는 것은 큰 효과가 없다고 한다. 에어로빅스식 보행이라야 한다.

예컨대 1분간 100보의 스피드로 천천히 걸어가면 가만히 누워 있을 때의 약 2배 정도의 에너지가 필요한데, 이것을 1분간 120보로 하면 다시 2배 이상이 소비되어 심장에서 피를 내보내는 혈량과 폐의 호흡 운동도 그만큼 증가하게 된다고 한다. 그러므로 1분간 120보 정도의 경제속도로 하루 만보 걷기를 하는 것이 좋다고 한다.

건강한 사람이나 몸이 약한 사람, 여윈 사람이나 비만한 사람 누구를 막론하고 돈 들이지 않고 눈치 볼 필요 없는 하루 만보 걷기를 꼭 시작하고, 한번 시작했으면 중단하지 말고 계속하기를 부탁드린다.

예방 의학자 황성주 박사가 말하는 건강을 위한 안전수칙을 보면 다음과 같다.

첫째, 건강 상태가 좋은 시기에 운동을 시작하라.

둘째, 가벼운 운동부터 시작하라.

셋째, 가벼운 운동은 오래하고 힘든 운동은 짧게 하되 20~40분간 가볍게 땀이 날 정도로 하라.

넷째, 운동 횟수는 1주에 3~5회가 바람직하다.

다섯째, 운동전후 5분 정도는 준비운동과 마무리 운동을 반드시 하라.

여섯째, 일단 시작했으면 꾸준히 하라.

일곱째, 탐구하는 자세로 하라.

4. 건강법은 혈액을 중성으로 만든다

1) 옷을 벗었을 때 '산성', 옷을 입었을 때 '알칼리성' 이 된다

나체요법을 할 때 처음에는 정확히 시간에 맞추어서 하지만, 시간이 지나면 "귀찮군."하면서 옷을 벗은 채로 그냥 있는 사람이 뜻밖에도 많다. 이것은 피부의 호흡을 위해서 필요한 것이므로 반드시 시간에 맞추어 20초부터 시작해야 한다. 만일 바빠서 아무래도 그렇게 할 수 없는 사람이라면 옷을 벗어버린 채로 20분 내지 25분까지는 좋으나 그 이상 옷을 벗고 있으면 혈액은 산성과잉 상태가 된다.

나체생활을 하거나 아이들을 발가벗겨서 키우는 가정이 있는데, 그렇게 되면 아이의 혈액이 너무 산성으로 기울어 버릴 수 있으니 아이들의 먹는 것을 특별히 주의 해야만 된다. 알칼리성의 음식물을 주지 않으면 조화가 안 되므로 채소라든가 해조류라든가 두부 같은 것을 많이 먹어야 한다. 그것을 모르고 벗겨 키우면서 육류나 달걀을 먹이면 산성과잉에 다시 산을 더하게 되는 것이므로 그런 아이들은 오히려 건강하지 못하게 된다.

원래 우리들의 피부는 항상 표면 온도가 33도에서 34도를 유지하고 있다. 실내 온도가 28도에서 29도인 때에는 옷을 완전히 벗고 있어도 피부의 표면은 33도에서 34도를 유지할 수가 있다. 그 이상의 온도일 때에는 아무것도 입고 있지 않아도 좋지만, 만일 이보다 추울 때 벗고 있어서는 이 온도를 유지할 수가 없다.

우리의 몸은 추운 곳에 나가면 피부의 표면 혈관이 수축하게 된다. 따라서 겨울에는 피부 표면의 혈관이 수축되고 여름에는 거꾸로 팽창된다. 겨울에 혈관이 수축되는 것은 말하자면 모세혈관이 수축된다는 것이다. 따라서 그곳으로 혈액이 흐르지 못하며 이런 때에는 그로뮤(바이패스)로 혈액이 흐르는 것이다.

그런 경우 몸 표면의 세포로 혈액 공급이 안 되어 신진대사로 인해 생긴 탄산가스를 심장으로 되돌릴 수가 없게 되는 것이다. 그렇게 되면 이 탄산가스가 너무 많이 말초 조직에 정체되어 탄산이 된다. 즉 산성과잉이 된다는 것이다.

이상의 설명으로 알 수 있듯이 만일 실내온도가 14도쯤일 때 발가벗고 있으면 피부표면의 모세혈관이 수축되므로 체표면의 세포는 신진대사를 해도 탄산은 심장으로 가지 않는다. 그러므로 30분, 40분 발가벗고 있으면 탄산의 과잉으로 혈액은 산성으로 기울어지게 되는 것이다. "겨울이 아무리 추워도 나는 발가벗고 지내고 있어"라고 말하는 사람은 잘못하고 있는 것이다. 피부 표면은 33도 내지는 34도로 유지해 두지 않으면 혈관이 수축되어 산성이 된다. 다만, 초등학생 또래의 아이들은 한겨울에 반바지, 반팔의 셔츠를 입고 있어도 가슴, 배 같은 곳만 33도에서 34도로 유지해 놓으면 걱정 없다.

대체로 인간의 혈액은 중성인데 일반적으로는 약알칼리성이라고 말한다. 혈액의 산, 알칼리를 조사하는데 수소이온 농도를 쓰는데, 수소이온 농도가 7인 때가 중성이며 8내지 10은 알칼리성이다. 그리고 6내지 4는 산성이다. 실제 혈액을 조사해 보면 늘 7.38 정도이다. 그렇게 간단히 산성이 되지는 않는 것이다.

우리들의 몸속에서 산성이 되지 않도록 여러 가지 장치가 되어 있다. 혈액의 수소이온농도가 7.38이라도 살아있는 인간은 중성인 것이다.

2) 운동을 하고 있을 때는 '산성', 안정하고 있을 때는 '알칼리성'

평상시의 혈액은 약알칼리성이지만 운동을 하면 산성이 된다. 또한 운동을 하면 체내에 유산이 생겨난다. 안정하고 있을 때에는 포도당이 분해되어 이산화탄소와 물(CO_2+H_2O)로 분해된다. 1분자의 포도당이 분해되면 거기서 38개의 에너지의 기본인 ATP가 만들어진다. 이것은 운동을 하지 않을 경우이며, 운동을 할 때에는 산소(O_2)가 모자라게 된다.

예를 들어 100미터를 달릴 때 헉헉 숨을 쉬면서 달리는 사람보다 처음부터 끝까지 숨을 쉬지 않는 사람이 더 빠르다. 이때는 산소가 전혀 들어오지 않게 된다.

산소가 없이 포도당이 분해된다는 것은 '구연산 사이클'로 들어가지 않고 초성(焦性)포도산에서 유산이 되는 방향으로 반응이 진행되어 ATP를 만들고 있는 것이 된다. 그러니까 운동을 하면 유산이 늘어나며 그렇게 되면 혈액은 산성이 되는 것이다.

3) 운동을 할 때는 채소를, 안정하고 있을 때는 육류나 생선을 많이 섭취할 것

조금이라도 운동을 하면 혈액이 산성화되기 때문에 미리 혈액을 조금 알칼리성으로 기울도록 해 두어야 한다.

이상과 같이 혈액은 운동하면 산성이 되고 안정하면 알칼리성이 된다. 따라서 낮 동안의 운동으로 혈액은 산성이 되지만 밤에 푹 잠이 들면 다시 알칼리성으로 돌아간다. 잠을 잘 자면 혈액이 알칼리성으로 된다. 그러나 일반적으로는 음식물로만 산성이나 알칼리성이 된다고 말한다.

예를 들어 사람은 늘 육류나 달걀을 먹으니까 혈액이 산성화된다든지, 또는 그 반대로 채소나 해조류를 많이 먹고 있으니까 혈액이 알칼리화 된다고들 한다. 사실 그렇기는 하지만, 음식물만으로 산성이나 알칼리성이 되는 것은 아니며, 운동이나 안정만으로도 변한다는 것을 알아 두어야 한다. 충분히 운동을 하고 나면 혈액은 산성으로 기울어져 있으므로 그날은 채소를 많이 먹어야 하며, 또 그렇게 함으로써 산과 알칼리가 균형을 이루게 된다. 오늘은 육류만 잔뜩 먹었구나 싶으면 아무것도 하지 말고 얌전히 자고 있으면 되는 것이다. "오늘은 바빴어, 정말 눈코 뜰 새 없었어"라는 날은 육류를 먹어서는 안 되며, 이럴 때에는 채소보다 오히려 생선을 권한다.

많은 사람들이 덮어놓고 채소가 좋다고 생각하는 경향이 있다. 그러나 운동을 하지 않을 때에는 너무 채소만 먹어서는 안 된다. 한편, 운동을 해서 피로하다고 육류를 잔뜩 먹어 스태미나를 높여 주려는 생각은 잘못이다. 운동 후 육류를 먹으면 더욱 산성으로 기울게 되므로 스태미나가 생길 리가 없다. 운동을 하면 할수록 채소를 많이 섭취함으로써 몸의 균형을 잡아 주어야 한다.

예를 들면, 북극의 에스키모는 육류만 먹고 산다. 바다코끼리, 곰 같은 고기만 먹고 살기 때문에 눈이나 얼음 굴속에서 운동하지 않고 가만히 있을 수 있는 것이다. 그러므로 북극의 에스키모는 혈액을 검사해 보아도 알칼리성이다.

열대지방 주민의 혈액을 검사해 보아도 마찬가지 결과를 얻게 된다. 열대지방 주민은 언제나 바나나며 파인애플을 많이 먹고 있으므로 훌라댄스라도 하지 않으면 안 되게 되어 있다. 아침부터 댄스를 하면서 균형을 유지하고 있는 것이다.

4) 냉온욕의 온탕은 '알칼리성', 냉탕은 '산성'

목욕탕의 더운 물 속에서는 혈액이 알칼리성이 된다. 반대로 냉수욕을 하면 혈액은 산성으로 기운다. 냉수와 온수에 번갈아 들어가는 것이 좋은 것은 이렇게 함으로써 혈액이 중성이 되기 때문이다. 산과 알칼리가 되풀이 되면 마지막에 가서는 조화를 이루게 된다. 산과 알칼리가 완전히 조화를 이루는 그것이 이른바 건강법인 것이다. 온탕 속에 들어가면 미주신경(迷走神經)이 긴장하게 되고, 냉탕 속에 들어가면 교감신경이 긴장하게 된다. 미주신경과 교감신경이 알맞게 맞으면, 즉 자율신경이 완전히 균형을 이루면 건강하게 되는 것이다.

체질 중에 산성체질과 알칼리성 체질이 있다. 알칼리성 체질은 즉 미주신경이 지나치게 긴장되어 있는 것이며, 산성체질이라는 것은 거꾸로 교감신경이 지나치게 긴장되어 있는 것이다. 이런 일이 극단적이 되면 자율신경 실조가 되며 일명 식물성 신경이라고도 한다.

이 식물성 신경에 교감신경과 부교감신경이 있다. 부교감신경의 대표적인 것이 미주신경이므로 부교감신경을 가리켜 흔히 미주신경이라고 부르기도 한다. 이 둘이 완전히 균형을 이루게 되면 그것이 바로 건강이라는 것이다. 니시식 건강법에서는 이것을 조화시키는 것에 중점을 두고 있다.

5) 안진(眼診), 눈동자가 찬물 속에서 작아지는 사람은 '알칼리성' 체질, 더운물 속에서 커지는 사람은 '산성' 체질

여러분들 중에 교감신경이 특히 뛰어난 사람은 산성체질이며, 반대로 부교감신경이 뛰어난 사람은 알칼리성체질이다.

그럼 자신이 산성체질인지 알칼리성체질인지 모를 때에는 어떻게 그것을 알아보는가?

눈동자의 움직임을 자세히 관찰하면 자신의 체질을 알 수가 있다. 교감신경이 긴장해 오면 눈동자(눈의 검은자 속에 있는 동자)가 커지게 되는데, 찬물 속에 들어가면 교감신경이 긴장하여 눈동자가 커진다. 반대로 더운물 속에 들어가면 부교감신경이 긴장하여 눈동자가 작아진다. 냉수 속에 들어가서 눈동자가 커지고 더운물 속에 들어가서 눈동자가 작아지면 이 사람은 자율신경이 제대로 정돈이 된 사람이다.

그런데 찬물 속에 들어가도 커지지 않고 그대로인 사람은 알칼리성 체질, 즉 미주신경 긴장체질이다. 반대로 더운물 속에 들어가면 작아져야만 되는데 작아지지 않는 사람, 이것은 교감신경긴장형, 즉 산성 체질이다.

6) 온천에 가면 알칼리성 체질은 오히려 악화 된다

이런 사실을 알게 되면 온천에 가는 것도 한 번쯤 생각할 문제이다. TV를 보고 있으면 거의 모든 채널에서 온천을 선전하고 있고, 온천지에 가서 온천에 들어가지 않으면 마치 손해라도 보는 것처럼 하루에 다섯 번, 여섯 번이나 들어가는 사람도 있다. 어떤 사람은 현기증이 일 때까지 들어가 있는 사람도 있다. 이렇게 더운 물에만 들어가 있으면 혈액은 알칼리성이 되어 알칼리성체질인 사람에게는 오히려 병이 악화된다. 그런 사람이 오랫동안 탕 안에 들어가 있으면 혈액은 점점 더 알칼리성이 되므로 병이 악화되는 것은 당연하다.

예를 들어 천식, 암 등의 병이 있는 사람은 알칼리성 체질이므로 온천에 가면 오히려 나빠진다. 반대로 결핵이나 당뇨병 같은 산성체질인 사람은 알칼리 과잉이 되는 온천에 가면 좋아진다.

이처럼 온천요법에도 체질이 따라서 좋아지는 사람과 나빠지는 사람이 있다. 진정한 건강법이라는 것은 누가 해도 틀림이 없어야만 된다. 어떤 사람은 하면 좋으나 어떤 사람은 해서 나쁘다면 이것은 진정한 건강법이라고 할 수 없다.

냉수마찰이나 냉수욕은 알칼리체질인 사람이 하면 좋다. 예를 들어 천식인 사람은 발작이 일어나면 찬물에 들어가면 된다. 찬물 속에서 운동을 하면 더 좋다. 아마 천식이 고쳐진다는 것을 바로 알 수가 있을 것이다. 그런데 류머티즘에 걸린 사람은 본래 산성체질이므로 냉수욕을 하면 오히려 더 나빠진다. 이런 점을 알게 되면 냉수욕도 잘 생각하고 해야만 된다. 누가 해도 좋은 방법이라면 역시 냉탕과 온탕에 번갈아가면서 들어가는 것이다. 냉탕, 온탕, 냉탕, 온탕을 반복하면 마지막에 가서는 신경이 완전히 일치가 된다.

위와 같이 건강법이란, 산으로 기울어도 안 되고 알칼리로 기울어도 안 된다. 중성으로 만든다는 것이 중요한 것이다.

7) 복식 호흡을 하면 혈액은 알칼리로 된다

다음은 복식호흡이다. 이것을 하면 혈액은 알칼리성이 된다. 왜냐하면 배꼽의 왼쪽 3cm, 위 3cm인 곳에 태양신경총(太陽神經叢)이라는 것이 있는데 이것이 미주신경의 지점이기 때문이다. 그러므로 아무에게나 복식호흡을 열심히 하라고 권할 수는 없다. 알칼리성 체질인 사람에게는 오히려 나쁜 영향을 주기 때문이다.

(8) 배골운동(背骨運動)은 혈액을 중성으로 만든다

이번에는 배골운동이다. 열심히 배골을 좌우로 흔들고 있으면 혈액은 산성으로 기울어진다. 즉 배골의 양쪽에 교감신경간(交感神經幹)

이 지나가고 있으므로 열심히 배골을 흔들면 이 신경이 긴장하여 산과잉이 된다. 이때 소변을 조사해 보면 산성이 되어 있다. 그러므로 배를 내밀었다 끌어들이면서 배골을 움직이면 바로 중성이 되는 것이다. 이것이 배복운동(背腹運動)의 목적이다.

이와 같이 니시식 건강법이라는 것은 그 모두가 혈액을 중성으로 바꾸는 점을 중시하고 있다. 여기에 굉장히 깊은 의미가 있는 것이다. 일부에서는 일반적으로 복식호흡을 하면 좋다면서 천식에 걸린 사람에게도 복식호흡을 시키고 있다. 그러나 이것은 커다란 잘못이다. 천식인 경우는 오히려 척추를 좌우로 흔들어야 한다.

8) 웃으면 '알칼리'로, 슬퍼하거나 울거나 화내면 '산성'으로 기운다

웃으면 혈액은 알칼리로 된다. 울거나 화내거나 슬퍼하면 혈액이 산으로 기울게 된다. 화를 내어 보라. 아드레날린이 부신에서 나오고 가슴이 두근거리게 된다. 이것은 교감신경이 긴장하기 때문이다. 이때의 혈액은 산성으로 기울어 있다. 따라서 화내거나 슬퍼하는 사람의 병이 잘 낫지 않는다는 것은 하나의 진리인 것이다.

이렇게 볼 때 항상 명랑하고 밝은 정신상태는 병을 고치는 데 아주 중요한 일이다. 우는 환자의 병이 절대로 낫지 않는다는 것은 혈액이 산성으로 되기 때문이다. 화를 내거나 원망하거나 하면 결국 스스로 불행해지는 것이다.

건강한 삶을 살기 위해서는 언제나 명랑한 마음으로 지내지 않으면 안 된다. 그러나 천식인 경우에는 알칼리 체질이므로 웃는 것이 좋은 것만은 아니며, 이 병만은 오히려 화내게 하는 편이 발작을 멈추게 한다. 앞에서도 언급했지만 천식환자들은 찬물 속에 들여보내어 운동을 시키고 제자리 달리기를 한 뒤 다시 찬 물에 들어가면 발작을 막을 수 있게 된다.

9) 등산은 '알칼리', 하산은 '산성'

등산을 하면 혈액은 알칼리성이 된다. 기압이 감소되므로 아무래도 호흡이 거칠어지고 그렇게 되면 탄산가스가 배출되어 알칼리성이 되는 것이다. 그러니까 산에 오를 때의 도시락에는 채소만 가지고 가는 거보다 뱅어포나 멸치를 가지고 가는 것이 좋다. 반대로 산을 내려온다든지, 지하의 굴에 들어갈 때에는 혈액이 산성으로 기울게 된다. 이와 같이 위로 올라가면 갈수록 알칼리성이 되고 밑으로 내려가면 갈수록 산성이 된다. 엘리베이터 걸의 경우 하루 온종일 위로 올라갔다가 밑으로 내려갔다가 하므로 결국은 보통사람과 별 차이가 없어 병에 걸리지 않는다.

이렇게 우리들의 몸이 중성이 되기 위해서는 여러 가지 조건이 있다. 단지 음식물만으로 산성이니 알칼리성이니 하고 생각해서는 안된다.

'오늘은 채소를 전혀 먹지 않았구나.'하고 생각되는 날은 잠을 푹 자면 되고, 육식은 전혀 하지 않고 채소만 먹었다고 생각되는 날은 운동을 하면 된다. 빗자루로 비질을 할 때에도 육식만 한 날은 슬슬 쓸고 채소만 먹은 날은 힘 있게 쓸어야 된다. 이런 식으로 머리를 쓰면 산과 알칼리의 균형이 잡히게 된다.

건강하게 되기 위해서는 중성을 유지해야만 되며, 자기의 체질을 미리 알아서 알칼리체질인 사람은 채소 섭취를 너무 많이 하지 않는 편이 좋으며, 산성체질인 사람은 채소를 많이 섭취하는 것이 좋다.

환자 가운데 75%는 대체로 산성체질이다. 나머지 25%가 알칼리 체질인 셈이므로 일반적으로 되도록 채소를 많이 먹는 것이 좋다는 것은 산성체질인 사람이 많기 때문이다. 세간에서는 단순히 음식물만으로 산성과 알칼리성을 구별하려고 하지만, 실은 여러 조건이 영향을 미친다는 것을 알아야만 된다.

부　록

부 록

1. 건강세미나에서 요약한 것

"온 천하를 얻고도 제 목숨을 잃으면 무엇이 유익하리요 사람이 무엇으로 제 목숨을 바꾸겠느냐"(마 16:26, 창 1:29, 잠 17:22, 사 58:6)

(1) 우리의 육체는 거대한 화학공장이다(理化作用, 同化作用).

(2) 자연 치유력을 잊지는 않았는가. 우리 몸은 위대한 능력을 가지고 있다(자기 병은 자신이 치료하라).

(3) 인간의 수명은?($25 \times 5 = 125$)

(4) 왜 인간만이 약해졌는가?(마음, 음식, 운동)

(5) 음식과 영양은 다르다. 배고파 먹는 것이 아니고 시간과 습관에 의해 먹는다.

(6) 먹지 않으면 힘을 얻을 수 없다는 그릇된 생각을 하는 한 일찍 죽는다.

(7) 완전흡수, 완전소화, 완전배설(소식)

(8) 인간은 원래 채식동물이다(곡식류, 엽채류, 근채류, 소어패류의 전체식이다).

(9) 삼대 건강식품(혈액정화) : 배아(혈액정상), 엽록소(독소중

화), 효소(장 기능정상).

(10) 스테미너와 건강식이란?(식물성 종자, 파, 마늘, 부추, 콩국, 해바라기 씨, 깨, 좁쌀과 기타 각가지 나무 열매에서 온다.)

※ **병의 역사** : 14세기-문둥병, 15세기-페스트, 16세기-매독, 17~18세기-두창, 19세기-성홍열, 폐결핵, 20세기-암, 혈관병, 정신질환, 21세기-하나님 말씀대로 살아야

(11) 생수(生水)는 무병의 영(靈)의 약이다(하루 1.5ℓ).

(12) 세균도 살 권리가 있다.

① 우리는 세균과 같이 산다. ② 바이러스는 자기의 양분을 발견할 수 있는 곳을 찾는다. ③ 우리의 인체는 세균을 양육하지 말아야 한다. ④생명력이 약화되었을 때 ⑤산성을 축적하지 말아야 한다. ⑥세균 침입의 좋은 조건이 폐렴이 됨. ⑦동경 동물원 물개 30마리가 폐암으로 죽음.

(13) 건강의 기준(WHO) : 신체적, 정신적, 사회적, 영적 평온상태다.

(14) 질병이란 자기 생활 역사의 결과이다(치료보다 반성이 먼저, 회개).

(15) 결과를 원인으로 보지 말라(질병 치료보다 사람을 치료해야).

(16) 인도에서 영국 영양학자 맥가번의 실험법은 생명이다. 건강의 혁명은 밥상에서 찾아야.

(17) 우리 것 먹어야 건강하고 오래 산다(현미, 보리, 찰조, 찰수수, 검은콩, 팥 등). 내 몸은 결코 거짓말을 하지 않는다. 내가 무엇을 먹

느냐가 바로 나를 결정한다.

(18) 음식 → 혈액 → 체세포 금식 ← 혈액 ← 체세포

(19) 심신이 불편하면 음식을 걸러라(식욕이 없을 때).

(20) 금식은 내장의 휴식이다. 생명을 새롭게 한다(40만 종의 생물들).

① 내장의 휴식 - 필수요건 침목의 보조자

② 과잉영양 배설

③ 독물 노폐물 배설

④ 병든 세포, 조직세포, 노후세포 배출

⑤ 자기분화, 정화작용

⑥ 혈액순환 정상, 백혈구 증가

⑦ 자연치유력, 자율신경 높임

⑧ 부신피질 호르몬 배출

⑨ 응고된 혈액 떨어져 나옴

⑩ 산성체질 알칼리로

동물성 단백질 과다섭취는 칼슘부족 현상이 일어나고 골다공증 증가

(21) 마음관리 여하에 따라 독약도 되고 양약(良藥)도 된다(스트레스는 만병의 근원이다).

(22) 걸으면 살고(일일 4~5㎞) 누우면 죽는다(혈액순환의 원동력은 모세혈관의 흡인력이다).

(23) 항상 기뻐하라. 쉬지 말고 기도하라. 범사에 감사하라.

(24) 뇌 내에서 나오는 호르몬은 마약보다 5~6배나 강하다(사랑과 기쁨). 몸과 뇌를 활성화시키는 화학물질은 감정으로 일어나는 화학물질과 동일하다.

1) 노화와 노화의 방지

(1) 노쇠를 원하는 사람은 인류의 역사를 통해 한 사람도 찾아볼 수 없다.

동서고금을 통해 노쇠를 피하려고 연구와 애를 쓰지만 실패하고 만다. 그들은 비과학적이었고, 무병장수를 모두가 원하고 있다. 노화를 어떻게 성공적으로 지연시킬 수 있는지에 대한 지식이 너무나 미비하다. 최근의 과학적 연구로 탐지한 노쇠의 원인, 노화의 방지법을 오늘 생각하기로 한다. 어떻게 하면 신체의 불편을 감소하고 성공적으로 장수를 누릴 수 있을까? 우리들의 생활방법의 개선이 필요하다는 점이다.

(2) 노화란 무엇인가?

생명체는 왜 늙는가에 대한 지식이다. 종교와 철학 등을 통해 찾으려했으나 허사였다. 다행히 지난 30년 동안 맹렬한 노화 연구 결과 드디어 그 실마리를 찾아냈다. 노화의 시작은 신체조직기관의 구성체인 세포자체에서 발생한다(세포자체의 노화가 바로 우리 생명체의 노화 원인이다. 약 60조의 세포가 있음).

인간생명과학 중에서 가장 복잡하고 해결이 어려운 것이 바로 노화

현상이다. 그 이유는 다음과 같다. 각 세포들의 기능과 역할이 다 다르듯이 그들의 노화과정도 다르다는 것뿐만 아니라 조직기관들 자체의 기능 감소가 일어나는데 조직기관들의 노화진행 속도가 각기 다르다는 것이다. 이러한 새로운 정보는 노화방지를 모색하는 방법을 찾는 데는 노화속도가 빠른 세포 또는 조직에 그 중점을 두어야 그 생명체의 수명연장을 하는데 해결방법이 될 수 있기 때문이다.

(3) 노화는 유전요소와 환경의 산물

과거에는 노화는 생명체의 탄생→성장→성숙→노쇠→사망의 과정으로 선천적 유전으로 유전학설이 있다. 지난 15년 동안 맥아더 재단이 스웨덴의 25,000쌍의 일란성 쌍생아를 대상으로 연구한 결과 유전적 요소는 30%이고 나머지 70%는 환경적 요소와 생활양식 등의 후천적 요소에 의하여 조절된다는 것이다. 따라서 우리의 노쇠의 촉진요소는 후천적인 여건이라는 것이다. 즉 환경조건(식생활, 육체생활), 생활양식을 적절히 조절한다면 어느 정도까지는 가능하다는 뜻이다. 이것이 바로 무병장수의 해결 방법의 기본이 된다. 성공적인 노화의 비밀의 첫 메시지라 하겠다.

(4) 노화의 원인은 활성산소

우리 생명유지에 절대 필요한 산소가 세포 노화현상에 주범이라는 증거를 찾아내었다. 흡수된 산소는 세포내 에너지 생산조직인 미토콘트리아에 들어가 연소되면서 체온유지, 세포활성, ATP(육체활동에 필요한 것)를 생산케 하고(세포 하나에 2-3,000개의 미토콘트리아가 있음), 흡수된 산소가 100% 연소되어 탄산가스와 물로 변하지만 그렇게 못할 때 부산물로 생기는 것이 바로 활성산소이다.

호흡하는 산소 중의 1-3%가 파괴력이 높은 활성산소다. 산소로 생명을 유지하는 모든 생명체는 활성산소를 피할 수 없다.

* 해결법 : 방어체계로 SOD, VC, VE 등을 필수로 갖고 있다.

나이가 들어 이 방어진이 무너지면 생체의 기본성분인 핵산(항산화 물질 : 조개류, 고등어, 참치, 생선회, 멸치, 말린 미역, 콩, 두부, 된장), 단백질, 그리고 지방을 무차별 파괴시킴으로서 면역세포 등 여러 조직들의 활성이 빨리 상실되어 결국 노화를 야기 시키고 여러 질병(심장병, 암, 치매, 관절염, 당뇨병, 골다공증 등)을 발생케 한다.

노화를 방지하려면 활성산소의 생산을 감소시키고, 방어진을 보강하여 독성산소를 우선 해소시키는 두 방법이 효율적이다(금식).

(5) 현대의 불로초는 무엇일까?

현재로서는 못 찾고 있다. 묘약도 개발하지 못하고 있다. 이유는 노화의 원인이나 진행과정은 하나가 아니고 유전, 후천적 요소 등 다양하기 때문에 이론적으로도 불가능하다.

현재로서 사용되고 있는 방법들을 종합 분류하면 ①영양식의 조절 ②호르몬의 보충요법 ③육체운동 ④약물치료 ⑤마음의 즐거움(웃음)이다.

(6) 영양으로 노화의 조절

적당량의 에너지 - 필수 영양소를 섭취해야 한다. 잘못된 음식조절(결핍, 과식)은 병을 발생한다. 쥐의 실험에 의하면 절식(칼로리 제한)은 평균수명의 40-50%를 연장케 한다. 지금까지 모든 실험으로 최고 수명을 연장케 하고, 노화현상을 방지하며, 질병의 발생, 진도를 억제하는 방법은 이 칼로리 제한 외에는 없다.

노화의 원인으로 알려진 유독산소에 의한 산화스트레스를 억제한다는 사실, 이와 동시에 산화스트레스를 해소하는 항산화 방어진을 보강해 준다는 것이다. 육체운동은 노화방지법 중 절식 다음에 효력이 있다고 한다.

(7) 혈관노화와 뇌의 노화현상

우리 생체의 220 종의 세포 중 산화스트레스에 약한 세포가 몇 종류 있는데 그 중 하나는 혈관의 안쪽 벽을 둘러싸고 있는 내피세포들이다(예-동맥경화증의 과정). 활성산소에 약한 세포는 뇌세포들이다.

(8) 보약은 매일 먹는 음식이나 행동 등에서 찾을 수 있다.

천연음식이나 적당한 육식의 균형 잡힌 식생활이 보약이다. 식사는 감사하는 마음으로 즐겁게 천천히 먹으면 된다. 적절한 운동과 충분한 수면, 편안한 마음가짐이 보약이다. 여기에 곁들여 정기적인 단식이 매우 효과적이다.

산삼, 물개의 생식기, 백사, 웅담, 사슴피, 사람의 태반, 원숭이의 골, 곰발바닥, 개소주, 뱀탕, 지네탕 등의 보약이 기대만큼 효과가 있을까?

애타게 불로초를 찾았던 진시황은 보약 맹신자이다. 49세에 사망했다. 조선조 500년사를 봐도 장수왕은 영조가 83세로 돋보일 뿐 거의 40-50대를 넘기지 못했다. 보약과 거리가 멀었던 처칠(91세), 레이건(92세), 장제스(88세), 이승만(90세)도 장수했다.

보약보다는 일상생활에서 찾는 것이 현명하다.

(9) 활성산소의 해악(칼로리 제한이 장수와 노화방지)

* 마음의 생각은 물질화(엔돌핀)로

① 조직세포가 활성산소의 공격을 받아 약해진다.

② 활성산소는 유전자(DNA)에 상처를 입힌다.

③ 활성산소는 과산화지질을 만든다.

④ 활성산소는 궤양, 폴립 등을 만든다.

⑤ 활성산소는 호르몬의 밸런스를 붕괴시킨다.

* 우리는 자연의 법도를 지켜야 건강을 유지할 수 있다.

건강세미나(1)

백세의 청년이 있으며 30세의 노인도 있다.

(1) 누가 내 건강을 지켜준다는 생각을 바꾸어라.

(2) 먼저 내 몸에 축적된 독소를 제거하라(금식).

(3) 하나님의 창조, 자연법칙은 완벽하다.

(4) 자연법칙을 위반하면 차별이 없다.

(5) 자기의 질병이 자기 스스로 일으킨 것을 장본인이 인정하지 않는다.

※ 스스로 속이지 말라. 하나님은 만홀히 여김을 받지 아니하시니 사람이 무엇으로 심든지 그대로 거두리라(갈 6:7).

※ 너희가 하나님의 성전인 것, 하나님의 성령이 너의 안에 거하는 것을 알지 못하느뇨, 누구든지 성전을 더럽히면 그 사람을 멸하시리라(고전 3:16).

(6) 지금까지 어떻게 살아왔는지 과정을 살펴라(음식, 생활습관, 생수, 호흡법, 휴식과 수면, 기쁨, 행복감 등).

(7) 위장이 깨끗한 자 병이 없고, 노화방지의 비밀은 절식이라.

(8) 당신의 뇌와 몸은 항상 당신의 말을 듣고 있다(목적과 소망을).

(9) 장(腸)은 스스로 생각하는 제 2의 뇌이다.

(10) 효소 Enzyme의 보유량에 따라 질병이 발생한다(生死).

약 5,000종의 효소(30,000종이 가능)

(11) 천수를 다하는 생활방식을 지켜라(바른 생활습관만이 당신의 건강이 유지된다).

(12) 질병의 예방은 면역력(치유력)을 높여야 한다.

    ※ 뇌세포는 160세까지 살아도 젊음을 유지한다(뇌세포는 140억개이나, 매일 10만개씩 죽어도 걱정은 없다).

(13) 보건의료의 정의는 면역력 증강, 자연치유력 복원, 예방에 있다.

건강세미나(2)

"마음이 편하면 몸도 편해"

(1) 생각은 물질화로 마음이 없으면 병도 없다.
마음이 편하면 몸도 편하다. 사람은 그 모양이 그 마음에서, 마음에 있는 것이 모양으로 나타난다. 마음이란 자기가 살아왔던 삶의 역사다.

(2) 마음의 짐과 스트레스를 일체 버리면 병이 없어진다.
모두 자신이 쓴 마음이 만든 것이다. 욕심과 고뇌로 채워서 탐욕과 고통의 덩어리가 내 몸이요, 이곳에 병은 온다.

(3) 살아온 세월동안 생각의 실타래에서 우에가 고치에 얽히듯 얽매여서 헤어날 수 없게 되어버렸다. 나 자신의 생각대로 못하고 이미지, 즉 습관에 끌려 다닌다. 습관병이다.

(4) 집착을 버리려면 먼저 내가 죽어버리는 것이다. 마음을 비우는 것이다.

(5) 생명수는 마르지 않는다(긍정적, 기도, 기쁨).

(6) 인간의 뇌는 베타엔돌핀이라는 호르몬이 분비, 이것은 독성이 없으면서 효력은 마약모르핀의 5-6배나 된다.

(7) 인간은 화를 내거나 강한 스트레스를 받으면 노르아드레날린, 공포감을 느끼면서 아드레날린을 분비한다. 독사 다음으로 毒性(독성)이 강하다.

(8) 노화가 되는 원인 - 영적, 정신적, 육체적 질병의 3가지다.

이것은 사랑하는 마음 하나로 치유될 수 있다.

(9) 사랑하는 마음을 가지려면 먼저 욕심을 버리고 회개가 필수다.

(10) 만성질환자는 고집이 세고 매사 자기중심주의로 생각, 자신이 판단한 기준으로 남을 평가한다. 남을 위해 베푸는 삶이 진정 자신을 위한 삶이다.

(11) 몸에 흐르는 생명체의 에너지는 마음의 상태에 따라 달라진다.

(12) 생각은 추상적인 허상이 아니고 물질이다. 질량을 가지고 에너지로 작용하는 물리적 존재이다.

(13) 의식과 감정이 내분비 자율신경에 영향, 신체를 변화시킴(생물학) "뇌내 혁명"을 볼 것.

(14) 우주는 진선미(眞善美)다. 만물은 에너지를 말한다.

동식물, 무생물 = 동일하다.

(15) 착한 마음은 선하고 밝은 빛을 발한다(자기가 없는 마음, 남을 위하는 마음이다). 마음에 욕망과 이기심이 끼면서 점차 어두워진다. 자기중심적인 이기적 욕망이 자신의 마음인양 생각한다. 마음이 병을 만들어낸다. 병을 치료하는 자는 바로 자기 자신이다(살아온 과정을 살펴서 환경을 바꾸면 빨리 치유가 된다).

(16) 세상 사람들은 봐야 믿을 수 있다고 말하지만 하나님은 믿어야 볼 수 있다라고(원하는 모습을 선포하라).

(17) 긍정적이든 부정적이든 말에는 창조력이 깃들어 있다. 입에서 나오는 말이 열매 맺고, 바로 나에 대한 예언이다.

건강세미나(3)

"오직 예수님 사랑"

(1) 천사의 말을 할지라도 사랑이 없다면 요란한 노쇠와 꽹과리 소리에 불과하고, 산을 옮길만한 믿음을 갖고 있을지라도 사랑이 없다면 아무것도 아니다(고전 13:1-2).

(2) 누구나 사랑하고 사랑받기를 원합니다.
사랑은 인간을 보호해 주는 최고의 덕목이고 축복이다.

(3) 사랑은 판단과 비판을 접어둔 곳에 자리한다. 사랑을 해치는 가장 큰 적은 바로 증오입니다. 증오는 나의 영혼을 손상시킨다(마틴루터킹).

(4) 자신의 마음이 사랑으로 넘친다면 사랑으로 가득 찬 세상을 만다(없는 사람은).

(5) 사랑을 가진 이는 마음의 눈으로 볼 수 있다.

(6) 사랑은 우리 안에서 생동감, 영감을 불어 넣는다.
참된 사랑은 무너지지 않는다.

(7) 사랑과 자비에는 이기심이 없다. 바로 나 자신을 대접하고 있음을 알게 된다. 너와 나의 구별이 없다. 세상의 고통과 슬픔을 내 것으로 만들게 한다.

(8) 사랑은 크고 작은 것을 구별하지 않는다(봉사를).

(9) 사랑과 자비는 아무런 조건을 달지 않는 행복이요, 자유이다.

(10) 우리는 이제까지 미움과 증오에 눈먼 채 살아왔다.
나는 보았다. 내가 공격을 당하고 있을 때, 내가 이제까지 살면서 다른 사람을 증오했던 그 마음이, 바로 내 앞에서 다른 얼굴을 하고 서 있음을 지금 나를 증오하는 저들은 또 다른 내 모습이었던 것을 알았다.

(11) 걸어오는 사람과 부딪쳐 넘어졌다.
"바보 같은 자식, 눈을 어디 두고 다니는 거야" 분노가 곧 동정으로 변해(알고 보니 장님이었다).

(12) 수술을 받고 입술이 비뚤어진 아내의 모습에 남편의 사랑은 변치 않음.

(13) 사랑은 우리가 머무는 곳에 어디서나 발견한다.
생각보다 훨씬 더 가깝고도 가까운 곳에 존재한다. 그때그때 실천하고 표현할 때 진정한 모습으로 나타나 직접적, 즉각적이다.

(14) 가슴 속에 담긴 사랑, 사랑에 몸을 맡길 때 평화가 찾아온다.

(15) 증오와 미움을 품고 있으면 그 자체가 고통이다.
나를 포로로 잡아주었던 그 사람을 용서하지 못하면 아직도 그의 포로인 셈이다.

(16) 평화를 바란다면 먼저 내 안에서 평화를 찾아야 하며, 기쁨과 슬픔을 다 끌어안을 때 우리의 마음은 온유해 진다. 우리의 마음에 우주처럼 광대한 고요함이 존재한다.

(17) 어떻게 살아도 어려움은 늘 존재한다.
주신이도 하나님이시오, 거두시는 이도 하나님이시다(욥 1:21). 좌절하지 말라. 꽃이 떨어진 바로 그 자리에 열매가 열리는 법이다.

(18) 행복은 즐거움과 의미가 만나는 곳에 있다.
사회적 지위나 통장잔고가 아닌 마음먹기에 달려 있다. 하는 일을 소명으로 생각하는 사람에게는 일 자체가 목적이다.

(19) 극도의 집중된 의식은 DNA장수의 유전자 조정가능.

2. 체험담

1) 덴바야시(天林) 박사의 체험담

나 자신이 22년 전에 불치의 병을 앓은 일이 있습니다. 뇌종양과 실명을 한다는 베체트씨병과 혈관이 막혀 다리를 절단하지 않으면 안되는 버거씨병이었습니다. 이 세 가지를 극복한 체험을 가지고 있습니다.

나는 "이 세 가지 질병에 좋은 치료법은 없다. 왼쪽 발은 1~2년 안으로 절단하지 않으면 안 될 것이다."라는 의학박사의 선고를 받았습니다.

나는 절망의 구렁텅이에 빠져 정신없이 술에 취했습니다. 정신을 차려보니 비가 퍼붓는 길가에 누워있고, 들개가 먹이를 찾아 내 주위를 서성거리고 있었습니다. 들개조차도 부러운 생각이었습니다. 정신없이 하숙집에 돌아와 그대로 깊은 잠에 빠졌습니다.

실컷 자고 눈을 뜨니 묘하게 마음이 가라앉는 기분이 되어 있고, '역시 하나님이 계시는 곳으로 돌아가자'하는 생각이 들었습니다. "만물을 창조하시고 기르시는 근원적인 존재에 의하여 나는 지금 살려져 있다. 앞으로 남은 생명이 얼마 되지 않더라도 그 기간을 최대한으로 열심히 살자!"하는 심정이었습니다.

그래서 교회에 다니면서 하나님께 기도하고 설교도 듣고, 공부도 열심히 했습니다. 그리하여 어느 사이엔가 깨닫게 된 것은, 별다른 치료를 하지 않았는데도 두통도, 발의 통증도, 눈병도 차차 좋아지는 것이었습니다. 그리고 마침내 내 불치의 병이 나아버렸습니다. 이것이 내 의도(醫道)의 원점이 되었습니다.

현대의학에서 불치의 병이라고 하더라도 '정신적인 전환'으로 치유될 가능성이 있지 않을까요? 오랜 연구생활 끝에 말기 암이나 진행암과 싸우게 된 것도 이러한 생각이 있었기 때문입니다.

암은 갑자기 생긴 것이 아니고 평균적으로 9년 정도의 시간에 걸쳐 한 개의 암세포가 서서히 증식하면서 자라온 것입니다. 몸의 자연치유력, 특히 면역력이 떨어지면 발병합니다. 이 면역력은 '마음가짐'에 따라 크게 좌우됩니다. 암을 '살덩어리의 병'으로밖에 보지 않는 현대의학의 모순을 나타내고 있습니다.

※ 덴바야시의 저서로는 엘맨출판사에서 출간된 『암 우리는 이렇게 고쳤다』라고 하는 유명한 저서가 있다.

2) 나의 간경화 치유

병원에서 간 기능 검사 결과 간 경화증 말기로 나타났다. 담당의사는 고단백 고칼로리 식사를 하라고 권했다. 그러나 더욱 병은 악화일로였다. 나는 식이요법과 금식을 통해 간 기능이 회복되어 희생하게 되었다. 간경화증의 사경에서 헤어난 후 간에 대한 체험과 지식을 공개하고자 『과학적인 금식요법』(1976. 12. 6)이란 책을 출판하여 8판까지 찍었고, TBC TV에 출연하여 세상에 큰 충격을 주기도 했다.

간장에는 각각 신경이 없기 때문에 여간 병이 들어도 아픔을 느끼지 못한다. 80%가 망가져도 재생력이 어느 장기보다도 강한 것이 특징이다. 그래서 간은 침묵의 장기, '칠전팔기의 장기'라고 불리기도 한다.

그리고 간장은 인간의 감정, 즉 정서와 깊은 관계가 있다는 것을 알게 되었다. 간이 콩알만 하다느니, 간 큰 짓이라느니, 간이 서늘하다는 등 간은 우리의 일상생활 정서에 영향을 많이 받는다.

간장병에는 특효약이 없다. 간이 하는 일이 500여 종이나 된다고 하는데 세계의 화학공장을 다 모아도 우리의 간장이 하는 일을 못한다고 한다.

그러면 어떻게 하는 것이 좋을까? 잠이 올 때는 잠을 자는 것이 유일한 처방이듯 간에 피로가 겹쳐져서 병이 발병했을 때 가장 좋은 것은 역시 간이 하는 일을 덜어 주는 것이 최선의 치료 행위가 된다. 간이 나쁘다고 갖가지 약물을 동시에 복용하는 것은 오히려 간에 부담을 주는 것이다. 우리는 올바른 지식을 알고 있어야 한다. 물론 의사의 처방을 따라야 한다.

전 일본 간장학회 회장 야마모도 유후 교수는 "간장에는 특효약이 없고 쉬게 해 주는 것이 회생의 첩경이다."고 말했다. 그는 또 "어떤 약을 먹든지 모두가 간장을 거쳐 대사가 이루어지기 때문에 약을 많이 복용하면 그만큼 간의 부담을 늘리는 것이 된다."고 말하고 일본 전국이 되도록이면 약의 분량을 줄여갈 수 있도록 하는 것이 의사들의 처방이라고 했다. 또한 야마모도 회장은 인체에 무해한 물을 많이 먹으면 해롭듯이 약은 조금만 지나쳐도 치명적인 패해를 안겨줄 수 있다고 경고한다.

"우리나라처럼 의사가 아닌 사람이 환자에게 약을 선물하는 나라도 없을 것"이라며 "좋은 약을 못 쓴 것보다 나쁜 약을 한 번 쓰는 것이 몸에 더 해롭다."고 서울대 김정룡 박사는 말한다. 세계적으로 유명한 한스 포퍼 박사는 간장 질환의 근치법은 없고, 약의 남용으로 간을 해치는 수가 많다고 한다. 나의 경험을 통해서도 알 수 있듯이 마음과 몸이 편안하고 청결해졌을 때 간장은 자연히 치료가 된다. 하루의 금식으로 심신은 청결케 된다.

3. 암치료 대담

암치료 지침 개발 – 전국 병원에 보급해야(한·일 국립 암 센터 원장 대담에서 발췌)

세계적으로 한해 1,000만 명 정도의 암 환자가 발생하고 그 중 60%가 죽음을 맞는다. 우리나라도 한해 10만 명 정도의 환자가 새로이 암으로 진단 받고 있으며, 국민 4~5명 중 1명은 암으로 사망한다. 일본 국립 암 센터 테라다마사키(寺田 昭·64) 총장(일본 내 공식 호칭)이 지난 달 31일 내한해 올해 말 개원을 앞둔 국립 암센터 박재갑(朴在甲·52) 원장과 양국(兩國)의 사망원인 1위인 암퇴치를 주제로 대담했다. / 편집자

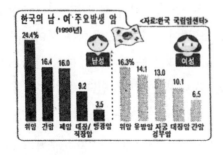

<그림> 한국의 남·여 주요발생 암

<자료: 한국 국립암센타>

▲ 박재갑 : 한국은 일본의 암 발생 변화를 10~20년 간격을 두고 뒤쫓아 가고 있습니다. 따라서 지금의 일본의 암 발생 현황을 보면 우리나라의 10여 년 후의 상황을 예측할 수 있습니다. 지금 일본의 현황은 어떻습니까?

▲ 테라다 : 한국과 일본은 유전적 소인이 비슷하고 생활문화가 비슷해 암 발생 현황이 비슷합니다. 단지 일본이 서구화된 생활문화에 앞서 그 같은 현상이 벌어진다고 생각합니다. 일본은 현재 한 해 48만여 명의 암 환자가 발생하고 27만여 명이 사망합니다. 암 사망률은 50%를 조금 상회합니다. 33.3명에 1명이 암으로 죽음을 맞고 있습니다.

"대장암·유방암 급증추세 소금 적게 먹으면 위암 줄어 1만 명 살리면 2조 손실 막아 정부서 퇴치에 적극 나서야"

- 자료 조선일보 2000년 9월 2일자 -

4. TV 출연 후 화제에 오른 금식요법

텔레비전에 출연한 이후 곧 700명의 관심 있는 분들이 나를 방문한 기억이 난다. 그리고 연 1회 4년간 텔레비전에 출연한 적이 있다.

다음 글은 1976년 12월 1일 수요일 TBC 텔레비전 '오늘의 화제'시간에 가진 금식요법에 대한 인터뷰 중에서 발췌한 것이다.

아나운서 : 『과학적인 금식요법』의 출판기념회 이후 최근 부산에서의 대단한 화젯거리가 되어 있는데, 금식요법이란 어떤 것인지요?

정원상 : 우선 금식의 유래부터 말씀드리겠습니다. 고대 이집트인은 건강과 젊음을 위하여 조직적으로 월 3일간 금식하였습니다. 고대 철학자이며 수학자인 피타고라스는 계획적으로 40일간씩 금식하고, 고대 티베트의 노승들은 비만증의 치료로 금식을 하였습니다. 또한 의성(醫聖) 히포크라테스(의료의 신)는 금식상태가 치료효과에 지대한 영향을 미친다고 말하였으며, 플루타르크는 약 대신에 1일 절식하라고 했습니다. 그밖에 불교, 기독교, 이슬람교, 도교 등 모든 신흥 종교에서도 금식을 받아들이기 시작했는데, 금식은 빈부의 차가 없기에 16세기의 고루나로(83세), 17세기의 차인 박사(영국의 명의), 그 후 불·독·일 등 세계적으로 정신수양과 치료의 목적으로 붐을 일으키고 있습니다.

아나운서 : 금식요법을 연구하게 된 동기는 무엇인지요?

정원상 : 동물은 병에 걸리면 자연적으로 먹지 않고 옆으로 누워있는데, 이것은 동물의 본능입니다. 그러나 인간은 앓아 누워있으면 그저 영양이다, 칼로리다 하며 억지로 먹이는 경우가 많습니다. 저는 젊은 시절에 원인 모를 병고로 10여 년간 고통을 당하다가 금식요법으로 완치된 후부터 금식을 본격적으로 연구하게 되었습니다.

[A] 금식 중의 보조행법

다음은 세계 각국과 국내에서 널리 보급되고 있는 운동법 중, 나의 경험에 근거하여, 요가체조 중 효과가 큰 네 가지와 니시식 건강법 중 두 가지를 평소에 실행하면 큰 효과를 거둘 수 있습니다.

〈다리 오그리고 상체를 앞으로 굽히는 자세〉

1. 준비 자세 : 발바닥을 맞대고 두 손으로 양 발끝을 모아 감싸 쥐고 앉는다.

2. 제1동작 : 상체와 머리를 뒤로 젖히는 동시에 발은 안쪽으로 지긋이 잡아당기면서 숨을 들이마신다.

3. 제2동작 : 숨을 토하면서 몸을 앞으로 굽혀 머리를 바닥에 닿게 한다. 숨을 고요히 계속 토하면서 이 자세로 잠시 지긋이 멈춘다.

4. 제3동작 : 상체를 일으켜 머리를 젖히고 숨을 들이마신다.

5. 제4동작 : 숨을 토하면서 맨 처음의 준비 자세로 돌아온다.

무릎은 언제나 바닥에 닿아 있어야 하고 동작은 될 수 있는 대로 크게, 천천히, 고요히 해야 한다.

이상이 1회 과정입니다. 속으로 하나, 둘, 셋, 넷의 구호를 외며 시행하는데, 이것을 3~4회 되풀이합니다.

1회의 소요 시간은 약 30초를 표준으로 하되 앞으로 굽혀 멈추는 시간은 15초로 합니다(1회 2분 정도).

이 동작은 골반과 요추의 이상이 교정되며, 방광, 생식기, 자궁, 항문, 다리의 기능이 강화됩니다. 요통의 예방과 치료뿐만이 아니라 피로회복, 식욕부진, 소화불량에도 효과가 큽니다.

〈다리 뻗치고 상체를 앞으로 굽히는 자세〉

1. 준비 자세 : 두 다리를 앞으로 펴고 앉는다. 이때 무릎이 뜨지 않게 하고 두 손은 무릎 위에 자연스럽게 놓는다.

2. 제 1 동작 : 두 손을 치켜들어 머리 위로 뻗치며 숨을 들이마신다. 이때 상체와 머리도 뒤로 젖힌다.

3. 제 2 동작 : 숨을 토하면서 상체를 앞으로 굽히고 숨을 고요히 토해 낸다. 이때 두 손은 두 발끝을 잡고 머리는 양 정강이에 닿게 하고 숨을 다 토할 때까지 이 자세로 지긋이 멈춘다.

4. 제 4 동작 : 두 손을 치켜들면서 상체를 일으키고 숨을 들이마신다. 이때 상체와 머리를 뒤로 젖힌다.

5. 제 5 동작 : 숨을 토하면서 처음 준비 자세로 돌아온다. 시간과 횟수는 앞의 것과 같다.

이 동작은 복부의 근육이 강화되고 다리 뒤쪽 근육이 이완되어 하체의 이상이 교정되고, 허리의 유연성이 높아져 노화 방지와 피로회복에 효과가 큽니다. 또 변비, 좌골신경통과 관절 류머티즘 등 무릎 아픈 증상이 해소되고 간장 비장의 기능이 강화됩니다.

〈다리를 벌리고 상체를 앞으로 굽히는 자세〉

1. 준비 자세 : 양다리를 옆으로 벌리고 앉는다. 손은 양 무릎 위에 자연스럽게 놓는다. 이때 다리는 많이 벌릴수록 좋다.

2. 제 1 동작 : 양손을 치켜들면서 숨을 들이마신다. 이때 상체와 머리는 뒤로 약간 젖힌다.

3. 제 2 동작 : 숨은 고르고 가늘게 토하면서 상체를 앞으로 굽혀 머리를 바닥에 닿게 한다. 이때 두 손을 벌려 양 발목을 잡고 숨을 다 토할 때까지 이 자세에서 멈춘다.

4. 제 3 동작 : 상체와 동시에 손을 치켜들고 숨을 들이마신다. 이때 상체와 머리는 약간 뒤로 젖힌다.

5. 제4동작 : 숨을 토하면서 처음의 준비자세로 돌아온다. 시간과 횟수는 앞과 같다.

이 동작은 앞 동작의 변형이므로 효과는 거의 같습니다. 특히 피로회복과 젊어지는 자세로 애용되고 있습니다.

<무릎을 꿇고 상체를 뒤로 젖히는 자세>

1. 준비 자세 : 무릎을 꿇고 앉는다. 이때 손은 자연스럽게 양 무릎 위에 놓는다.

2. 제1동작 : 숨을 들이마시며 무릎을 꿇은 채 양발을 넓게 벌리고 양손은 뒤로 양 발목을 잡고 눕는다.

3. 제2동작 : 가늘고 길게 숨을 토했다가 다시 고요히 들이마신다. 이때 양손을 머리 위로 깍지끼어 뻗친다.

4. 제3동작 : 깊은 호흡을 천천히 두 번 더 반복한다.

5. 제4동작 : 숨을 토하면서 상체를 일으킨다. 이때 상체가 비틀리지 않게 조심스럽게 일으켜 맨 처음의 준비 자세로 돌아온다.

이 체조는 한 번만 합니다. 소요 시간은 약 1분 정도며, 뒤로 누워 있는 시간은 길수록 좋습니다. 이 동작은, ① 복부의 근육이 자극받아 위장의 활동이 활발해짐으로써 위장장애가 없어지고, ② 비뚤어진 요추가 교정되어 변비 설사도 없어지고 방광 기능도 강화되며, ③ 가슴을 들고 머리로 받치고 있으면 가슴뼈의 압박을 풀어주어 피로회복, 천식·기관지염·감기 치료에 효과가 좋습니다.

【금붕어 운동(金魚運動)】

평평하고 딱딱한 자리에 누워 금붕어가 헤엄치는 것 같은 동작을 빠른 속도로 되풀이하는 것입니다.

이 운동은 척추의 좌우 뒤틀림을 교정하며 신체 각부의 균형을 잡아 주기 때문에 내장 각 기관의 기능이 강화됩니다.

특히 위장 상태가 나쁜 사람이 하면 더욱 좋습니다.(30초)

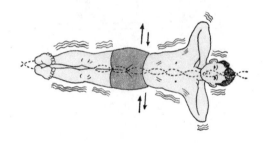

① 본인이 할 때

【모관운동(毛管運動)】

반듯이 누워 손발을 수직으로 뻗쳐서 가볍게 빨리 흔드는 운동입니다. 이때 무릎도 곧게 뻗쳐야 합니다.

많은 모세혈관이 분포되어 있는 사지를 흔듦으로써 '그로뮤'의 활동과 재생을 촉진하고 울혈을 제거하여 혈액순환을 완전하게 합니다. 따라서 내장과 순환 계통의 질병의 예방과 치료에도 크게 도움이 된

다는 것입니다. 심장질환에도 크게 도움이 됩니다.(2분정도)

'그로뮤'의 이론이란, 혈액순환의 원동력이 심장에 있는 것이 아니라 모세혈관에 있다는 착설입니다.

자세한 것은 니시식 건강법을 공부하게 되면 알게 될 것입니다.

參考文獻

西醫學斷食法	西　造
西醫學健康法	
朝食無用論	鄭山譯
西式健康法	太郎
西式健康法	小島八郎
斷食療法時代	寺井富雄,　木健古 共著
斷食のすすぬ	甲田光雄
斷食療法의 科學	小島八郎
家庭てできる絶食の療法	森田久男
難病治療のキメ手	渡邊正
醫學のいらない治療法	渡邊正
現代病への挑	渡邊正
얼굴診斷에 依한 治療	渡邊正
手相에 依한 病 진단法	渡邊正
自然と生命の醫學	日野厚
ストレス健康法	池見西次郎
癌두렵지 않다	森下敬一
血球의 起源	森下敬一
難治病의 克服과 斷食療法	林進圭
體質改活健康法	唐木秀夫
ガンにならない健康法	大浦孝秋
山茶健康法	多和田全孝
野草健康法	園江稔

自分で治せる治療法　　　　　　　브세로프

西食自然斷食療法　　　　　　　青木春三

斷食療法의 理論과 實際　　　　　裵星權 編譯

斷食의 歲力　　　　　　　　　　金東極著

斷食健康의 비결　　　　　　　　南谷山著

食物과 人相　　　　　　　　　　니콜라이著

生きがいある長壽國　　　　　　武田正實訣

生命의 實相　　　　　　　　　　谷口雅春

The Fasting Cure　　　　　　　　H. M Shelton

Fasting Can Save Your Life　　　　H. M Shelton

Fasting for Renewal of Life　　　　H. M Shelton

Introduction to Natural Hygiene　　H. M Shelton

How to Live to be 100 Sula Benet the　H. M Shelton

Life-style of the People　　　　　H. M Shelton

The Longevous Population of Vilcabauba　H. M Shelton

Health for All　　　　　　　　　H. M Shelton

Health for the Millions　　　　　H. M Shelton

The Hygienic system Vo.1　　　　H. M Shelton

Living Life to Live it Longer　　　H. M Shelton

The Science and Fine Art of Fasting　H. M Shelton

Are you a Candidate for Cancer?　　H. M Shelton

The Greatest Health D. iscovery　　H. M Shelton

Toxemia:The Basic Danse of Disease　H. M Shelton

You Don't Have to be Sick:　　　　H. M Shelton

Introduction to Natrual Hygiene and　H. M Shelton
Refuvenation

성서에서 본 식생활과 건강법   이길상 저

脳内革命   春山茂雄

Heaiing and the mind   Bill Moyers

食生活と心の法則   小田晋

生と死心の深層   小田晋

未來へのヒント   船井幸雄
    が考える

人間を幸福にする　という道貝   大木幸分
    1400グラムの宇宙   小出五郡

단식과 건강   김진대

미국상권 영양문제 특별위원회

무엇을 생각하며 무엇을 먹을 것인가   배은성

長壽の祕訣   永堀善作

안전한 금식기도   조효성

한국인의 건강   이상구

지금의 식생활로는 빨리 죽는다   양달선역

약 안쓰고 수술않고 심장병이 고치는 법   던 오시니 저 장현갑 역

一日一食健康法   小倉重成

*

금식의 신비
*

초판 1쇄 ― 2008년 3월 30일

*

지은이 ― 정원상
펴낸이 ― 채주희
펴낸곳 ― 해피 & 북스
*
서울시 마포구 합정동 433-62
출판등록 ― 제10 - 1562호 1985. 10. 29.
*
TEL ― (02) 6401-7004
FAX ― 080-088-7004
E-mail ― elman1985@hanmail.net
*
잘못된 책은 바꾸어 드립니다.
*
값 10,000원